U0895524

The Story *of* *the* Trapp Family Singers

音乐之声

[美国]
玛丽亚 · 奥格斯塔 · 特拉普
—— 著 ——

译林出版社

周 晔 —— 译 孙致礼 —— 校

目 录

第二部

卷首的话

说实话,这其实就是一个前言或序言,可我担心这么一说,诸位就不屑一读了。我就从来不读什么前言,可我倒是希望诸位在故事开始之前,先听我对这本书作一说明。所以,不管是不是前言,都请诸位先读一读。

大约十五年前,我和家人来到蒂罗尔[1]做客。女主人是一位著名的作家。

"有意思吧,"有一天她说,"我在四十岁之前压根儿没写过东西!"

"真不可思议。"我们若有所思地说。

第二天,大家一起来到一个风景如画的山谷,中途见到一处树木茂盛的山坡上有一座小教堂。

"我们爬到那儿去吧,"女主人说,"那地方挺好玩的。"的确是这样。这座古老的教堂建筑风格十分奇特。屋顶上垂下来一根绳子,连

---

1 蒂罗尔:坐落在奥地利西部及意大利北部的阿尔卑斯山脉的心脏之处,是欧洲最受欢迎的冬夏皆宜的旅游胜地。

着小尖塔上的那口钟。我觉得好玩，拽起绳子想听听钟的声音。

我瞧瞧我的朋友说："我要是四十岁以后也能当上作家就好了！"我只是开个玩笑，然而见她根本不笑，弄得我有点尴尬。

她好奇怪地望着我，问："你听过那个传说吗？"

我放开绳子问："什么传说？"

"噢，"她说，"据说要是有人一边敲钟，一边许下一个愿望，那愿望不管是什么，都能实现，条件是那人事先并不知道这个传说，这种事百年只有一回。山谷里的人管它叫'许愿钟'。"

"不知道——我不知道有这个传说。"我说。

这是十五年前的事了。

当我写这本书，把一个家庭的回忆记录下来的时候，我不无惊讶、惊愕而又激动地发现：人生虽短却能凝聚那么多的爱——真诚、真挚的爱：首先是上帝给我们——他的孩子们——的爱，一位圣父的引领性、指导性、保护性的爱；凡是真正的爱总能唤起爱的回报，这次也不会例外。

我们都是歌手，这个故事也就演绎成了一首歌，一首颂歌。"Cantate Domino canticum novum，"大卫王在一首诗篇里唱道，"为上帝唱一首新歌。"上帝已成为我们这个时代伟大的未知的主宰。人们抱怨天气、抱怨政治、抱怨环境、抱怨营养不良、抱怨遗传，但是他们很少反躬自省。"特拉普家歌唱团的故事"就是要成为一首爱的颂歌，一首对神圣的在天之父感恩戴德的赞美之歌。

佛蒙特州斯托镇同心同德会

一九四九年圣灵降临节礼拜日

第一部

第一章　只是借用

我正在批改五年级学生的作业本，有人拍拍我的肩。我抬起头来，看见矮小的打杂修女那张布满皱纹的、苍老的脸，每一条皱纹都透着和蔼可亲。

“院长嬷嬷让你去她的会客室见她。”她悄声说。

我惊讶得嘴都张大了，还没等我把嘴闭上，门就随着那矮小的身影关上了。打杂的修女是不准与见习修女交谈的。

我简直不敢相信自己的耳朵。我们这些候补见习修女只是在唱诗班上远远地望见过院长嬷嬷。我们是地位低下者中最低下的，住在见习修女住所的外围，披着黑色披肩，热切地期盼着进入见习修女的神圣围墙。我刚从维也纳国立师范进步教育学院毕业，还得拿到教育硕士的学位，否则就永远别想进入这些围墙的大门。

院长嬷嬷居然要召见一个候补见习修女，这可是前所未闻的事。这是咋回事呢？她的会客室远在这座古老修道院的另一头。我一路上尽量绕着道走，以便争取时间好好反省一番。我在这里是一匹害群之马，这是毫无疑问的。我并非存心要干坏事，可我生来就像个野小子，丝毫没有淑女的教养。见习修女主管一再警告我，上楼梯时不能一步跨两三级；绝不能从楼梯栏杆上滑下去；也不能吹口哨，即使吹的是圣歌曲调，在这神圣的房子里也是破天荒的。至于在边厢教室的平顶上跳过烟囱，那更是一个圣本迪特修道会的候补见习修女万万干不得的。对于这些告诫，我每次都真心诚意地表示接受，可麻烦的是，每天都有那么多新的越轨行为。

这次又出什么事啦，我一边想，一边慢慢地走下两道年久失修的楼梯，穿过古老的鹅卵石砌成的厨房院子，迎面墙上有一幅钉在十字架上的巨大的耶稣像，我们这座心爱的古老修道院的奠基人艾伦楚迪斯圣徒的雕像耸立在一股喷泉之上。我慢慢地走进厨房院子另一边的走廊。

尽管我心里七上八下，一路上都在搜肠刮肚地想，但我仍然能再次领略到这世上最美丽地方的神奇魅力。坐落在阿尔卑斯山北麓的本迪特教派的依山修道院已有一千二百年的历史，早已是个超凡脱俗的人间仙境。在登上通往院长嬷嬷住处的螺旋形楼梯之前，我不由得停了停，再一次瞧了瞧那灰色的、八世纪建造的修道院墙壁。

我怯生生地敲了敲那扇厚重的橡木门。门板那么厚实，我只模模糊糊听到一声“Ave”，是本笃会用语，相当于美国话：“喂，进来。”

这是我头一次踏进修道院的这块地盘。大门通向一间有拱形天花板的大房间，房间中央有一根线条简洁优美的柱子。在这座奇妙的修道院里，几乎所有的房间都是拱顶的，柱子支撑着天花板。窗户都镶着彩色玻璃，甚至连边厢的教室也不例外。靠近窗子摆着一张大书桌，书桌后站起来一个娇小玲珑的身影，脖颈上戴着一个用金链系着的金十字架。

“亲爱的玛丽亚,你好吗,亲爱的?”

噢,多么和蔼可亲的声音啊!一听到这语调,压在心头的别说是石头,就是巨大的岩石,也落地了。我怎么会担惊受怕呢?不,院长可不是那种人——连吹口哨这种小事也要大惊小怪——于是,我心底升起一线希望,她或许要和我谈正式接纳我入院的确切日期吧。

“坐下,我的孩子。不,坐在我身边吧。”

过了一会,她握住我的双手,以探询的目光端详着我的眼睛,说道:“告诉我,玛丽亚,我们古老的依山修道院教给你的最重要的东西是什么?”

我直直地望着那双美丽的黑眼睛,毫不犹豫地答道:“对我们来说,世上唯一重要的事情就是认清上帝的旨意,并履行上帝的旨意。”

“即便这旨意令人不快,或者这旨意履行起来很困难,也许是非常困难?”她把我的手握得更紧了。

噢,我心想她的意思是离开尘世,抛弃一切之类的吧。

“是的,院长,即使那样也要履行,而且还要全心全意地去履行。”

院长放开我的手,坐回到椅子上。

“那好,玛丽亚,这看来真是上帝的旨意,叫你离开我们——只是离开一阵子。”她看到我惊愕得瞠目结舌,便急忙说了下去。

“离——离——开依山修道院。”我结结巴巴地说,眼泪夺眶而出。我可忍不住。这位慈母般的女人现在和我靠得这么近,她用胳膊搂住我因啜泣而抖动的双肩。

“你也知道,你的头痛病一周比一周严重。医生认为你爬惯了山,一下子在我们这里过这种封闭的生活,变化太快了。他建议我们送你出去,找个地方让你能正常活动活动,用不了一年的时间,等一切妥当了,明年六月你就回来,再也不离开了。”

明年六月——我的天哪,眼下可才十月份!

“事情说来真巧,奥地利海军的一位退役上校冯·特拉普男爵今天来找我们。他的小女儿体质孱弱,需要一位教师。你今天下午就去他家。现在跪下来吧,我要为你祝福。”

我跪了下来。那双优雅纤细的小手在我的前额上画了一个十字。我吻了吻她手上的戒指,泪眼蒙眬地最后望了望那双叫人难以忘怀的眼睛。它们仿佛知道一切烦恼和忧伤、痛苦和不幸,同时也知道胜利和恬静。这当儿我若开口说话,肯定会放声大哭,然而什么话都不必说了。

“那么,就去干吧,还要全心全意地干好。”

事情就是这样的。

几小时后,我就坐在萨尔茨堡雷士登孜广场的老栗树下的一张绿色长凳上,等着公共汽车把我送到艾根。我一只手紧紧捏着一张纸条,上面写着:“萨尔茨堡艾根特拉普别墅乔治·冯·特拉普上校”;另一只手则紧紧抓着挨着我搁在长凳上的一只旧式皮包的把手。皮包里装的是我在世上的全部财产,主要是书。我腋下紧夹着我的吉他的琴颈,它几乎是我不可分割的一部分。几年前,我在大学工读的时候,用自己挣的第一笔钱买了它。它到处陪伴着我,跟着我走遍了阿尔卑斯山,最后来到依山修道院的圣山之上。现在又要跟着我去流放。

我仍然感到困惑不解,事情来得太突然了。我试着去回想那刚过去的几个小时,简直就像一场噩梦。我从院长嬷嬷那里回来后,我的见习修女主管拉斐拉小姐已在候补见习修女屋里等我了,她怀里抱着一大堆衣服。一年前我刚到修道院的时候,身上的奥地利服装给换成了候补见习修女穿的黑裙子和黑色披肩。就在这一年,修女会决定接受我为见习修女,我那身衣服便被捐给穷人了。我看得出拉斐拉小姐也为这事感到恼火。她有点绝望地望着胳膊上搭着的衣服。这些衣服本是另外一位见习修女的,她人比我矮,却又比我胖。拉斐拉小姐挑了一件衣服,我乖乖地穿上了,那是一件老式的蓝哔叽长袍,领口和袖口都缝有挺滑稽的格子花边。我穿了三次才穿上,因为我分不清哪是前襟,哪是后背。接下来是一顶皮帽子,怎么看都像消防队员的钢盔。戴上后盖到眉毛,我想看拉斐拉小姐时,不得不把帽子往后推一推,拉斐拉小姐只是说:

"现在,让我看看你。"

她后退了一点,目光从帽子打量到蓝袍子,打量到黑袜子和笨重的黑鞋子上。她赞许地点点头。

"很好——很漂亮。"

拉斐拉小姐是一位虔诚的老修女;她告别尘世至少有三十年了。现在看来,我当时一定让她活生生地想到了她同时代的年轻姑娘们。

接着便是离别嘱咐。到了节假日,我总应回到修道院来看看;我得记住医生的嘱咐:要有足够的睡眠和锻炼——但要适可而止,适可而止;最后,时刻都不能忘记,依山修道院是我的家,我的归宿,尽管我现在得和俗人打交道,我只是借给他们而已。

当我不得不同另外三个年轻候补见习修女告别时,我的心都疼了,我一直和她们共住一间宽敞、高大的屋子,俯瞰着萨尔察赫河青翠的河谷。趁着拉斐拉小姐俯身在一张小纸条上写下我要去找的地方时,我最后一次看了看这间长方形大屋子:屋里有六扇窗子,靠墙是用白色帷幔隔成的我们睡觉的小单间,屋子中央有一张大桌子,还有一只老式的欧洲瓷砖炉,它在萨尔茨堡严寒的冬日里给人带来无限的舒适和温暖。我在这儿曾是多么快乐,不知要过多久我才能回来;不过,门上方的白石灰墙上用褪色的古老字体写着"上帝的旨意一定要实现"。

又交谈了几句，作了最后的祝福，我把手指最后一次浸入白镴圣水器里。我在唱诗班席位的格栅前跪了一会，朝下望着主祭坛，祈求主给我力量。接着，那扇老栎木门咯吱咯吱地打开了，我觉得它似乎不愿意让依山修道院最小的孩子回到尘世中，它很想保护她躲开那个世界。

当我从冷阴阴的拱廊走进有几百年历史的墓地时，泪水和刺眼的阳光模糊了我的视线，我的目光落在一块久经风霜而变了形的墓碑上，上面刻着“上帝的旨意不容置疑”。

在墓地高大外墙上开出的一个拱形门道下，我转过头最后深情地瞥了那珍爱的围墙一眼，小声说道：“我会回来的——要不了多久。”

然后，我就踏上了那条下山的路，公元八世纪，圣艾伦楚迪斯在这山上建造了上帝的城堡。那真是一座城堡，建筑在坚硬的岩石上，高高的围墙，墙基厚达九英尺。那墙基像是从岩石上长出来的，上面有一个从岩石上开辟出来的小平台。我在平台上停留了一会，凭栏眺望几乎有三百英尺高的陡峭岩壁下的深谷，萨尔茨堡的房屋依偎在青翠的山坡上。我站立的地方比那些教堂的尖顶还要高。我眼盯着那些奇异古老的壕沟式屋顶（“壕沟式屋顶”是萨尔茨堡的古老房屋的常用结构），扫视着那银丝带般的萨尔察赫河，直到河流源头的山脉。山那边一定是我要去的艾根了。

我要去的地方——天哪——还得乘公共汽车；我一口气跑下一百四十四级台阶，一步两级，我已经忘记了最近对我的告诫。在雷士登孜广场，我听说下一班公共汽车要半个小时后才到，我跑得有些上气不接下气，就坐在一条绿色长凳上歇息。

我有一种背井离乡的感觉，脑子里空落落的。下一步怎么办呢？我的目光落在手里那张揉皱的纸条上，我又看了一遍：“特拉普上校”。这激起了我的好奇心。我从没去过海边，一生也从没碰到过海军上校。

我只是从故事书和图片上了解过他们。

“我想他是个上了年纪的人，长着浓密的灰白胡子，红脸颊，犀利的蓝眼睛，”我暗自思忖，“他八成嚼烟草，还老吐唾沫。他要是个上校，一定周游世界多次了。他家的墙壁上一定挂满了战利品，狮子皮、老虎皮、武器、瓷器，啥玩意都有。那该多有趣啊。”

与此同时，我觉得一种敬畏感悄悄爬上心头，因为他一定会经常大喊大叫，据说海军上校都是脾气很暴躁的。就在这时，我想起了《叛舰喋血记》的故事。那是我进修道院前不久看过的一部无声电影，有好长一段时间天天晚上让我不得安生。里面有一个场面描写海狼不仅掴他们水手的耳光，而且把他们打得半死，然后把他们关起来，只给面包和水——啊，要是我就不如——

一阵嘈杂声打断了我焦虑的思绪。一辆大汽车卷起一片尘土和蓝色的油烟，咆哮着穿过雷士登孜广场，突然来了个急转弯，恰巧停在我面前。一个男人走下车来。我想看看他是不是司机，可我的皮头盔盖住了眼睛，我只能看到他的嘴，见那嘴上咬着一根大牙签。我把帽子往后推了推，才看见他戴着司机帽。

“这是去艾根的汽车吗？”我问。那咬着牙签的人点点头。

“什么时候开车？”

“这就开。”

他朝四周打量了一下，看看还有没有别的乘客。我上了车，在前排右边的一个座位上坐了下来，我的宝贝行李就放在我身边。我的小提包活像江湖医生的出诊包。司机回到车上，关上车门，说道：“二十个格罗森[1]。”我轻轻推了推帽子，抬头望着他，趁他找钱的时候，盯住那

1 格罗森：奥地利最小的硬币单位，相当于百分之一奥地利先令。二十个格罗森相当于两角钱。

牙签看。他可以让牙签上下左右移动，从嘴角的一边移到另一边，即使说话或吐唾沫的时候，牙签也不会掉。

司机在方向盘前坐定，按了一下按钮，车子便发出一阵尖啸和呻吟，驶下雷士登孜广场，穿过莫扎特广场，朝萨尔察赫河开去。车子转起弯来又急又老练，有两次我被甩到了车子的另一边。不大一会工夫，我们就驶过了萨尔察赫河桥、卡洛林内桥，几乎一下子便来到了开阔的乡间，沿途路过了几座带有大花园的庄园，然后是草场和田野。有好几次车子突然停下来，让农夫们上车。他们似乎都彼此认识，大喊大叫地寒暄着，因为随着车子的轰鸣和咆哮声，你哪怕说一句话，也得尽量提高嗓门。我听见人们跟司机打招呼，叫他穆勒先生，他得回答许多问题，作不少解释，听到别人开玩笑，就大笑一阵。在不抽烟的间隙，他能巧妙地通过左前窗上的一个小孔往外吐唾沫，而从不让牙签掉下来。

汽车行驶了大约二十分钟，突然停了下来，穆勒先生将牙签直指着我，说："艾根。"

我下了车，立即被一阵烟幕包围起来。车跑得没影了，我把帽子往后推了推，只看见一幢房子，门口挂着"旅店"的牌子。

"你知道特拉普别墅吗？"我问一个在旅店门道口吸烟的人。他没说知不知道，却走到乡村的土路上，用烟斗指着草地那边的一大片树林说：

"在那儿。"

在与大路交叉的铁路右侧，路旁有一道高高的铁栅栏，似乎围着一家庄园的花园。在另一边，宽阔的草地一直延伸到一座巍巍高山的山脚下，我知道那就是盖斯堡了。那条狭窄的小路似乎直通到山脚下。不，还得转一个弯呢。我已经走了好长一段路，提着的行李换了好几次手。我朝园子里张望，可是树木和灌木丛形成一道严实的绿色围墙。

也许这就是我在汽车站望见的那一片树林。那么,那里一定有一幢房子,我要去的那幢房子。果然是有房子。突然,铁栅栏那里出现了一条宽阔的车道,在一大片绿色的长方形的草坪那头,透过古老的七叶树的黄叶间隙,我瞥见了一座建筑。我停了停,不耐烦地把那讨厌的帽子往后推了推,四处张望。总算找到地方啦! 这时我心里百感交集:由于匆匆告别了亲爱的圣殿而仍然感到忧伤,对一个真正的海军上校那富有异国情调的家又产生了强烈的好奇,同时夹杂着对上校本人的敬畏之情,还有一种局促不安的心情。

"可你不能总在这儿站着。"我对自己说。

我从树下走出来,踏上砾石车道,这才看到了那座灰色大厦的全貌,大厦的右角还有一个小塔。房子的这一边爬满了常春藤。一楼的窗户立即吸引了我的注意。这些窗户特别高。我可以看见里面墙上挂了件红白相间的东西。踏上两级台阶便是一道笨重的、双扇拱形栎木门。我按了按门铃,门咯吱一声打开了,让我有一种回到家的感觉。

"这是特拉普府上吗?"我向站在门口的一个相貌端正的男人问道,他身着一身灰色的奥地利服装,只是上面钉着银纽扣,而不是常见的牛角扣。

"是的,小姐。"

"我是新来的教师。你是上校吗?"

他黝黑的面庞上毫无表情。

"不,小姐,我是汉斯,男管家。"

"你好,汉斯。"我向他伸出了手。

我觉得他有点急促地握了握我的手,似乎不大自在。他拎起我的提包,领着我穿过一道双扇玻璃门,进入一个跟房子一样高的豪华大厅,让我坐下;我还没来得及说话,他便不声不响地走了。我有些失望。

我出生在蒂罗尔的一个小山村，那里的人彼此全都熟悉，从不这么匆匆忙忙的。我本想在见我生平的第一个海军上校前，跟这位相貌和善的人聊一会，问上一堆问题。但也许男管家都得这样行事。我生平还从没见过男管家呢。我们山区没有，维也纳寄宿学校里没有，依山修道院里也没有。他们只在小说和电影里出现过，就像海军上校一样。

我坐在一把雕花的黑色椅子上，它使我想起了修道院唱诗班的座位。我好奇地四下张望，想找狮子皮、老虎皮和稀奇古怪的武器，但是在这大厅里只有几件古色古香的家具，墙上挂着两幅色调暗淡的油画。透过那些我在外边曾赞赏不已的大窗户，灿烂的阳光照耀着盘旋而上、弧线优美的楼梯。墙上挂着的红白相间的东西，原来是我生平见过的最大的红旗。它至少有三十英尺长，红—白—红，中间有一个巨大的纹饰。

突然，我听见身后传来迅疾的脚步声，一个洪亮有力的声音说道："我看见你在看我的红旗。"

这就是他了——海军上校！

站在我面前的这位衣着整齐的高个子绅士，与我想象中的老海狼相去甚远。要不是他热情亲切地跟我握手的话，他那副自信的神态和气派十足的举止还真会把我吓坏。

"很高兴你来了，这位……小姐。"

我补充说："玛丽亚。"

他迅速地从头到脚把我打量了一番。突然间，我对我的滑稽衣着深感难为情，而且我可以肯定，我又被我的帽子罩住了。不过上校的目光却落在我的鞋子上。

我们还站在大厅里，这时他说："我想让你先见见孩子们。"

他从口袋里掏出一只老式的、带花饰的铜哨子，用它吹出了一系列复杂的颤音。

我的表情一定显得很惊讶,因为他有点抱歉地说:“你看,要喊这么多孩子的名字太费时间了,所以我给他们每人一个不同的哨音。”

当然,这时我满以为会听到房门砰砰的碰撞声,咯咯的笑声和叫嚷声,小家伙蹦蹦跳跳下楼和从楼梯扶手上滑下来的声音。可实际上却没有,来的是一支近乎庄严的小队,由一个神情严肃的十来岁小姑娘领着,总共四个女孩,两个男孩,全都穿着蓝色的水手服,一个个举止文雅,一声不响,一级一级地从楼梯上走下来。一时间,我们都非常惊奇地互相注视着。我从没见过这么守规矩的小绅士、小淑女,他们也从没见过这样的帽子。

“这是我们新来的教师,玛丽亚小姐。”

“上帝保佑,玛丽亚小姐。”六个声音齐声说道,接着六个脑袋恭恭敬敬地一道鞠躬。

这不是真的。这不可能是真的。我不得不再次往后推了推那可笑的帽子。不过,这一推可就完了。那难看的棕色玩意掉了下来,在亮光光的镶木地板上滚着,一直滚到一个大约五岁的漂漂亮亮、胖胖乎乎的小姑娘的小脚跟前。一阵欢快的咯咯声打破了一片沉静。僵局打开了。大家都哈哈大笑起来。

“这是约翰娜,”做父亲的介绍了咯咯笑的小家伙,“这是我们的小娃娃玛蒂娜。”

多娇弱的孩子,我想。她拘谨地把双手背在身后,带着挑剔的目光默默地瞥了我一眼。

“黑德维格是个大姑娘,已经上学了。”做父亲的指着第三个年纪小些的孩子。三个姑娘的前刘海都剪得短短的,而第四个姑娘,上校是这样介绍的:“我的大女儿,阿加特。”她齐肩的鬈发上扎着一条白色宽丝带。我觉得我特别喜欢这个神情极其严肃,略带羞怯笑容的小姑娘。我真心希望能和她成为好朋友。

但是,眼下是没有时间交朋友的,因为他们的父亲在继续作介绍:“这是两个男孩子,鲁珀特是老大,这是韦尔纳。”

鲁珀特似乎像他父亲一样有点高傲。韦尔纳是个小家伙,眼睛像黑色的天鹅绒,我当时真想把他搂过来,抱抱他。

“哪一个是我的学生呢?”我问上校。

他回答的时候,笑吟吟的眼睛蒙上了一层阴影:“你还没见到你的学生。我带你上楼去见她。”

他头一点,孩子们解散了。

我跟着他上楼的时候,他解释说:

“这孩子由于体质差,多年来一直是我们家的麻烦。自从得了猩红热以后,她的心脏一直很弱。现在她又得了流感,似乎很难复原。可怜的小家伙。”

在二楼的楼梯平台上,上校打开了一扇门,我们又爬上一道楼梯,这楼梯又狭窄又曲折,来到三楼我们的目的地,这是一间阳光充足的大房间,外面有阳台。一张老式的、特大号的雕花木床上,背靠着一大堆枕头,坐着一个小姑娘。

“这是玛丽亚,小姐。”上校说,一边俯身对着那发黄的小脸和带有黑眼圈的大黑眼睛,继续柔声细语地说道,“我相信你们俩一定会相处得很好,小宝贝。你们连名字都一样呢。”

孩子的小脸上泛起一丝笑容,她低声说道:“是的,爸爸。”接着又说:“很高兴见到你,玛丽亚小姐。”

“现在小姐要到她的房间去,”上校解释说,“不过她很快就会来看你的。”

我们一起下楼的时候，他突然转身问道："怎么样，你喜欢这些孩子吗？"

这个问题让我不知所措。

"他们的眼睛很漂亮，我从没见过这么漂亮的眼睛，"我嗫嚅着说，"不过他们看起来脸色苍白，神情严肃。"

我恨自己说了这话，他们的父亲很可能认为这是过于轻率的批评，所以我连忙加了一句："不过他们都很守规矩。"

"并非总是如此。"上校说，眼睛微微闪了闪。

突然间，他变得严肃起来——显然他听出了我没想说的话——我们继续下楼的时候，他低声补充说：

"你知道，自从他们可怜的妈妈四年前去世以后，我给他们找过好多保姆、保育员、女教师，你是第二十六位。这就很能说明问题。最后一位教师只在我们这里待了两个月，不过我感觉这一次一定不一样。"

"是的，"我笑着说，"九个月。"

随后他为我打开了那扇高大的白色的门，说了声"很快就要打铃吃饭了"，便微微鞠了个躬，走开了。

那是有着一个大凸窗的阳光充足的大房间。一块东方地毯盖住了大部分地板。笨重古老的家具和价格不菲的墙纸使房间具有一种华贵的气派。壁龛里的白床上铺着浅蓝色的丝缎；屋子中央，雕花的枝形吊灯下摆着一张桌子，桌上铺着厚厚的锦缎。在依山修道院，我们没有地毯，没有丝绸，没有锦缎；但是墙上却挂着几百年前的绘画和我们的主、圣母及所有亲爱的圣徒的木雕。每一道门前，都有一个精工制作的锡镴、银或陶瓷圣水器。我的新房间里可找不到这类东西。床脚摆着一张简易的凳子，上面搁着我那寒酸、破旧的皮包，还有那顶倒霉的帽子；吉他靠在床上。在这儿，它们与这里很不协调，我也有同感。我在凳子上坐下，把东西都放在膝上，一时间感到十分凄凉和孤寂。这时，一个洪亮、奇特的声音惊得我跳了起来：晚饭的铃声响了。

过了一会，我们又都聚集在雅致的餐厅里了。餐桌的上首坐着上校。孩子们分坐在两边。桌子的下首坐着个中年妇人。我就坐在她左边，最小的娃娃坐在她右边。我听说她是男爵夫人玛蒂尔达，这里的女管家，一位出身高贵的妇人，主管全部家务。她待人和气友善，一举一动都透着优雅，让我联想起薰衣草。

在餐厅里的这一个钟头使我脑子里已经成堆的疑问又增添了几个：那些各式各样的银盘和水晶盘是干什么用的？男管家汉斯为什么突然在室内戴上手套？他的左手怎么了，为什么把它紧紧贴在背后？(也许另一只手套上有个洞吧。)为什么男爵夫人要摇那小铃铛？汉斯就站在门后，她为什么不喊他呢？等等，等等。

刚吃过饭，我就得知当晚没我的事，可以打开行李，安顿下来。

唔，打开行李要不了五分钟。一把牙刷，几件内衣，简直像只口袋的棕色天鹅绒裙子，还有十几本书，很快全整理好了。提包和那顶小帽子给扔进大衣柜的黑暗角落里去了。《新约全书》和《圣本迪特教规》，跟一个小十字架放在床头柜上。

随后我走到窗前。一座大园子沐浴在落日的霞光中，只见一片片草坪，一丛丛大树，接着又是草坪。稍远处，我看见亲爱的昂特贝格山在苍茫的暮色中显得轮廓分明，跟我每天在侬山修道院看到的一模一样。还有其他的山：滕嫩山、哈根山、施陶芬山和瓦茨曼山。

我已经感觉好受点了。如果你自己是山的孩子，你就真离不开山。你需要山。山就成为你一生忠贞不渝的保护人。即使你不能终身生活在山巅上，你要是碰到什么麻烦，至少想要看看山。“我要举目仰望群山，从那里寻求帮助”，三千年前写下这句话的人，也是深谙其道的。

即便是我们的主，当他感到厌烦和疲惫，想与圣父单独在一起时，便登上一座高山。

我像个小学生似的，快快乐乐地亲自做了一个日历，日历上标好二百五十天，这是我得在这间屋里熬过的确切天数。第一天给划掉了，在这个重要的日子行将结束的时候，我脑子里闪过的最后一个念头是：毕竟——我不属于这里；我仅仅是被借用。

第二章　昔日的荣耀

以后几天,我一直生活在迷惘的状态中。在这幢房子里,没有什么——没有任何东西——使我感到亲切。首先,我得习惯于和不同的人相处。男爵和他的七个孩子。男爵夫人玛蒂尔达,还有以男管家汉斯为首的一帮仆人。在厨房里,管事的是那个身材矮胖、性情温和的大厨娘雷西。她早年曾在一艘英国汽船上当厨娘。她曾去过澳大利亚和印度。到了晚上,她有时会跟厨房的小使女玛丽安讲海盗和食人者的可怕故事。每逢这种时候,两个女仆波尔迪和丽西,以及园丁佩皮,也都聚到厨房来。就连汉斯也情愿到厨房来擦银餐具,因为"那儿光线比较亮"。雷西的故事太精彩了,不可不听。

只有弗朗茨从不到厨房来。他不需要听雷西的荒诞故事。他是上校在海军服役时的勤务兵,本来也能讲讲潜水艇和鱼雷的故事,但他觉得自己的故事在厨房里讲太可惜了。他和他的家人也住在这座大宅子里。上校不再需要勤务兵了,弗朗茨就掌管农场。他本是个农家孩子,因此比他的主人更能适应生活方式的改变。不过,黄昏时分,每当事情做完之后，人们常常能看见上校和他从前的勤务兵在一起抽烟斗，谈论在海军里的光荣岁月。

除了这个大家庭和多达二十人的仆役之外，我还得去熟悉那座古老宽敞的房子。那么多房间、门厅、走廊、凸窗、阳台——房间里还有那么多我从没见过的稀奇古怪的东西。

我来到后的第三天，男爵就到匈牙利打猎去了。当天晚上，男爵夫人玛蒂尔达在晚饭时对我说："等孩子们都上床了，你能不能到我屋里来一趟？"

我高兴地答应了，并立即动脑梳理那些最重要的问题：关于孩子的、房子的，最后还有关于上校本人的。

"进来吧，随便点。"男爵夫人玛蒂尔达用尖细柔和的嗓音回应我的敲门。我走了进去，但是一下子随便不起来。这屋里有什么东西显得太多了；是什么东西呢？转眼间，我意识到是皱褶边太多了。窗上挂着的白色花边窗帘，形成宽宽的带皱褶的弧线垂下来。床四周缀着长长的薄纱皱褶边，看着像衬裙一样。梳妆台上有一面大银镜和许多小瓶子，上面也用带好大皱褶边的白色薄纱覆盖着。斜摆在大房间里的躺椅也净是丝皱褶花边。就连男爵夫人躺着休息的绸垫，在她的脑袋周围也露出一圈淡黄色的皱褶。我那本有点男子气的山里人的心，面对如此浓厚的闺房气氛怎能不畏缩。我一定是不由自主地在门口停住了，因为那位脖子上系着宽宽的黑色天鹅绒丝带的夫人亲切地说了声："坐下来好吗，亲爱的？"

躺椅旁边，黑檀木小桌上放着一只银托盘。男爵夫人玛蒂尔达从托盘上拿起一只水晶酒瓶，拔掉银瓶塞，把金色的酒倒进两只水晶杯。然后，她把一只形状独特的陶瓷碟子放在我膝上，碟子上摆着莫扎特巧克力和香草面包之类的奥地利糕点，说了声："请随便用。"

接着,她举起杯子,热情地低声说道:“欢迎,欢迎,但愿你永远没有接替人!”

好一会我才明白,她是希望我在这里一直待到孩子们长大成人,不再需要教师了。是呀,这不是很好吗,我开始感到兴奋——管它什么花边不花边的。

我生平从来没有尽情地吃过糕点、糖果;膝上的这些精美食品完全打开了我的话匣子,我痛痛快快地把心里的疑问一股脑儿都倒了出来。男爵夫人颇为耐心,笑吟吟地回答了我的一大堆为什么和咋回事,直到最后我说:“有一件事最让我搞不明白。上校有这么多宝贝的孩子,这么了不起的家,拥有金钱所能买到的一切,可他为什么看上去不开心呢?”

我同伴脸上的笑容消失了,她重复一遍我的话:“金钱所能买到的一切——那是很少的。唉,这可怜的人失去的东西太多了!”

男爵夫人玛蒂尔达忧伤地看着金色的灯光。这时我觉得很尴尬,也许我不该问有关主人的问题。也许现在我该告辞,上床睡觉去。我在椅子上坐立不安。男爵夫人似乎从沉思中回过神来。她转向我,很友善地说:

“不,你现在别走,亲爱的孩子。我还是把整个故事都告诉你为好。上校并非总是容易让人理解的,掌握了这一点,将来发生什么事都好办了。”

接着我听到了一个十分奇异的故事。冯·特拉普上校生在海边长在海边,当时他父亲也在海军服役。他是首先意识到潜水艇在战争中的重要性的人之一。于是他申请调到阜姆[1],那里正在为全欧洲制造新发明的鱼雷。这次调动决定了他的整个一生。他被授命指挥奥地利

1 阜姆:现为克罗地亚一城市。

海军投入使用的第一批潜艇中的一艘。

主持这艘潜艇命名仪式的年轻小姐,是鱼雷发明人和鱼雷工厂主罗伯特·怀特赫德的孙女。潜艇命名时,艇长的心也被征服了。她简直是仙女下凡,既有绝伦的美貌,又有迷人的性格,还有巨额的财富。他们不久就结婚了。两人在奥地利海军造船厂所在地波拉[1]建了一座豪华的别墅,俯瞰着蔚蓝的大海,生活得非常幸福。

第一次世界大战的爆发突然结束了这段童话故事。所有的公民都必须离开波拉。年轻的妻子带着两个幼小的孩子来到奥地利阿尔卑斯山区,住在她母亲的庄园里,而上校的兴趣爱好突然变成了血腥的职业。

他很快便发现第一批潜艇还没有通过实验阶段。废气在艇舱里蔓延,引起船员中毒。潜望镜既不能升也不能降,但是整个潜艇又不得不借助潜望镜行动。然而,冯·特拉普上校利用他掌管的破烂货还真创造了奇迹。他常出没于亚得里亚海沿岸,使敌人的护航舰队陷于瘫痪,很快他就把敌舰从本国水域驱逐了出去。不久,他的胸前就挂满了奖章,居于首位的是奥地利所能授予的最珍奇的玛丽亚·特雷西亚女王十字勋章。我听说,奥地利军官在战时所能得到的这一最高奖赏是由女王设立的,专为奖赏那些冒着个人危险而主动采取的英勇行为,这种行为有时甚至是违反命令的。这就意味着,如果这一行为成功了,当事人就能得到玛丽亚·特雷西亚女王十字勋章,并自动晋升为准男爵。可是一旦失败,当事人就得上军事法庭。

随着战争的继续,上校成为陆军和海军英雄豪杰中的一个传奇式人物。他家里如今已有了五个孩子。朋友们预言,等战争结束,他肯定

1 波拉:现为克罗地亚一城市。

会晋升为海军上将。举国都为他感到骄傲。他不仅声名卓著,而且深受爱戴。然而,事情的结局却大相径庭。奥地利战败了,丧失了所有的海岸线。骄傲的皇家海军也不复存在。风华正茂、眼看要登上功名顶峰的上校被这场旋风扫到了一边。如今,他是一位一条船也没有的海军上校,而这种情况对于他来说,无异于一个人只有躯体而没有心脏。

只有他的妻子,他心目中的皇后和忠实的伴侣,使他得以苟活下来。战后他们又生了两个孩子。接着一场猩红热夺去了他的年轻妻子。他生命的一半随海军一起消亡了。剩下的另一半,大部分似乎跟他的妻子一起被埋葬了。

“奥地利青年万众瞩目的英雄变成了一个目光呆滞、沉默寡言的人,”男爵夫人继续说道,“他把七个孩子从他幸福生活的熟悉场景搬到这个新买的庄园来,在这里不会触景生情。他变得焦躁不安。他想重返海上。他创办了维加航运公司。后来又做起木材生意,不久又放弃了木材生意,在多瑙河上搞点跟轮船有关的业务。他到处游历,作长途狩猎旅行。他又试做各种生意,可是怀着一颗悲痛的心,那是什么也做不成的。”

“可是,孩子们怎么样呢?”我禁不住问道。

“这可真是故事里最让人伤心的地方,”男爵夫人以低沉的语调回答说,“他爱孩子胜过世界上的一切。他给他们提供钱能买到的一切东西。他雇用了一大群仆人,给大孩子请了个保姆,给几个小姑娘请了另一个保姆,给婴儿请了个保育员,给玛丽亚请了个家庭教师。这是你来以前我们的情况。真遗憾!那些保姆和家庭教师互相争斗,不得不经常更换。他们都是一个来接替另一个。不知怎的,他在孩子面前总有点畏畏缩缩。孩子似乎总让他想起他们的母亲。他从不在家里长住。他出其不意地回来,送给孩子好多礼物,带给他们好多惊喜,但他很快又变得烦躁不安,于是又外出旅行。他的亲戚们都劝他,现在应该考虑找一个人来取代这全班人马——给七个孩子找个继母。”

说完这些,男爵夫人立起身来:

“我们期待着他随时向我们宣布他和伊冯公主订婚的消息。”

过了不久,出于发自心底的怜悯和同情,我在晚祷时加了这么一句话:

“亲爱的主啊,赐给他一个好妻子,她会成为他亲爱的孩子们的好母亲,让他从此快乐幸福。”

第三章 “男爵不愿意……”

几周过去了,我渐渐习惯了我的工作。天天都按一定的规矩办事。男爵夫人喜欢早晨休息。我要管所有的孩子,叫醒他们,照顾他们吃早饭,打发几个大孩子去上学。这活可不好干,因为好多事情都要考虑到。孩子们得戴上皮帽和皮手套,扎好绑腿。下雨天还得加上胶靴和雨伞。我在极短的时间里把事情弄得一团糟。一天早晨,我只能找到左手套和右绑腿,总要花半天工夫才能找到它们各自的配对物。

绝望中我只好去求援。

“我们不能买些结实的带平头钉的靴子吗?”我找胶靴累得精疲力竭,便去找男爵夫人说。

“两只左手手套不见了,”我只得承认,“羊毛连指手套不是既便宜又更适合孩子们用吗? 你知道,男爵夫人,每人一件雨衣可真合算哪。”

“一件什么?”

“男爵夫人,如今人人都穿雨衣,”她的迷惘神情让我发笑,“你知道,就是那种有兜帽的毛料斗篷。这样我们就可以不用那些讨厌的雨伞了。”

男爵夫人彬彬有礼地听着。

“我总觉得打雨伞很舒适，”她终于说道，“也许换样东西可能对孩子们更方便——可是你知道，”她无奈地叹了口气，“上校就愿意这样。”

几个大孩子上学以后，我开始给玛丽亚和约翰娜上课。约翰娜还是挺勇敢的，本来已经开始跟其他孩子一起步行两英里去上学了。奥地利没有校车。小约翰娜每天长途跋涉弄得精疲力竭，所以决定由我在家里教她学一年级的课程。

孩子们尽管情况各不相同，给他们上课却是一种十足的乐趣。玛丽亚十分孱弱。由于心脏的原因，她必须保持绝对安静。她不能跑不能爬，也不能玩剧烈的游戏。

当别的孩子都在玩，而且玩得那么兴高采烈的时候，却让一个孩子始终待在一旁，那该有多难受啊！但玛丽亚却是一个例外。她从不流露出失望的神情，而总是显得很友好。只是偶尔，当她望着兄弟姊妹们玩得正热闹的时候，我看到那双美丽的黑眼睛里闪现出一种渴望，几乎是如饥似渴的神情。我第一次看到她这种眼神时，决定尽我的一切力量，来补偿这孩子不得不作出的众多牺牲。

首先，我把课上得尽可能有趣。她很聪明，对什么都能立即领会。总共有十二门主课：宗教、语法、作文、文学、历史、地理、物理、生物、法语、几何、代数和拉丁文。除此之外，还有绘画、缝纫和乐理。她在算术、科学和乐理方面特别有天赋，不过其他课程也进展神速。我们只花了六个礼拜，便学完了正规学校第一学期的所有课程。她那么好学，那么仔细，我都有些不安了。我经常到她屋里，想打断她的学习，就说：“今天学够了，玛丽亚。我们来玩十五子游戏吧。”

这时，她总朝我仰起一张热乎乎的小脸，眼里透着热切的神情。

“噢,这更有趣得多,玛丽亚小姐。”她边说边指着一道代数题或一个复杂的几何图形。

只要她乐意,我想,我可不忍心阻止她做任何事。

玛丽亚肯定不是一个爱说话的孩子。她什么事都放在心里,可是有一天她说了心里话:“我不能跟别人跑来跑去,这我还真不大在乎,但是要我放弃钢琴课,我还真不甘心。”

我记得曾在音乐室里见到两只桃花心木的小提琴盒子。

“噢,太好了!谁拉小提琴呀?”我冲着男爵夫人嚷道。

“现在没人拉了。”

我明白了。

但是我心里想着玛丽亚,便走到男爵夫人跟前,请求说:“我能不能拿一把小提琴给玛丽亚?她可以在她自己的屋里每天练习一小会。”

我没遭到拒绝。她甚至允许我去找一位老师,每个礼拜来上两次课。这个恬静的孩子乐得喜笑颜开。事实证明,她那纤弱的小手指拉起小提琴来特别灵巧。

约翰娜则不同。我从来不用阻止她做功课。噢,不,完全相反!这小姑娘倒是很想学习,但她又贪图安逸。端坐了半个小时后,她总想爬到我膝上来,“这样我可以听得更清楚呀”。她分散起我的注意力来,可真有一套。她的武器是在脸上和手指上搞点小得几乎看不见的伤口,却又疼痛难忍,搅得我们简直无法继续练习大写字母和学奇偶数。有时,我实在不得不板起面孔,皱起眉头。不过,她的确并无伤人之意。大滴大滴的眼泪立即顺着她的脸颊滚下来,她爬到我怀里,用胳膊紧紧搂住我的脖子,伤心地呜咽道:“我会乖——乖——的!”

她还真重感情啊!我给她上了第一堂课,她就走到我的椅子跟前,踮着脚尖说:“我想告诉你一件事。”

我俯下身，她对着我耳朵小声说道："我太喜欢你了。"然后响亮地亲了一下我的嘴。

这个胖乎乎的小姑娘皮肤白皙，脸蛋绯红，头发乌黑，长得真是漂亮，走在街上行人常常回首看她。她那黑眼睛又大又有神，一笑起来脸颊上便显出一对酒窝，而她又总是爱笑。这位小"白雪公主"真是一道阳光。

不过，小娃娃玛蒂娜跟我的两个学生完全不同。她似乎根本不重感情。她不要人吻她，也不要人抱她。我想把她抱到怀里时，她就把身子绷得紧紧的。她很少笑。这个一本正经的小家伙让我觉得奇怪。不过她对上课挺入迷。她可以背着双手在约翰娜旁边一站就是几个钟头，瞪着一双黑色的大眼睛注视着我的一言一行。可我一转向她，跟她说话的时候，她就钻到桌子底下，像只老鼠似的静静地待在那里直到上完课。不过，她并不像我起初想象的那样羞怯和忸怩。她想要什么都会直说。我觉得她似乎很冷漠，也不怎么动感情，后来我发现她情意绵绵地抱着一只玩具熊，那是她形影不离的好伙伴。不过我心里很清楚，孩子的信任就像一座有围墙的城堡，必须要有钥匙才能进去。砸开锁强行入内是不会有任何好处的。既然我还没有收到邀请，我知道我就得耐心地在外面等候。也许有一天我会得到一把钥匙。

城里的学校八点上课，一直上到十二点。当然，学校没有餐厅，孩子们得回家吃午饭。一周有四天他们得在下午两点赶回学校上课，一直上到四五点。周三和周六下午放假。

大厦坐落在设计精美的大花园中间。房子四周围着狭长的花坛，里面栽种着大丽花、菊花、紫菀以及许多我从未见过的花草和灌木。一条条砾石小道将修剪得整整齐齐的草坪分割成几大块，一直通向大草场，大草场上长着一小簇一小簇婀娜多姿的大树——榆树、枫树和松树。庄园的一边围着一块林地。另一边在一排高大的乔木后面，是车库、牛棚和菜园的温房，一条两旁种着黑醋栗和茶藨子树丛的小径通往一处大果园。

男爵夫人玛蒂尔达和所有的孩子在第一个空闲的下午领我参观了整个庄园。我们走过长满高大黄花的大花坛时，鲁珀特自豪地说："这是纯种的美国雏菊花。爸爸说非常名贵，不准我们采摘。我们的园丁佩皮用一种特殊的混合肥料精心培育着。"

我打心眼里赞赏这来自美国的贵客。它们的金色花朵吸引着四周的蜜蜂。

我们转了一圈回来后，韦尔纳拉着我的手说："让我给你看看我心爱的东西。"

我们走到房子的北边。那里长着一片常青树，既不像冷杉，也不像云杉。针叶比较柔软而光滑。树枝在风中婀娜摇曳。

"爸爸说这也是外国品种——加拿大铁杉，"那孩子自豪地说，"非常珍奇，不过我可以给你一小根。"

这位殷勤的小绅士送给我一根约一英寸长的小细枝。

这一切使我心旷神怡，不禁惊叹道："真是孩子们的天堂啊！"

这时正走在我前头的阿加特忽地转过头来，异常惊讶地问道："为什么呢？"

"噢，"我说，"你就想一想吧，在这么一个大园子里可以做多少美妙的事情，可以玩多少游戏……"

"噢，那是你的想法，"阿加特打断了我说，她稚气的声音听上去很老成，"不过，你看，你要是想打球，球总是顺着砾石路滚进草地。你要是想把它从湿漉漉的草里捡回来，你就会把脚弄湿，还会感冒。你要是想到那边树林里玩，那里的矮树丛太多，会挂住你的头发，撕破你的衣服，你就会挨骂。所以你在这园子里还真没什么可玩的。我们通常就是散散步。”

我万分惊讶，便在房子前面停下来，刚想说我有不同意见，男爵夫人玛蒂尔达急忙打断说：“阿加特说得很对。”随即轻轻把我向门口一推。

让我伤心的是，随后几个星期，我发现情况果真如此：如果你总是小心翼翼，平日里舍不得水手服和漂亮鞋子，周日舍不得丝绸衣服和白袜子，那就不能在这最美的园子里玩耍了。你要是爬上那边角落里的那棵铁杉树，那就甭想你的白色水手服还能保持老样子。但是你想爬树的时候，是不是非要穿白色水手服呢？我暗自思忖。现在我有办法啦！

我非常兴奋，急匆匆地奔到男爵夫人的房间，敲门后也不等她说声“进来”，我就进去把我的新主意一股脑儿倒了出来。

“噢，男爵夫人，我们不能给女孩子们买游乐服和凉鞋吗？这样她们在园子里就不用担心衣服了，就可以痛痛快快地玩了。当然，晚饭前可以再换上水手服。还有，我们难道不能给女孩子们买只排球和网，给男孩子们买根球棒，再买标枪和铁饼吗？”在这之前，我在房子里到处找过，可就是没发现这些与我大学岁月的快活时光密不可分的东西。男爵夫人玛蒂尔达上的一定是另一种学校，因为她听到这些字眼脸上并没有喜气洋洋。她彬彬有礼地说：

“这一切听起来的确很有趣，玛丽亚小姐；不过你知道，在我没问过他们的父亲之前，我可不敢去买那些——你说的是‘游乐服’吗？你知道，男爵要求孩子们始终保持清洁整齐；你提到的那些游戏——我连名称都没听到过。我年轻的时候，大家都喜欢玩槌球。天气干燥的时候，孩子们可以在大草坪上玩槌球；要不然，我们还是坚持在园子里作有益于健康的散步。”

跟孩子们道过晚安之后，我径直回房了。我在黑暗中久久地坐在床上，捉摸不透上校是怎么回事。这个人真是古怪呀！他有一幢大房子，一座奇妙的园子，还有好多钱。他就不能让他可爱的孩子们尽情享受这一切，而不是硬把他们塞进那些可笑的衣服，破坏了所有的乐趣吗！可怜的男爵夫人必须惟命是从，这可不是什么好受的差事。

听了上校的遭遇后对他产生的深切同情有点消退了，因此我把我晚祷的结尾改成：“……愿孩子们从此快乐幸福。”

转眼到了十一月，树木都已脱落了最后的黄叶；天气经常变得很恶劣。漫长的雨季开始了，有名的“萨尔茨堡的连绵秋雨”结束了我们的散步。

那是一个下着雨的礼拜六下午。孩子们都做完了家庭作业。几个大孩子跑到宽敞的育儿室来，走来走去，想看看有什么好玩的。韦尔纳的目光落在我床前墙上挂着的吉他上。

“你会弹吉他吗，小姐？”他问。

“是的，我会，”我说着走过去取下吉他，“我们唱支歌吧。”

我拨动琴弦，唱起了一支有名的民歌。孩子们专心致志地听着，可是没人出声。我停了下来。

“你们为什么不跟我一起唱呀？”

“我们不会唱这支歌。”

“那好，我们来唱另一支。”

但是他们也不会唱那一支，第三支、第四支都不会唱。

“你们会唱什么歌呢，孩子们？”我最后问道。

“《平安夜》。”小约翰娜如实地说道。

其他孩子咯咯地笑起来，但是我已经唱起来了：“平安夜，神圣的夜。”我们有点怯生生地、细声细调地齐声唱了第一段。

“我们再来一遍。这次你们唱第一部，我唱第二部。”

我们这么唱了。

“现在谁敢唱第二部，这样我就能唱第三部了。”

玛丽亚和韦尔纳想试一试。我感到很惊奇，他们唱得那么棒。再也没有人羞怯了。我们放开嗓子唱完了《平安夜》的三段歌词，歌声很动听。

这时我放下吉他说：“现在，让我们仔细想想你们还记得哪些歌。”

费了不少时间，我们列出了一份清单：几首海军歌曲，有的是意大利语歌词，是从他们的父亲那里学来的，一首打猎的歌，两首用家乡土话唱的滑稽歌，两三首赞美诗，《菩提树》《野玫瑰》《罗蕾莱》的头几段，另有两首圣诞颂歌，再加上国歌。这真是个少得可怜的清单。我们那些美妙的古老民歌，他们一首都不会。

我问：“你们会唱这一首吗？”说着便唱起了一首古老民歌的几小节，他们都嚷嚷起来：“不会，不过请唱下去。”于是我一首接一首地唱了我最喜欢的歌。小家伙们依在我的膝下。大孩子们坐在桌子上，看我弹吉他。这时，房门突然开了。

“你们谁都没听见晚饭铃吗？噢，孩子们，太可怕了，居然坐在桌子上！爸爸会怎么说呢！”

第二天是礼拜天，外边依旧下着雨。我们已经安排好，我和男爵夫人周末轮流休息。这次轮到我周末值班。男爵夫人玛蒂尔达出去看朋友了。孩子们学习新歌的热情很高。他们似乎都很有音乐天赋。教他们用简单的和声唱那些古老的歌曲，根本用不了多长时间。吃过晚饭后，男孩子们央求道：“我们在书房生个火吧，那样暖和多了。”

这对我来说又是一桩新鲜事。我兴致勃勃地看着男孩子们点燃了汉斯已经准备好的木头。不一会，我们都坐在厚厚的软软的地毯上，望着熊熊的火焰，我抱着吉他坐在中间——我们唱了我们全部的保留节目：八首老歌和六首新歌。

“但是，姑娘们，姑娘们！小姐们可从来不这么做。我跟你们说过，你们的父亲不让你们坐在地板上。坐到那些矮凳子上。”

男爵夫人显然访友回来了。他们父亲的管束之手又伸出来了。

砰！E 音弦断了。

“我们现在得停止了，”我说，“断了一根弦。”

第四章　奥地利圣诞节

圣诞节越来越近了。我们围着育儿室的大桌子讨论了好长时间，商量该给父亲和男爵夫人玛蒂尔达以及住在维也纳附近一座城堡里的祖母做些什么礼物。我甚至建议，如果每个孩子都能给自己的兄弟姐妹来个惊喜，那该有多好。这件事让我们忙得不亦乐乎。大圆桌上摆满了纸、颜料、毛线、针和线。男孩子们的房间很快就像一个车间，胶水味在与韦尔纳的小白鼠味争锋。

大家手上在忙乎，嘴上也没闲着。我们在学圣诞颂歌，每天晚上学一首，都是从我当年跟着奥地利天主教青年运动的一群男女青年漫游阿尔卑斯山时收集到的民歌里挑选出来的。当时，我们在幽深的峡谷和孤寂的山区农场里逗留时，聆听过这些世代相传的民歌。我们在那里发现了最优美的圣诞歌曲。我会唱好几十首呢。

一天晚上，男爵夫人玛蒂尔达回家陪生病的妹妹住一夜。孩子们和我决定把我们学过的新歌来一次总排练。玛丽亚已经能用小提琴拉一些简单的曲子，她将给我们伴奏。

我们下了楼，乖乖地坐在壁炉对面的大沙发上和几把舒适的椅子上。可这样坐着，我们彼此离得太远，听不太清楚。后来也不知怎么的，我们又都坐到了厚地毯上。阿加特拿着我的吉他。我已经教会了她为一些简单的歌曲伴奏。玛丽亚激动得双颊绯红，她拉起一首曲子，我们分三个声部合唱起《甜蜜的欢乐》。突然，有人打开了门。

"爸爸，爸爸。"孩子们嚷道，一窝蜂似的朝站在门道里的那个高大身影奔去。这下好了！我们可都坐在地毯上。我缓缓地站起身来，从地毯上拾起吉他，放到沙发上。这时候，男爵吻了所有的孩子，他抱着玛蒂娜，走过来跟我打招呼。

"我很抱歉，上校。"我说。

"你为什么抱歉？"接着，他会意地低声说："噢，我明白了。这该是为圣诞节准备的惊喜吧。不过，不要担心，这确实是个惊喜——孩子们，我简直不敢相信。这简直棒极了！接着唱吧。不，别开灯。我们就坐在这儿。来吧。"

他惬意地在地毯上坐下来，背靠着一张笨重的椅子，把小姑娘拉到他的膝边。

"你们学了一首新歌。叫什么来着？再唱一遍吧。"

"一首新歌？"孩子们应声说道，"就一首吗？"

"你们什么意思？"做父亲的说。然后他惊奇地问我："小姐，你在找什么东西吗？"

我仍旧站着。我无法相信我的眼睛。

"没——没有。"我在沙发上坐下。

"噢，不，到我们这儿来，就坐在地毯上。你不觉得这样更自在吗？"

这我倒是从不怀疑。我加入了大伙，我们继续唱歌，这是一个多么美好的夜晚啊。

上校一次又一次地打断说:“孩子们,孩子们,多么美妙呀!”

他的热忱完全是由衷的,因而很有感染力。他高度赞扬玛丽亚和阿加特的演奏。突然,他伸手拿过小提琴,拉起一首古老民谣的柔美的曲调。接着,我们把二十二首歌都唱了一遍。歌声停止后,吉他又奏了两个和弦,而小提琴却继续柔和地演奏下去。大家都一动不动。突然,上校停了下来,仿佛从睡梦中醒来,放下了乐器。

“我还以为我再也不会拉琴了呢!”他深深叹了口气说。接着,他往已经烧得不怎么旺的火里添了几块木柴,随即问道:“好啦,孩子们,跟我说说有什么情况吧?学校里怎么样?你怎么样了,小家伙?”他亲切地把玛丽亚拉过去靠着他的肩。这时孩子们七嘴八舌地嚷嚷起来。他们讲了学习情况后,就想听听父亲这次狩猎的见闻。小姑娘们发现父亲的衣袋里装满了兔子尾巴,足够给一只玩具熊做一身皮大衣啦!真糟糕,真糟糕啊,已经八点钟了,该上床了!

基督降临节第一个礼拜日前的礼拜六。吃午饭时,我问玛丽亚:“你们一般把降临节的花环挂在哪儿?”

“挂什么?”

我大为惊骇。“难道你们每年没有基督降临节花环吗?”

“没有,从来没有。那是什么呀?”

“是用杉树枝做的大花环呀,上面插四支蜡烛,每支代表降临节的一个礼拜天。人们把它挂在起居室里。它提醒人们圣诞节即将来临。人们还要点燃蜡烛,唱降临节歌。”

“噢,那有多好啊!我们今年不能来一个吗?爸爸,求你给我们买一个降临节大花环吧。”

“噢,降临节花环不用买呀。我们自己很容易就能做一个。”我插嘴说,随即向上校解释,我们大约需要两篮子杉树枝,可能还需要一个旧马车的车轮,我在工具棚里见到过这样的轮子。

“还要什么?”

“一卷线,四支蜡烛,八英尺丝带。”上校答应从城里买来这些东西。人人都很兴奋,要及时做好降临节的花环。园丁奉命去弄杉树枝,男孩子们去找车轮,洗干净再拿到育儿室来。

于是我们就动手干了。孩子们从篮子里拿出杉树枝递给我,我把它们缠绕在车轮上,用线扎好。花环很大,因此费了不少时间。轮子上要等距离地钉上四颗钉子,好用来插蜡烛。我们刚弄完,开始收拾地板上乱七八糟的东西时,上校从城里回来了。现在蜡烛已插在钉子上,丝带剪成等长的四段,用来拴住花环,把它吊在天花板上。我们的第一个降临节花环做好了。

“现在我能为你做些什么?”上校问。我有点不知所措。

“按理说应该挂在起居室中央的天花板上,但是这房子没有起居室,我们能不能把它挂在这育儿室里,就在这张大圆桌的上方?”

上校拿着锤子和钉子,爬到桌子上。我们大家托着花环,他把它吊在天花板上。他敲了敲,突然停住了,朝下望着我,皱了皱眉头。

“你是什么意思,说这房子没有起居室?”

“没有,”我说,“是没有嘛。”

“那间大客厅、小客厅、图书室和音乐室怎么样?”

“不行,”我坚持说,“那不一样。父亲、母亲和孩子们真的生活在同一间屋子里——在里面工作、看书、玩耍、写字。那才是起居室呢。”

上校挂好花环,从桌上下来。我们大家都后退几步,欣赏着那有四支蜡烛的漂亮的大花环。它给整个房间增添了节日的光彩,也增添了节日的气息。

“我们下一步该做什么?”阿加特问。

“唔,今晚全家人都要聚集在降临节花环下,你们的父亲将要朗诵降临节头一个礼拜天的《福音书》。然后他要点燃一支蜡烛,全家人要唱降临节歌和圣诞颂歌。下个礼拜他要点两支蜡烛,再下个礼拜点三支,最后一个礼拜四支全点上。”

“这你是怎么知道的?”

“噢,这不过是一种旧习俗——很多旧习俗中的一个。”

“很多旧习俗中的一个——你还要告诉我们一些别的旧习俗吗?”

我禁不住笑了。“也许还有一些。”

“那好吧,”上校拿起剩下的钉子和锤子,“今天晚上吃过晚饭后,我们都聚集到新起居室的降临节花环底下。”

我知道这话是冲着我说的。我搞不清他是在取笑我呢,还是把我关于起居室的说法当成了批评。这几个礼拜以来,我一直感到郁闷的是,这家人只是在吃饭的时候才聚在一起。除此之外,孩子们甚至不许在一起。男孩子们必须待在自己的房间里,大一点的姑娘也要待在自己的房间里,男爵夫人玛蒂尔达还一再告诫他们,他们没有必要跟小妹妹们一起待在育儿室里。最近,大孩子们来看望我们时,总是很有礼貌地敲敲育儿室的门,有点胆怯地问:“我们可以进来吗?”我真忍不住想说:“好了,别瞎胡闹啦。难道你们不是一家人吗?”

可是这不关我的事。那不过是许多不成文的规矩中的一条。我简直不明白,把一家人分成三帮有什么好处,当然免不了你争我斗的。我想从男爵夫人玛蒂尔达那里寻求答案。可她确实也无法解释。我只是听说,这是大多数贵族家庭的惯例,给大孩子雇一个家庭女教师,给小家伙雇一个保姆,也许为男孩子另请一个教师。遗憾的是,那些家庭女教师总是互相争风吃醋。她们甚至教唆各自的学生去捉弄别人。

我让这件事搞得心灰意冷。他们告诉我说,我的管辖范围是育儿室,所以我管不着鲁珀特、韦尔纳、阿加特和玛丽亚,只不过给玛丽亚上上课。我要是按规矩办事的话,应该把大孩子们打发走,而不是教他们一起唱歌。再说,我当初非要说什么起居室之类的话吗?我一想到男爵夫人玛蒂尔达,就觉得忐忑不安。我说什么都不愿意伤害她。对于这个新起居室的主意,对于把孩子们聚集在一起,她会怎么想呢?不过,我又安慰自己:她这个人凡事总爱搬出上校,说事情必须按上校的意愿来办。反正宣布育儿室成为我们新起居室的是上校,而不是我。不过,我郑重其事地下定决心,以后再不参与任何一件与我无关的事了。

那天晚上吃完饭后,我们和已从妹妹家归来的男爵夫人玛蒂尔达一起聚集在新的起居室里。上校宣读了《福音书》,点燃了蜡烛。我们都围着桌子坐着,桌上点着一支又高又粗的红蜡烛。这是我为孩子们准备的惊喜,是我上次去依山修道院带回来的。

"这是降临节圣烛,"我对他们解释说,"这是基督的象征,我们称之为世界之光。每天晚上都得点燃,一直点到圣诞节——这又是一种民俗。"我朝着上校说。当我听到男爵夫人玛蒂尔达那柔和的声音也加入了我们的小合唱时,我的紧张便一扫而光,我开始尽情享受这漂亮的花环、孩子们清脆的歌声以及上校的小提琴演奏。

圣诞老人是不到奥地利的孩子们中间来的。没有人从烟囱里下来往你的袜子里塞礼物;事情不是那么简单。奥地利所有大大小小的孩子都得在基督降临节的头一个礼拜天给圣子写封信。据说在圣诞前夕,基督将由天使们陪伴,亲自从天而降,带着圣诞树,树底下藏着奇妙的礼物。这封信可重要了,因为你在信里吐露了你掩藏在心底的全部愿望，而且在信的最后，你还要许下一个个人的诺言。然后，你在睡觉前把信放在窗台上，第二天早晨你首先看看你的信是否不见了。好孩子的信总是第一天晚上就不见了。然而，有些孩子却要等上两三天，如果这事摊在你身上，你还真会心急如焚。不过这也很有助益，让你乖乖地吃掉你那份菠菜，晚上把衣服整整齐齐地放在椅子上。

唱完最后一曲颂歌之后，我们仍旧围坐在桌旁，开始写圣诞节的信。我思索了一会，写道：

“亲爱的圣子：您要是能给这屋里的每个孩子带来一双有钉的靴子、一件雨衣和一副羊毛手套，那我的日子就会好过得多。我自己什么也不需要，因为不管怎么说，我很快就要回依山修道院了。”

降临节第一个礼拜天的兴奋劲儿还没过去，十二月六日又要来临，对于所有有小孩子的人家来说，这可是一个最重要的日子。这天的前夜，圣尼古劳斯要来到人间看望所有的小家伙。

圣尼古劳斯是四世纪一位圣洁的主教，对孩子们和年轻人总是慈爱有加，热心帮助，上帝准许他每年在他的节日下凡来看望孩子们。他来的时候，身穿主教法衣，头戴主教冠，手持主教权杖。不过，他身后却跟着克拉姆普斯，一个丑陋的小黑鬼，长着一条长长的红舌头、一对角和一条长尾巴。圣尼古劳斯走进一户人家，发现全家人都聚集在一起恭候他，父母亲虔诚地欢迎他。然后他向孩子们问一些教义问答手册中的问题，让他们重复一段祷词，或者唱一首歌。他似乎知道一切，知道过去一年的一切隐私，你只要听听他的诫词就能发现这一点。所有的好孩子都得到一袋苹果、坚果、西梅和无花果，以及最棒最好吃的糖。但是坏孩子却得坚决表示悔过自新。否则，克拉姆普斯就要把他们带走，他已经在嘟嘟囔囔了，把沉重的镣铐弄得哐啷哐啷直响。但是圣主教不让他碰任何孩子。他相信泪汪汪的眼睛和结结巴巴的承诺，但是也可能你得到的不是一袋糖果,而是一根树枝。这根树枝将挂在一个显眼的地方,象征着孩子的品行。

十二月五日,大伙都万分激动。天黑后不久,我们就聚集在大厅里,透过大窗子望着外面的车道。我紧紧握着玛蒂娜的手,她的小身子半藏在我的裙子后面。你几乎能听到约翰娜的心跳,黑德维格显然想摆出一副大人模样,可怎么也装不像。

突然,光秃秃的灌木丛里闪现出一丝微弱的烛光。一个高大的身影拿着一盏灯和一根长长的拐杖,走进了我们的车道,后边不远处跟着一个小黑家伙。厚重的双扇门敞开了,圣主教走了进来,大人小孩都恭恭敬敬地欢迎他。像瀑布般垂到腰部的白胡子显示了他的高寿。谁也看不出来,半个小时以前,汉斯那颇能忍耐的脸上粘着一只生鸡蛋的蛋白,看上去也像挂着白胡子。圣尼古劳斯戴着眼镜,像有的老年人那样,让眼镜耷拉在鼻梁上。他不得不这样戴,因为他的眼神太好了,雷西的眼镜差点让他成了睁眼瞎。他坐下来以后,把灯笼交给上校擎着,然后从他的白斗篷下面拿出一大包东西,上面有一个好大的金十字架。从白色的封皮纸上,可以隐约辨认出“百科全书: H 至 HZ”的字样。这本神奇的书里记载着这所房子里的孩子们犯下的许多大大小小的罪过。真令人难以置信,圣尼古劳斯怎么会了解得这么清楚: 韦尔纳逃学三次,没上希腊语课;黑德维格曾拧过玛蒂娜一把;鲁珀特曾偷着吸烟;玛丽亚练琴大大超过了医生允许的时间;厨娘雷西有一次把礼拜天的蛋糕烤焦了,然后悄悄地扔进了垃圾桶;园丁佩皮有时早晨起床慢慢吞吞。圣尼古劳斯把这些犯有过失的人叫到跟前,对他们摆摆手指,皱皱眉头。他们都感到非常难受,诚心诚意地答应改过自新。这时圣主教站起身来,朝门口招招手;一只大口袋给推了进来,圣尼古劳斯打开了袋子。每个人都分到一袋水果和糖果,只有雷西没有,她得到一根长树条；当主教给她树条的时候，她甚至还得吻主教的手。这位圣徒作了最后的忠告和祝福，就离开了屋子。

“还有多少天才过圣诞节呀？”每天早晨都有人激动地问到这个问题。到了回答“只有七天”的那个早晨，我们像往常一样来到楼下，发现通常敞开着的通往大客厅的双扇门紧闭着。又是一阵激动；这意味圣子和他的天使助手们正在里面忙活，开始为圣诞节布置房间了。从这时起，孩子们就只能蹑手蹑脚地在紧闭着的门附近走来走去，楼下的谈话也都变成了虔诚的耳语。

耳语一直持续到深夜，孩子们已经入睡很久了，上校、男爵夫人玛蒂尔达和我仍然待在那神秘的门背后，忙着装饰眼下还空空如也的圣诞树，打开包裹，写圣诞卡，把小蜡烛插在可以夹在绿树枝上的小烛台上。渐渐地，这间大屋子看上去总算像是一家大商场的玩具部了。从各种形状的包裹里取出的是我们现代玩具业所带来的种种成果：玩具房和玩具厨房，婴儿车里躺着漂亮的小娃娃，当然还有全套用具——尿布、奶瓶、浴盆等；图画书和游戏用具、电动铁路、BB 型气枪、维克多牌唱机和唱片、更多的书和更多的游戏用具、一把新吉他、旱冰鞋、滑雪板——我有生以来从没一下子见过这么多漂亮的东西。麻烦的是，我简直没法专注于开包和分派礼物的职责，因为诱惑实在太大了，我就想试试这些新玩具，给婴儿换换尿布，看一看那许多书。一个充满爱心的父亲把金钱能买到的一切东西，都集中到这棵高大美丽的圣诞树周围了。我觉得自己仿佛置身于仙境之中。我为圣诞节所陶醉，算计着还要过多久我能再次回到圣子和天使们的王国。

到了二十三日，小家伙们整天唱着那首传统的歌曲《孩子们早晨能得到什么》。他们异常地听话、安静和老实，因为他们知道，天使们往圣诞屋里来来去去时，时不时地到家里，特别是到育儿室里来察看。只有鲁珀特和阿加特似乎懂得多一些；玛丽亚往下的孩子都对那宽大的门后发生的神圣事物深信不疑。怎么——难道你没发现楼梯上有一根银白色的头发，门旁边有一块拴着红线的小甜饼吗？

这最后一晚就用来装饰圣诞树。树至少有十五英尺高。上校站在梯子上装饰树梢，玛蒂尔达和我忙着装饰下边的树枝。有用各种面粉做的甜饼、蜂蜜果脯饼和西班牙奶油松饼。有用褶边纸裹着的硬糖果和巧克力，有做成各种人形和图形的杏仁蛋白软糖，还有用金箔纸包着的坚果、小苹果和柑橘，所有这些都用红线拴着挂在圣诞树上。然后是一百二十支蜡烛，从树枝上垂下许多金银箔饰物，金银箔条松松地缠满了树身。上校所做的最后一个装饰，是把一颗大银星绑在树梢顶上。然后我们都后退几步，欣赏着我生平所见过的最漂亮的圣诞树。四周靠墙放着的桌子上摆满了礼物，把白亚麻桌布完全遮住了。

第二天就是大日子了，奥地利称之为圣诞前夜。下了一夜雪。我们领着几个大孩子到教堂去。教堂像礼拜天一样座无虚席。每个人都在圣诞前夜来忏悔，所以还得排队等候。时间还很早，外面一团漆黑。教堂里没有电灯，当然也没暖气。人们都带来了蜡烛，把蜡烛粘在座位上，用戴着厚实手套的双手捧着赞美诗，凑近小小的烛光，在管风琴的伴奏下，在全体的合唱声中，看着古老的降临节歌的歌词：《上天降福于义人》。在闪烁的烛光下，可以看见一张张嘴呵出一个个整齐的小气团。唱诗班的厢席下边是忏悔室，可以听见拖着钉有平头钉靴子走路的声音，到后来还有搓手的声音，这都是室外气温降到零度以下，教堂的屋檐上挂着长长冰柱的情况下，人们想要保持暖和的些微努力。但圣诞节就是寒冷的，正如割草季节是炎热的一样。这是理所当然的，谁也不在意。

做完了圣诞弥撒，我们跟孩子们走到侧翼的圣坛前。在那儿的一小片云杉林里，伯利恒城[1]整个展现在我们眼前。牧羊人已经赶着羊群到田野里去了。马利亚和约瑟已经来到山洞。他们跪在马槽边，马槽里还空着。牧场上的牛、驴子和羊群，还有空中的天使们，似乎都屏住了呼吸，虔诚地期待着圣子的降临。人类为了这一时刻，已经耐心地等待了几千年。不能再等了；这就是你看了那依然空着的马槽后从教堂回家时的心情：你觉得再也不能等了。只要孩子们仍然相信圣子的降临，这便是圣诞前夜的主题歌。

正如生活中的一切都会结束一样，漫长的下午也终于过去了。圣诞前夜是斋戒日，因此午饭只有一道菜和一份浓汤，就草草结束了。孩子们这一天都用来收拾房间、衣橱和抽屉，搞得整整齐齐。下午我们都穿上了最好的衣服，最后一次聚集到降临节的花环下，四支蜡烛都点燃了。仆人们都被叫进来，我们再一次唱起了古老的降临节颂歌。没等唱完第三节，就传来了清越的铃声。来啦！圣子降临了。一家之主领头，两个最小的姑娘紧紧拉着他的手，我们一起走下盘旋的楼梯。我们朝敞开的门里走了几步，停下来站成一个半圆形，惊叹无语地注视着那棵圣诞树，树的庄严华丽充溢着整个房间。上校领头唱起了《平安夜》。我们唱完三段歌词后，屋里沉寂了一阵。空气中弥漫着一股冷杉、蜡烛和甜饼的香味。人们几乎可以听到许多小火苗在忽闪，树梢上的那颗大星星在温煦的烛光中闪烁不定，显得栩栩如生。房间沐浴在只有蜡烛一个光源能发出的那种柔和的金色光亮之中；不过这可是圣诞节的蜡烛，因为在一年中的其他日子里，蜡烛都不可能焕发出如此沁人心脾的喜悦和宁静。多少个世纪以来，这圣诞前夜的光辉一定是来

1 伯利恒城：《圣经》中记载的耶稣降生的地方，就在该城的一家小客栈的马槽里。

自伯利恒城的那颗星星，这颗星星曾见证了第一个圣诞节给心地善良的人们带来了和平的福音。

这时上校转过身来，依次走到每一个人跟前，祝贺圣诞快乐。沉静的气氛被打破了。房子里很快就回响起“圣诞快乐”的祝福声，大家彼此祝愿。接着上校把每个人领到各自的位置上。霎时间，只听见一片打开包装纸的沙沙声，以及一声声多少有所压抑的喊叫和惊叹。我正忙着帮玛蒂娜照顾小娃娃，这时上校走了过来，要将我领到我的位置上。我得到几个用白纸包着的包裹，还有一个很大的盒子，上面写着：“请玛丽亚小姐予以分发。”孩子们都围了上来，我打开了盒子，里面有八副羊毛连指手套，八件漂亮柔软的灰色雨衣，还有八双结实的靴子。这可是莫大的惊喜，我深感内疚，简直不敢看男爵夫人玛蒂尔达一眼。但是今晚可是圣诞节，她只对我摆摆手指，笑了笑。不过，我的惊喜还不止这些。等我打开了所有的包裹，我的桌子上摆着两件漂亮的新衣服和一顶漂亮的小帽子。我不禁欣慰地叹了一口气，由衷地感谢圣子对我的莫大关心。

午饭开得很早，饭后上校要求来点圣诞节的音乐。这正是我所期待的。我给全家人的礼物是一座放在圣诞树下的基督诞生塑像。这时我拿起那支大红蜡烛，我们大家围着它坐在地毯上。唱完歌以后，我拿起阿加特的新吉他，第一次唱起了我最喜爱的圣诞节歌——《圣母摇篮曲》。

几小时后，我跪在了依山修道院古老教堂里我的位置上；我是赶回来做午夜弥撒的。但是很奇怪，这次回家和以往有些不同。我很难保持思想集中了。巨大的圣诞树和孩子们快活面庞的景象还继续萦绕在我脑际。尤其是下面这幅景象，我怎么也摆脱不掉：

在我就要离开那幢房子回来做午夜弥撒的时候，上校从他的房间里走出来，用双手握住我的手，说道："我总是最怕过圣诞节。但是今年，你让我们度过了一个非常美好的圣诞节。谢谢你。"他那帅气的黑眼睛里闪烁着一种亲切的光芒，这是我认识他以来，第一次看见他眼神里没有了痛苦和不安。这使我感到非常快乐，可是这幅景象现在又浮现出来，干扰着我的祈祷。

我转向圣子，深情地说道："我非常感谢您把我送到那儿。请帮助我把他们都引导到离您更近的地方吧。"

这时全体起立，年轻牧师走上圣坛，用欣快的语调诵读古老的圣诞节神谕："荣耀归于至高无上的主，赐给地上善良的人们以和平。"

第五章 “上帝的旨意毋庸置疑”

接下来的几周过得非常美好。真正的冬天来临了，天天要穿带平头钉的靴子，戴连指手套，还要穿滑雪裤。没有这些东西，真不知道日子怎么过。

让孩子们最为开心的是，他们的爸爸推掉了许多邀请，跟他们一起待在家里，又开始去滑雪了，而且显然玩得很痛快。

到了三月份，雪变得湿润了。如果你想堆一座带角楼和尖塔的大城堡，大得足以让五个人都挤在里面，甚至点上个火，那么还就需要这样的雪。

三月里一个阳光明媚的日子，吃午饭的时候，他们的爸爸一边看信一边宣布：“噢，孩子们，伊冯姑妈要来了。”

一时间，大家鸦雀无声。后来玛丽亚说：“喂，爸爸，我们还需要她吗？”

上校大为惊讶，问道：“你这是什么意思？”

“你说过，你是因为没有人照顾我们才想娶她的；可现在情况变了，不是吗？”

这孩子朝我这边温馨地笑了笑，然后急切地盯着她的爸爸。男爵夫人玛蒂尔达在刚才几分钟里显然觉得很不自在，这时便提了一个问题：“公主究竟什么时候到？”

“乘明天中午的火车，我们就让她住有阳台的大房间吧。”

伊冯公主——多令人兴奋啊！这下我可要见到我亲爱的孩子们未来的母亲了。在我幼稚的、罗曼蒂克的想象中，我看见一个从《格林童话》里走出来的人物：年轻苗条，蓝眼睛，金色头发——啊，我还真不希望她头戴皇冠，不过倒确实期望她有点光环之类的东西。噢，我已经能构想出她的模样了：如何步态轻盈，飘然走进房里，深邃的蓝眼睛泛着梦幻的神情——百合花瓣一般的纤手，满怀的柔情蜜意献给可怜的没妈的孩子们及其孤独的父亲——这就是伊冯公主啊。光是她的芳名就使我欣喜若狂，而在我内心深处，则早已对她顶礼膜拜了。

第二天早晨的课上起来多么漫长啊！终于，午饭铃响了。我怀着真挚的期待走进大客厅，尊贵的客人一定在里面了。噢，难道她误了火车？因为现在和上校一起从书房里走进来的这位夫人不可能——不过瞧啊，姑娘们正在行屈膝礼，打招呼：“哈啰，伊冯姑妈。”“你好吗，伊冯姑妈？”

然后我听到上校的声音：“伊冯，请允许我介绍——”这时我瞧见了一双冷峻但并非不友好的眼睛。

“噢，噢——我久闻大名的了不起的姑娘。”我们握了握手。这是我生平第一次跟一个真正的公主本人见面。

午饭时，孩子们叽叽喳喳地谈起了前几个礼拜的事。最后，黑德维格开口说道：“姑妈，你知道我最喜欢我的哪一件圣诞节礼物吗，是我的滑雪裤。现在，男孩子在外面能玩什么，我也都能玩了。”小脸红扑扑的，洋溢着纯真的兴致。

公主真的吃惊了，她扬起眉毛，回答道："可是，亲爱的，有身份的年轻小姐是不能穿裤子的。"

七个小脑袋都转向我，寻求支持；不过我意识到我要说的话也不会符合有身份小姐的身份，于是张开的嘴没出声就闭上了，满脸涨得通红，只顾埋头吃东西。

下午不上课，人人都在为这位贵客忙碌。我坐在桌前，试图集中精力备明天的课，一遍又一遍地对自己说："这不关你的事——完全不关你的事。"恰在这时，有人敲门了，我一看——竟然是公主！我有点不知所措，请她进来坐下。她打量了我一阵，丝毫没有敌意。

"亲爱的孩子，我得跟你谈一谈。"先是预期的沉默，随即来了当头一击："你知不知道上校爱上你了？"

仿佛被响尾蛇咬了一口，我惊跳起来。"可是——公主——"

她平静地无动于衷地反驳说："是他亲口告诉我的。"

我两腿一软，一屁股坐到椅子上。迄今为止，还没有人爱上过我，我也没有爱上过别人。这种奇妙的事情，我只在书本里读到过，在歌德、席勒和莎士比亚的作品里读到过，恋爱的结局往往是谋杀和流血；而现在，这可怕的事情居然降临到我身上，而——而——不过，如果真是他亲口对她说的，那就没有什么可争辩的了。

我竭力让自己镇定下来，尽量不动声色地说出了我唯一能想得起来的话："那我今天下午就回修道院去。请你为玛丽亚另找一位教师好吗？"

现在轮到她惊讶了。

"可是天哪，为什么？那不是逃走的理由。上校已经把事情说清楚了。当然，他并非真的坠入情网，我是说，不是陷得很深。他不过是喜欢你,因为你跟孩子们处得很融洽——也许有点过于放纵,不过以后我会很容易纠正过来。”

不过她再说什么我都听不进去了。我给吓坏了。

“可是从今以后可怎么办呢?”我想知道。

“嗨——跟以前一样呗。再过几个礼拜,上校和我就要订婚了,你跟孩子们待在一起,直至我们举行婚礼以后。我们结婚那天,你还得在这儿为他们举行一个小小的欢庆会呢。”

我倒抽了一口冷气。“他们不参加婚礼吗?”

“噢,当然不,”她满不在乎地笑了,“想想看,那还不乱了套啦!”她乐滋滋地摇摇头。随即又接着说道:“婚礼定在夏天,等我们度完蜜月回来,学校又该开学了。我注意到,孩子们尽管体质好些了,但是看上去很粗野——他们的举止变得很糟糕了。男爵和我一致认为,女孩子们最好去圣心学院,男孩子们最好去卡尔克斯堡的耶稣会学院。在那里,他们将和跟他们身份地位相当的青少年待在一起,不用多久就不会像小乡巴佬了。”

“如果你要把孩子们从家里送走的话,那你何必要结婚呢?”我惊奇万分地问道。

她的眉毛又扬起来了。

“天哪,你以为我是和孩子们结婚吗?你是个多么古怪的年轻人啊!”

我早就意识到,童话里的公主跟邮购目录里的公主不一样,而我刚才听到的话要比这糟糕得多。我出于本能知道我不能再待下去了;我不适合再待下去了。因此我坚决地重复道:“我已经打定了主意。我要马上收拾行李离开这里。”

这下公主可真急了,她再次劝我改变主意;我不听她的,她便急匆匆地走了。我两手颤抖,开始清理衣柜里的东西。

下午晚些时候，我奉命到楼下书房去。花园里传来孩子们跟他们的父亲打雪仗的欢快笑声。我心如刀绞，绝望地对自己说：“不，我不能跟他们任何人告别。我还是干脆走吧。”

这时我打开书房的门，公主在里边，还有一位陌生的神父，穿着棕色衣服，留着灰白色的长胡子。我站在门口迟疑不决。

“这是格列高利神父，”公主说，“我的忏悔神父。我求他帮助我们解决问题，现在他会告诉你该怎么办。”

老神父走过来拉住我的手，把我领到桌子边，很和气地开始解释。

“你要明白，亲爱的孩子，上校对你的好感没有什么大不了的，因为他的孩子们都很喜欢你；不过你还要明白，假如你现在突然离开，那可就危险了，反而会把这种感情激发起来，发展成超出父亲的慈爱之情，因此我劝你照公主的意愿行事，并且……”

“神父，这我办不到。”我打断了他的话，带着恳求的目光望着他。

“可是，亲爱的孩子，这是上帝的旨意。”那仁慈而苍老的声音说道。

现在我无路可走了。通过修道院的教育，我已经把寻求和执行上帝的旨意视为第二天性。我沉默不语。

公主快活地说：“你瞧，神父，我跟你说过，她是个非常明白事理的姑娘。”

老神父再次拉住我的手说：“现在答应我，你要在这里一直待到男爵和公主结婚。”

我用呆板的语调重复道：“我答应留下来，不过只待到六月三十日，因为这一天我将被接纳进侬山的本笃会修道院。”

随着一声亲切的“好吧，我的孩子，平静地走吧”，我就给打发走了。

我把东西再次放回衣柜的时候，我的手还在发抖。我给彻底弄糊涂了。这难道不像席勒和莎士比亚的故事吗？但是，上帝啊，现在该怎么办呀？下一步又将如何呢？

公主走了，我们又恢复了日常的生活，但是跟以前不一样了，因为我变得很不自然。刚知道的这件事成了沉重的负担，整天压在我的心头。我尽可能回避上校，当他想到育儿室参加我们的游戏或歌咏晚会时，我就觉得好不自在，总是一有机会，就立即中断正在进行的活动。我不能跟他提及我和公主之间发生的事，因此他绝对猜不出我为什么突然改变了态度。他生性善良，先把他所谓的"闷闷不乐"归咎于春天，但是不久我就注意到，比如说当我彬彬有礼地拒绝他陪我们去远足，或者跟我们一起打排球时，他看样子好难受。然而，假如他开玩笑似的坚持要参加，我过不久就会找个借口溜走。有一天，我们碰巧在门口遇见。他伸出手要为我开门，我制止了他，说："多谢，我自己能开。"

这着实有点过分。他气冲冲地走开了，让我觉得很狼狈，不知如何是好。我恨自己会有这样的举动，不过我是实在没有办法。

男爵夫人玛蒂尔达去参加她兄弟的婚礼了，就在五月一个明媚的早晨，我奉命到书房去见上校。

"想想出什么事了，"他招呼我说，"男爵夫人玛蒂尔达摔断了腿，严重的骨折，今年恐怕回不来了。我们怎么办呢？你能不能临时管管家务，等我找到人再说？"

我当即笑了："噢，上校，我对管家真是一窍不通。你知道，我在寄宿学校，后来又当见习修女，是学了不少东西，可就是没学过管家。我连扫帚都不会拿。"

"可你不能从书本上学吗？"他沉思了一番问道，"那天我在霍里格书店的橱窗里看到一本如何持家的书。"

在我内心深处，我十分怀疑能否从书本上学到这门学问，但是看到他那热切而期待的神情，我只好说："嗯，凡事都可以试一试。"他听后释然地松了一口气，漂亮的眼睛里流露出感激之情。一时间，好像又回到了以前。我们之间又恢复了彼此信任的气氛，于是我大胆地提了一个要求。

"上校，我替你解决了问题；我可不可以请你帮我个忙？"

"当然可以，说吧。"

"能不能请你马上和公主订婚？"

上校猛地转过身来，正眼盯着我，慢吞吞地问道："我这样做是帮你的忙吗？"

我已经在朝门口退却了，嘴里一边嘟嘟囔囔的，说什么学年即将结束——孩子们没有妈妈——修道院要接纳我做修女……

当天晚上，上校把八个仆人召集到书房，介绍我是临时管家，眼下他们必须一切听命于我。

第二天他就离开了家。

道别的时候，他说："每天给我交一份情况报告，会不会太过分了？"

说着，他递给我一本书。我低头一看：《家庭主妇必读：全年指南，附有五百道菜谱和一千条建议》。

我生平从没想过如何管家。我小时候大部分时光是在寄宿学校里度过的，那里每到吃饭的时候，食物总是现成地摆在餐桌上，房间里总是又整齐又干净，窗子有人擦，换洗衣服有人料理；但是这一切都是背着你，悄无声息地进行的。你永远看不到有谁在为你操劳；你只看到结果，并且心安理得地接受这结果。在修道院里，则是那些可爱的、谦恭的、安静的做杂役的修女们，戴着洁白的面纱，承担了做饭、洗衣和清洁工作。不过我们这些见习修女是不许和她们谈话的，因此我还是没有机会了解这一切具体是怎么操作的。

上校介绍我是临时管家的时候，我注意到厨娘和园丁之间，第一和第二室内侍女之间，互相交换了一下眼色；那眼神半是感到好笑，半是心领神会。我上任的头一天晚上，壮实的雷西姑娘带着有点过于恭顺的神态，以善意的嘲笑口吻问道："玛丽亚小姐晚饭后会下楼来发布明天的指示吗？"

"什么指示？"我问，话一出口就想咬住自己的舌头。唉，我真是少不更事啊！不过厨娘即便心里有数，她也未动声色，而是几乎毕恭毕敬地继续说：

"噢，就是你想让我们明天做的事呀；我和厨房里的两个姑娘，打扫房间的两个侍女，还有园丁、车夫和洗衣女工。"

我差一点说出："啊，悉听尊便，你们大家想干什么就干什么吧。"不过，幸亏我及时想起男爵夫人玛蒂尔达每天晚上都要在仆人那里花费好多工夫，于是便说："好的，我去。"说罢，我直奔楼上，查起必读手册来。

可是，在这洋洋八百页的书中，我怎么也找不到今天怎样向仆人发布明天该干什么的指示。

后来，当我面对着八张期待的面孔时，我试图采取婉转的手法解决问题，便问："你们打算明天干什么？""你们建议下一步怎么办？"这办法挺管用，我几乎庆幸自己出了这一高招；这就给了我查阅必读手册的时间，没过几天，我就不用求助于他人了。

我从第一页看起，每天都花上几个钟头，认真学习如何做一个好管家。

每天傍晚，我都寄出一张短简，上面写着："亲爱的上校：我们阖家平安。家宅、花园、农场诸事顺利。你的诚挚的。"

三个礼拜过去了，我们很少听到上校的消息。孩子们和我收到过问候性的明信片;仅此而已。时间不多了。还有一个多月我就要回修道院了。因此,我在一封短简的“阖家平安”后面,大胆地加了一句:“你什么时候订婚?”

上校的回信收到了,信上说:“……希望你读我的订婚公告时,我能看着你的眼睛。”

我一读到这话,心里不由得冒出火来。我立即坐下来写回信,也不加什么称呼语,直通通地把满腔怒火倾泻在纸上:“我的眼睛跟你毫无关系。我还以为你是个君子,会信守诺言。可惜,我看错了人。”

我也没加上“你的诚挚的”来消减我心中的怒气。他究竟是怎么想的? 我怒火中烧,跑出去把这封短简挂号寄了出去。

五月一个明媚的早晨,上校和公主坐在密林里一条旧石凳上,这密林一直延伸进著名而古老的 G 堡公园。在多次的长谈中,上校试图说服公主忘掉订婚的种种障碍,比如:她得先帮助姐姐生下小宝宝,或者等她购置一套崭新的礼服,或者她得履行她老早对寄宿学校的室友许下的诺言,让她到她巴尔干半岛某处的城堡去拜访她——现在,这些障碍全都不复存在了:衣服买到了,姐姐的孩子出生了,她也从巴尔干半岛回来了。这天早晨他下定了决心,散步时求婚不成,就决不回家。

“伊冯……”他开始了;随即听到了脚步声。

查尔斯,这位忠心耿耿地侍候了这家三代人的老管家,急匆匆地沿着小路赶来了。他托着银盘送来一封信。

他抱歉地说:“男爵,我想这封信可能挺要紧的,是一封挂号信。”

上校看看信,说:“请原谅,伊冯,这是一封家书。但愿不是哪个孩子病了。”说罢拆开了信。他盯着那没头没尾的三行字;过了半天才把信塞进背心口袋里。他从凳子上站起来,神情十分激动。

“哎,怎么回事?”公主问道,“有人病了吗?”

“没有,谁也没病。”上校慢吞吞地答道;随即便握住她的双手,接着说道:“但我现在知道,我不能娶你了,伊冯;我爱的是别人。我很抱歉,不过你让我等的时间太久了。我三年前向你求婚时,你就应该答应我的。”

在深深的沉默中,两人走回了城堡,上校立即启程回家了。

就在这天晚上,电话线把一条消息从一个城堡宫殿传到另一个城堡宫殿,说特拉普家的年轻家庭教师玛丽亚行将临产,而男爵出于忠心和侠义决定娶她为妻。正是由于这个原因,他才不得不解除他和伊冯公主近乎既成事实的婚约。一定是那封信的内容让上校改变了主意,难道会有错吗?

这个故事是谁讲出来的?没人。它一开始就不是个故事;开始时是一种曲折变化的声音,一种用确定无疑的语气提出的问题,却没有得到否定的回答;接着是一阵沉默,眼睛一眨,一声拖腔拉调的“噢——噢——我不知道”。这就是流言蜚语、恶意诽谤的根源所在。

上校回来了,几乎立即消失在他的房间里。家里人很少见到他;即使是吃饭,他也躲在书房里。我们只知道他在写回忆录,不愿意别人打搅。我寄走那封可恶的短简之后,虽然头脑已经平静下来,但心里总是忐忑不安。更糟糕的是,我弄不清到底发生了什么事。他看上去不像订了婚,至少不像我想象中的那种快快乐乐订婚的男人。他偶尔露面的时候,举止有些异乎寻常,不过我不敢贸然发问。

一天晚上,我轻轻地翻看着我的小日历,“时光吞食器”,我们在学校里曾这样称呼它,上面显示我的流放时间只有十三天了。第二天早晨,我发动了春季的打扫工作。在我的指挥下,女仆们卸下窗帘,开始粉刷墙壁,这时我看见三个最小的孩子在敲书房的门。没过多久,他们又从书房里走出来了。

我正站在梯子上擦洗一盏水晶大吊灯,三个孩子向我奔来,离着老远就嚷嚷道:“爸爸说他不知道你到底喜不喜欢他!”

“怎么,我当然喜欢他啦。”我回答时有点心不在焉,因为我以前从没擦洗过大吊灯。我只是隐隐约约注意到孩子们又进了书房。

那天晚上,我正往几只漂亮的东方大花瓶里插花。这是最后的一着,春季大扫除即将结束,一切都很顺利。等我插到最后一只花瓶的时候,上校进来了。他走到我身边,站在那里默默地看我摆弄那些牡丹花。

突然,他说道:“你真是太好了。”

他的声音里有一种全新的语调,像低音钟一样深沉、丰润,使我不由得抬起头来。我们的眼睛相遇了,他那么温情脉脉地望着我,弄得我又立即低下头去,不知所措。我不由自主地问了一声我好在哪里,因为我只记得那封糟糕的信。

“怎么,”他大为惊讶地说,“你不是让孩子们捎话给我,说你接受了求婚,我的意思是说,你愿意跟我结婚吗?”

剪刀和牡丹花都落到了地板上。

“我愿意——跟你——结婚?”

“是呀。今天早晨孩子们去找我,说他们在一起商讨了一下,认为能把你留下来的唯一的办法,就是让我跟你结婚。我跟他们说我很愿意,但是我觉得你并不喜欢我。他们便跑去找你,随即又火速跑回来,嚷嚷说你愿意。我们现在还不算订婚了吗?”

这下我可傻眼了。我真不知道该怎么说,该怎么办;压根儿不知道。空气中充满了预期的沉默,我只知道再过几天我就要被接纳进修道院了,而这里却站着个活生生的大男人,说他想要跟我结婚。

“可是上校，”我总算开口了，“你知道我很快就要回修道院了；一个人不能又回修道院又结婚呀。”

那漂亮的眼睛里流露出了忧伤。

“这是你最后的决定吗？绝对没有希望了吗？”

“哦，”——我有个主意——“你知道，”我急切地说，“我有一个你没有的条件。我有一个见习修女主管。凡是她说的话，我都当成上帝的旨意。让我回去问问她吧。”

我急于离开，也不等他回答，就立即动身朝依山修道院走去。路途不远，不足一小时。我很高兴能找到个借口，在一周的中间就去走访这个可爱的地方。

“现在我知道了，”我沿着萨尔察赫河岸疾速赶路时，暗自思忖道，“他并没有订婚。可能出了什么事呢？”我为这可怜的人感到不安，但却为孩子们感到宽慰。每当我想起那群没有母亲的小家伙，心里便隐隐作痛。但是，我现在只能加紧祈祷，但愿上帝赐给他们一个慈爱的继母。为什么不马上祈祷呢？于是我开始吟诵《玫瑰经》。

我来到见习修女们的集体宿舍，欣慰地舒了一口气，扑地坐在了一把老橡木椅上。

“噢，回家的感觉真好啊。”我感叹道，随即深深地吸了一口气，闻着古老墙壁内散发出来的芳草香以及古老的气息，真是无与伦比。

这时门开了，见习修女主管拉斐拉小姐走进屋来。

“玛丽亚，这个礼拜才过了一半，你来这儿干什么？”

我这才想起此行的使命，便把整个“事件”向她复述了一遍。

“你看，如果你现在告诉我，我因为要进修道院，而不能和他结婚，那么上帝的旨意已定，这对他也必定有所裨益。”拉斐拉小姐用苍老、充满母爱的目光望着我，但却一言不发。突然，她起身走出房去。一小时后,她回来对我说,院长嬷嬷要见我。

我深感荣幸,便怀着轻松愉快的心情走过露天通道,穿过回廊,踏上石阶,不过这一次我问心无愧。还是那扇旧橡木门,开门时还是吱呀一声——啊,在这儿我周围到处都是好朋友,我很快就要和她们永远在一起了。我想着想着,不知不觉已经跪倒在院长嬷嬷脚下,吻着她的戒指。她握住我的双手,长时间地慈爱地看着我,一句话也不说,弄得我忐忑不安起来。最后,她说话了:

"拉斐拉小姐跟我说了你的情况。你在人生的关键时刻回家寻求上帝的旨意,我把大家都召集到礼堂。我们向圣灵祈祷,作了商量,现在我们都明白了,"——这当儿她的手握得更紧了——"你应当跟上校结婚,做他孩子的仁慈的母亲,这是上帝的旨意。"

过了好几分钟,我还跪着,想充分理解这番话。我知道这是最终的判决,没有争辩的余地。是呀,就是这么回事,我总想知道上帝的旨意,可我现在面对上帝的旨意时,却又拒不接受。我的全部幸福都泡汤了,而我那颗如此渴望全部奉献给上帝的心,如今感觉被遗弃了。失望和痛苦像阵阵巨浪冲击着心头。我两眼干涩地俯视着院长手上的那枚大戒指,机械地一遍又一遍地读着镌刻在那块大紫水晶周围的字:"上帝的旨意毋庸置疑。"院长嬷嬷的沉默表明她从长久的经历中得知,在无声的世界里,意志相互斗争时,语言是无济于事的。后来,我依旧神情恍惚,偶一抬头,只见她的嘴唇在无声地翕动,那双令人喜爱的眼睛充满了怜悯的泪水。这泪水冲开了堤防,融化了顽强的抵抗。我真心实意地问道:

"现在上帝要我做什么,尊敬的院长?"

"上帝要你在他最需要你的地方侍奉他,而且全心全意、愉愉快快地侍奉他。"

我慢吞吞地绕着道往回走。这是个没有月亮的夜晚，我沿着河岸走时，看不见河水，只能听到水流声，走着走着，想起了《圣经·诗篇》中的话："流放之痛苦的黑水试图将我吞没。"

我尽可能不出声地打开大门，准备悄悄地溜进去，心想孩子们现在都该睡了。但是上校却站在那里。

他只说了一声："呃，那……"

我怯生生地走进去了；突然间，我先前没有流出的泪水一涌而出。

"她——她们说——说我得跟——跟你——结——结婚！"

他一声不响地张开了双臂。我还能怎么办呢——我把脸贴在他肩上，猛烈地抽泣起来……

第二天吃过早饭，上校对孩子们说他们说得对；他只有娶了我，我才能永远留下来。就是为了这个原因，他决定娶我为妻。随之而来的是一次次的亲吻和拥抱，我从中感受到了孩子们——我的孩子们发自内心的欢乐和欣慰，真让人感到亲切和温馨。

过了不久，上校又出远门了，要到秋天才能回来。他向我解释说他不得不这样做；否则，人家会说闲话的。

"说闲话？什么闲话？"我说。

"噢，说我们的闲话。"

"那他们为什么现在不说？"我想知道。

可是上校显得有些神秘，坚持说这是万全之策。其实他和我只是不知道而已，这些天来人们早已摇唇鼓舌，飞短流长了。

"我将在婚礼前两周回来。然后你就去依山修道院，在婚礼那天我们再在那里见面；此后我就再也不离开了。"他动情地补充说。

他是对的。一切进展顺利。整个夏天，我和孩子们一天比一天亲近。而他们父亲的形象通过我收到的他的一封封信，越来越清晰地嵌入到我的生命中。这是一段幸福而平静的时光。

树叶变黄变红了，初秋的暴雨把它们从树枝上摧落下来。上校回来了，我学会了叫他格奥尔格。随后我最后一次来到亲爱的修道院，在那里度过十天的幽居生活，为婚礼做准备。这可真是一次伟大的圣礼呀。

这天是降临节的第一个礼拜天前的礼拜六，一九二七年十一月二十六日。这神圣的一天终于来临了，我满怀幸福地迎接这一天，准备“在上帝最需要我的地方全心全意、愉愉快快地侍奉他”。就在那间我曾度过了生平最幸福时光的拱顶房间里，我穿上了新娘的礼服。我以前的三位室友，如今已披上了见习修女的面纱，帮我打扮起来。拉斐拉小姐把雪绒花的花环扎到新娘白色的头纱上，这时依山修道院动听的钟声响起来了。到了下楼去教堂的时刻了。所有的人都陪伴着我，我最后一次走下那古老的楼梯，穿过鹅卵石的院子，走过古老的雕像群，穿过姐妹们都在那里列队送别我的回廊。院长嬷嬷拉着我的手，我一步步走向那厚重的大门。大门打开了，我最后一次跪在门槛上，接受最后一次祝福。外面站着迎亲的队伍。透过泪汪汪的眼睛，我发现教堂里挤满了人。噢，孩子们都来了。两个大姑娘领着她们的父亲，他穿着海军制服。两个男孩在等候我，三个小不点儿则忙着照顾我的长裙。这时，风琴奏起了喜气洋洋的和弦。队伍缓慢而庄严地行进，走上座席间的通道，再迈上许多台阶，进入了圣堂。神父艾博特穿着金灿灿的服装，站在那里等候我们。随即，风琴声悠然而止，大教堂里一片肃静，七个孩子围绕在我们身边，我们高声而庄严地相互许诺：“休戚与共……生死相依。”

第六章 家庭节日

圣诞节假期过后,生活又走上正轨;当然,这是对孩子们而言。可对我来说,一切都是新鲜的。说来也奇怪——同样的房子,同样的人,可感觉就不一样。现在他们成了我的孩子,而我是他们的妈妈。真是天壤之别呀。我们以另一种方式彼此相爱,这有多么美好啊。假如今天要我迈出这一步——噢,我肯定没有这个胆量。我会考虑做续弦夫人和继母的种种风险和难处。我会怀疑七个孩子是否会喜欢我。我会觉得担负不起这么多的责任——我就是没有这个胆量。但是人在二十岁的时候,往往比较天真浪漫,意识不到可能出现的种种复杂情况。

孩子们都去上学了,就连病愈的玛丽亚也去了——只有小玛蒂娜还太小。她不声不响地跟着我在屋里转,直至我静下来写信、缝补或刺绣。这时,她才会心满意足地偎依在我膝边。她一般不怎么流露自己的情感,却把她幼小心灵中全部的爱倾注给了一家玩偶小矮人。这个小矮人之家有一个小矮人妈妈、小矮人爸爸和小矮人娃娃,都不满十英寸高。它们看上去古色古香,神情忧郁,玛蒂娜和它们形影不离。

“黑德维格和约翰娜的玩具娃娃,”她总是说,“都是蠢蛋。可我的小矮人却什么都懂。”

孩子们都想在晚饭前赶完作业,因为那以后就是一天中最开心的时光了:全家人晚间欢聚在一起。壁炉里生上火。大女孩们拿来了针线活,小女孩们带来了娃娃或矮人;男孩们和他们的父亲经常做木工,不是刻就是削;而我就坐在一把最舒服的椅子上,开始大声朗读。漫长的冬日晚上,你可以朗读多少文学作品,真令人惊奇。我们读童话和传奇、历史小说和名人传记,还有诗歌和散文大师们的作品。

读了两个小时以后,我会说:“今天就读到这里吧。我们现在唱唱歌好吗?”

这是个让人人放下手中活计的信号。我们坐得靠拢些,开始唱歌。先是轮唱。一唱就是几个小时,这是训练听觉的极好办法,还能自然而然地使你习惯于复调音乐。轮唱教人“管好自己的事”;唱好自己的声部,别管你旁边的人在唱什么。

第一次世界大战以后,天主教青年运动席卷了整个奥地利和德国,为音乐的发展作出了突出的贡献。这些青年厌倦了那些到处流行的忸怩作态、甜得发腻、矫揉造作的合唱团音乐。他们想要找回真正的音乐,于是便深入乡村,搜集真正的民歌和民间曲调,或者钻进档案馆和图书馆,把过去的大师——伟大的无名作曲家——未出版的作品抄录下来。借助油印或手抄的传单,这些音乐得以在城镇间传唱开来,短短几年内,给音乐生活带来了根本的变化。

我在学生时代有幸加入了这样一个青年音乐团体。那时候,青年男女不搞“出双入对的情侣”,而是聚成三四十人的大团体,兴高采烈地一起活动。我们余暇的大部分时间都花在音乐上。这些充满激情的时光结出了美妙的乐曲之果，我们徒步登山带回来的曲谱，可供二声部、三声部、四声部、五声部合唱，可以无伴奏合唱，也可以用乐队伴奏。伴奏乐器有小提琴、大提琴、法国号、单簧管，既有最新颖的，也有最古老的，有重新流行的竖笛，还有古代的长笛。我们在那里一坐几个小时，吹拉弹唱，其乐融融。

我至今还对这些经历感到庆幸不已！我们围坐在桌前，每晚至少学唱一首歌曲。有时需要三个以上的声部，我只得充当男高音，而我丈夫担任男低音。我内心深处多么希望男孩子中能出一个唱男高音的；哈，你瞧啊——他们当中还真出了一个！

有一段时间，我们实在太忙了，简直没法聚在一起看书唱歌了，因为生日的季节来到了。大家庭里每年都有一些家庭庆祝日；又是生日，又是节日。我们这个家庭有两个非同寻常的节期：从一月底到五月初，然后又从九月底到十一月初。以前我们老家的人只庆祝生日，而到了依山修道院，大家则不管生日只庆祝节日。你是以哪位圣徒的名字命名的，就庆祝哪位圣徒的纪念日。现在我们把两种风俗合在一起，全家有九个人，总共十八个节日。逢上自己节日的幸运儿自然会期待家里每个人都送他一份礼物；当然谁也不会跑到商店去花钱买一个跟兄弟姊妹毫无干系的厂家产品。玛蒂娜的小矮人所需要的那种住宅，那是介于狐穴和岩洞之间的一种结构，上面缠满树根，里面有苔藓做地毯，云杉枝做家具，你哪能用钱买得到啊！

爱心和巧手能创造出充满小小奇迹的仙境，尤其是在书房隔壁的房间改造成加工车间以后，里面有了工作台、平锯、圆锯和车床。

盛大的宗教节日都要守夜；这就是说，节日在头天晚上就开始了。因此，我们的家庭节日也在头天晚上过。插着蜡烛的生日蛋糕摆在桌子的中央，桌上还放着各种各样的礼物。我去请当天的幸运主角出来时，其他人围成半个圈，个个手持一朵花。我们一进屋，他们就唱起“Hoch soll er leben”！相当于奥地利的“祝你生日快乐”。

小寿星从一个个人身边走过，接受大家的亲吻、祝福和献花。也许是小蜡烛的光亮映照在快乐孩子的眼睛里——反正这种生辰华诞总要带上几分圣诞节的气氛。据传说，你心里要是有什么殷切的愿望，只要一口气把蛋糕上的所有蜡烛都吹灭，那这个愿望就能实现。接下来是打开礼物，赞赏一番，找出一个个馈赠者，接着便是重新亲吻和拥抱。随后要推举出未来二十四小时的司仪，这意味着此人要确定三顿饭的菜谱，以及“明天放学后的活动”。

宗教节日可没有这么隆重。没有带蜡烛的蛋糕，礼物是午餐时放在你盘子的周围；但是大家照样亲吻、拥抱和开心，因为一切幸福的源泉——那暖人心房的爱，是永远不变的。

除了一年一度的家庭节日外，还有一些每人一生中只有一次的特殊日子。比如说有好多“第一次”：第一天上学，第一次圣餐——而过不了几年又会变成“最后一次”：小学毕业、中学毕业、大学毕业。不管是什么日子，只是由于真正的爱，它才能变成一个节日，而一个大家庭则是这种爱的真正温床。人们应该懂得，钱买不来节日。节日必须来自人的内心，来自能激发人的创造力的爱。我不是想说钱一定会破坏节日。钱用得恰当，就能为节日增添光彩，而且大大地增光添彩；但是有一点很重要，钱只能锦上添花，而绝不能喧宾夺主。节日的根基总是彼此的喜爱，离开了互爱也就没有节日的精神可言。生日的餐桌上可能摆满了从田野里采来的花朵，以及你的孩子们巧手制作的礼物，这些东西的金钱价值微不足道，但对你却是无价之宝啊。

转眼过去了几周，几个月。奥地利跟其他天主教国家一样，把主显节[1]和圣灰礼拜三[2]之间的这段时间，当成狂欢节来过。各种各样的庆典一直持续到大斋首日的前一天，最后一场舞会在午夜十二点结束，接着大斋期便开始了。至少在战前是这样的。

那一年我们没有多少狂欢节的感受。我丈夫从不喜欢参加官方的娱乐活动；官方的宴会以及随之而来的舞会之类总让他感到惧怕。他也不愿意接受任何礼仪指南的约束，告诉他何时何地该做什么。尽管礼仪书上写明新婚夫妇应在多少周之后去各方应酬，但我们却没出去应酬过一次。照那本书的说法，社交界禁止先去拜访新婚夫妇，所以也就没有人来拜访我们；既没有下午五点的茶会，也没有正式的晚宴。周围是社交活动的海洋，我们却独自生活在孤岛上。

在斋期前的礼拜二，我们自己举行了一次舞会。午饭时宣布要在大起居室举行化装舞会，晚上六点钟开始。节日晚餐定在七点半。当然，下午放假，只听见房里到处有人走来走去，脚步声、开门关门声不绝于耳，随着下午渐渐逝去，又传来阵阵笑声。

我七点钟来到楼下，身穿丈夫几年前从香港带回的漂亮衣服，配上鞋子和发饰，尽量摆出一副中国妇女的样子。一个水手冒冒失失地跑过来，差点儿撞倒我。我没好气地想，这种人压根儿不该让他进来。此人浑身刺满了花纹，手、胳膊、脖子上都是，而且透过网眼衬衫，可以看到胸脯上也有多处文身；帽子歪戴在一侧耳朵上，身上散发着一股烟草味，这家伙居然想在我耳边说点温存话。我有点恼火了。格奥尔格怎么能请陌生人参加家庭舞会呢。好一会，我才发现，这位脏兮兮的水手

1 主显节：基督教纪念耶稣向世人显现的节日，天主教、新教在 1 月 6 日，东正教在 1 月 18 日或 19 日。

2 圣灰礼拜三：又称大斋首日，复活节（3 月 21 日）前的第七个礼拜三。该日有教徒用灰抹额以示忏悔之俗。

原来是我那宝贝丈夫所扮。

舞会大获成功，大家都快把肚子笑疼了。有三只爪子、鼻子俱全的小熊，外皮是驼绒毛毯，制作极其精巧，纸壳子糊得颇为别致。它们会吃你手上的东西，会跳舞。每次它们乞讨时，你要是不肯赏它们一便士，它们就死皮赖脸，胡搅蛮缠。

我们跳华尔兹、波尔卡、罗杰爵士舞、兰德勒舞，还有其他一些民间舞蹈。

钟敲十二点时，留声机上的华尔兹舞曲便戛然而止。我们齐声高呼"我们的圣父"，然后互祝大斋期快乐。

大斋节是复活节前六个礼拜的预备节期，天主教国家的乡民们是严格遵循的。我是故意没有笼统地说成"天主教国家"，因为那些大城市为了挤进国际大都会行列，早已摒弃了这些习俗。民族服装被换成了巴黎、伦敦、纽约、上海繁华大街上的流行服饰；民间舞被国际交谊舞所取代；民族习俗——本民族世代相传的风俗习惯，告诉你祖先们在一定时间场合都做什么，你该如何去模仿——已被礼仪手册所取代，各国的礼仪手册详细地告诉你如何穿着打扮才称得上"漂亮入时"，如何待人接物才称得上"符合社交规范"。

住在农村的人如今还在庆祝大斋节，就像自有基督教以来，人们世世代代习以为常的那样：大家通过自愿苦修苦行，来分担耶稣的痛苦，并跟耶稣一起共庆复活节。我们要让那个罪孽深重的旧我死去，脱胎换骨重新做人。禁食是达此目的最古老的戒律之一。在波兰、意大利和奥地利的某些山谷里，尤其是巴尔干国家里，人们还极为虔诚地遵循着这一戒律。每天只用一餐，不吃动物类食品：不吃肉，不吃鱼，不吃鸡蛋、黄油、奶酪或牛奶。

当然，等复活节一到，这些食物又出现在餐桌上，肚子和灵魂一起享受，一起欢庆，有时享乐过分，不得不请来医生。禁食省下的钱用来救济穷人，省下的时间用来祈祷。在耶稣受难像前祈祷这样的古老仪式，现在还是常有的事。有人坚持朝圣旅行，肉体的磨炼促进灵魂的清醒，更容易接受天物。

在圣灰礼拜三之前，我和丈夫已在盘算大斋期间该和孩子们怎么过。

"你知道我的真实想法吗?"他对我说，"天主教徒不像清教徒那样常读《圣经》。我希望我的孩子们能彻底了解《圣经》。"(我丈夫在我来到这个家庭的前一年才加入天主教。)"我们就从《新约》读起，每天晚上都一起读，一直读到复活节。我想我该戒烟了。"他继续说道，随着这庄重的宣言，是一声仿佛发自地球深处的叹息，因为他的烟瘾实在太大了。

慷慨需要慷慨来回应。

"那我对糖果和点心连看也不看一眼。"我说。我的叹息也没有什么两样，因为我好吃甜食。

"孩子们怎样克制自己由他们自己选择吧。"格奥尔格说，接下来可有好戏看了。从各人的反应中，可以看出其正在形成的个性。

看这讲究实际的小家伙："我再也不拧约翰娜了，也不对韦尔纳吐唾沫了——直到复活节为止。"你很难使她相信，这绝不是什么超人的宽怀大度，而只是她应该做的事。

她的一个姐姐属于好心肠、热心人一类，她说："我要替小弟弟、小妹妹背书包，我餐后再也不吃甜点心了，我每天要念三次经文，还有……"你也很难使她相信：决心下得越多，就越难以付诸实施。

接下来是很美好的六个礼拜。一起读《福音书》结果是很美妙的。《福音书》不愧为书之经典，是世界上唯一能使一个四岁女孩听得津津有味的书，而所有的哲学家迄今尚未探究出其神圣的大智大慧。

圣灵周[1]即将来临，棕榈主日[2]是圣灵周的第一天；我们往树林里跑了几趟，把一捆捆褪了色的柳条带回家，配上一些黄杨木的细枝和冷杉的嫩枝，扎成漂亮的圆形花束，绑在三英尺长的棒上。再从工场里弄来漂亮的刨花卷，用染复活节彩蛋的染料把它们染成蓝色、红色和黄色，挂在花束上，看上去又漂亮，又喜气洋洋。到了棕榈主日，教堂里可真是蔚为大观。数百名手持棕榈枝的儿童，彼此争奇斗艳。神父用一种特殊的庄严方式为这些儿童祝福，并以此纪念当年基督用来指引胜利进入耶路撒冷的棕榈枝。

棕榈主日下午，这些棕榈枝被拿到野外。每一片草地、田野或树林都分到一份；每根树枝上都拴着一小瓶圣水，全家人一边四处分插树枝，一边共同吟诵经文。这样，教会的祝福便被带到了放牧牛群的草场；带到了日常粮食赖以成长的田野；带到了为房梁、桌面和床板提供材料的树林，保佑它们免受“敌人的侵害”：水灾、冰雹与火。

这些和基督教同样悠久的风俗礼仪，对格奥尔格来说大多是陌生的，对孩子们来说也是如此。和他们一道漫游这一神奇的领域，是一件多么奇妙的事情。教堂礼拜仪式的壮丽景象在复活节前后表现得最为充分，而谁又能像孩子那样无拘无束、百无禁忌地享受这些盛典呢?

每天早晨，我们总要提前一点走到教堂，以便占个前排的座位。

接着圣礼拜四到了。这一天来得多么快乐啊。大风琴竭尽全力，唱诗班和小提琴、小号和圆号的各位乐师也都使出浑身解数，似乎都在赞美和感谢我们的主制定了圣餐礼，因为这是圣餐礼的诞生日。可是突然间，节日的喜庆蒙上了一层阴影：教堂在这同一个圣礼拜四

1 圣灵周：复活节前一周。

2 棕榈主日：圣灵周的第一天，耶稣复活节前的礼拜日。

纪念主的悲情受难。一个门徒出卖了他，其他门徒抛弃了他，他在客西马尼园[1]由于难以忍受的焦虑和恐惧而极度紧张之时，竟然无人替他擦去脸上的汗水，因为即便他最好的三个朋友也都昏昏入睡。一念及此，整个教堂变得悲戚起来。风琴和乐师全部停止，唯有唱诗班独自吟唱，深情地哀悼主的命运。圣弥撒结束之际，圣餐被庄严地端到了旁边的圣坛。圣餐被锁进圣柜，就如耶稣在那个可怕的夜晚被锁入阴冷肮脏的地牢。现在人们愿为这所有的恐怖和凄惨的苦难作出补偿。这圣坛沐浴在烛光之中，布满了鲜花，人们夜以继日地来此，在爱和悲的交织中陪伴主。

圣礼拜四的《福音书》讲完耶稣制定圣餐之后，还讲到耶稣为门徒们洗脚的感人事迹，最后这样说："如果我作为你们的主和师傅，为你们洗了脚，你们也应该为彼此洗脚。"

因此，年高德劭的主教作为耶稣的代表，脱去了他金光灿灿的祭袍，只穿一件亚麻长衫，谦卑地跪在十二个穷苦的老人面前，给他们洗脚、擦干，亲吻他们的脚。"我已经给你们作出了榜样，你们照着做吧。"

当然，学校放假了。复活节这一周的假日从礼拜三开始，家家户户开始了热火朝天的行动：春季大扫除。唯独在一个角落，家庭艺术家紧闭其工作室，坚决拒绝扫帚掸子接近：他在制作复活节彩蛋呢。首先，把鸡蛋在染料中煮熟：红的、蓝的、黄的、绿的、紫的。晾干以后，不可思议的事情发生了。你可以用某些酸性物质，从基色中擦除某些图案。你还可以用油彩画一些花鸟，写几个字，甚至一小段乐谱。那些字甚至可以暗示这只彩蛋将要属于谁。把鸡蛋投入热气腾腾的染缸里之前，可以把小花、叶子或香草之类扎在蛋上。等你把彩蛋拿出来，解开

---

1 客西马尼园：耶路撒冷东，凯德隆小河附近的一个花园，耶稣蒙难和被出卖的地方。

绳子时,花或草的形状就清晰地印在上面了。你可以发挥无限的想象力,这些天来,有这门手艺的人可成了家里的要人。

晚餐是很庄严的。父亲的座位前摆着几只斟好酒的酒杯和一盘小面包。他掰开面包,对着它画个十字,然后端起一杯酒,拿到家里每一个成员面前,而大家都站起来,为纪念耶稣而吃喝,与此同时,父亲还要朗读这个纪念日的《福音书》。随后,一家人坐下来吃烤羊肉,和早晨在教堂里一样,气氛很庄重,有一点忧伤,不过还是欢乐的。

你在耶稣受难日[1]走进教堂,立刻感到好像走进了丧事之家。牧师经过半小时的布道,用他的脸色和声音,让你清楚地了解了第一个受难日所发生的悲剧:人们如何杀害了他们最好的朋友兼恩人,他们的天主和上帝;又是为什么?有些人出于猜忌,另一些人则出于怨恨和妒忌,或者害怕事业失败,或者仅仅出于无知与误解。

你尽可低下头来,深刻地审视一下你的内心,感到惭愧、内疚,而且啊,还很懊悔。受难日的圣事结束后,教堂要对外表明:基督死了,埋到了坟墓里。因此,圣坛上的台布撤走了,烛台翻倒过来,空荡荡的神龛敞开着门,祭奠灯光熄灭了。没有花,没有蜡烛,没有声音,只有一个大十字架躺倒在圣坛的台阶上,人们进来默默地顶礼膜拜,然后俯下身子亲吻主的伤口。

但是,在奥地利和其他天主教国家,教堂旁边还有一个小教堂,里面似乎十分忙碌。这就是圣墓。这是当地艺术家凭想象建造的一座相当精致的东方坟墓,从这里人们能看到基督安息的形象。全教区都想把这块安息之地建成个极其美丽的地方。人们送来数以百计的盆花和蜡烛,以及蓝色、红色的祭奠灯,足以表明捐赠者炙热的信仰和爱。荣

1 耶稣受难日:复活节前的礼拜五。

誉的守卫人日夜不断：一边有一个持枪的士兵，两名消防队员穿着最好的制服，戴着明亮的头盔，神情威严，还有两个小男孩，两个小女孩，两个男人和两个女人，他们代表着社区的文职和军职人员，怀着双倍的敬意，守护在他们最挚爱的朋友的墓前，同时景仰着耶稣——耶稣说过："我将与你同在，直至最后的审判"；圣墓上方一个小小的宝座上放着盛圣餐的圣体钵，上面盖着一块透明的白纱。

过这样的节日，你的心情会像孩子一样极度兴奋。它们与普通的礼拜四、礼拜五、礼拜六不同；也许你很年轻，尽管你为这些庆祝活动出了力，你那弱小的心却被其神秘氤氲彻底粉碎。当你从圣墓朝拜中回来，你感觉自己仿佛不是从教区的礼拜堂里出来。你恍如刚才还在耶路撒冷和卡弗里，还在人们把耶稣放入墓穴的那个花园里。你无法用言语来形容，但是也无须成人来告诉你；无论如何，你不会想要到处大喊大叫。

接着圣礼拜六来到了。你一走近教堂，就觉得气氛不同往常。教堂前有一堆木柴，周围站着一些手提灯笼的人。这些人就是在降临节期间步行好几个钟头，来到冰冷的小教堂的那些农民。教堂的门开了，牧师带着两个圣坛男童和教堂司事走出来。在观众屏息以待的目光之下，教堂司事终于成功地在石头上打出了火花，并点燃了柴堆。今天早上的火必定是上天赐予的，由牧师为之祝福，而不是人们用火柴点燃的人工之火。

借助这受过祝福的火，就是复活节之火，牧师点燃了三角烛台上的三支蜡烛（这是圣灵三位一体的象征），然后将其端进教堂，一边兴高采烈地唱道："基督之光！"人人应答道："感谢上帝！"

现在教堂里不再阴暗了。她的光明，就是耶稣基督，又回来了。今天教堂似乎竭力想克制住她的快乐和幸福感，因为她始终牢记这才是礼拜六。唱诗班用小三和音清唱了起来，但是对伟大的复活节荣耀的期待终于无法抑制了，突然爆发出胜利的呼喊，这呼喊声可以回溯到上千年前："哈利路亚，哈利路亚[1]！"现在，音乐声再也抑制不住了。风琴在倾注全力，还有小号和圆号，小提琴的高音，尖塔上的钟，以及教堂里的所有小钟，伴随着人的歌声，汇合成一片洪大的、胜利的"哈利路亚"欢呼声。

那些仍然相信复活节白兔以及圣诞树来自天堂之神话的孩子们，听说在圣礼拜四那天，所有的钟都将飞向罗马，由神圣的教皇一一祝福，然后在圣礼拜六带着新的祝福飞回原地。

除非你麻木不仁，否则你对于光明战胜黑暗——生命战胜死亡，至少会感受到一点幸福。无论你人生的道路上有多少困难和忧伤，它们今天都已无足轻重——因此你也成为最终胜利的见证人：基督复活了——也在你的生活中复活了。"哈利路亚！哈利路亚！哈利路亚！"庄严的队伍把圣餐从教堂的圣墓中抬出来，穿过大街，走遍山谷，向世人昭示"哈利路亚"这伟大的福音。这队伍变成一次真正的、名副其实的盛大游行：人人都穿上了新的春装。到了把冬毡帽换成草帽的时节。士兵们、消防队员、退伍军人、小孩子们，人人都穿着节日的盛装，以此向主表示庆贺。那一天，最年轻和最年长的心灵都充满了奇妙的信念：如果主胜利了，我们有朝一日也会获胜，因为主是这样说的。

基督教如今像个大家庭，无数兄弟姐妹同住在一个屋檐下。他们同宗同族，但是有时对于如何管理大家庭的事务，意见分歧较大。

---

1 哈利路亚：意为"赞美上帝"。

例如,有些人并不注重外表的虔诚。他们说,上帝是一种精神,他只需要人们在精神上加以崇拜。因此,他们摒弃了一切礼拜仪式。他们不要任何令人分心的仪式,不要香,不要法衣,不要音乐,不要图片和形象,甚至不要圣餐——只要精神的礼拜。

然而,问题在于,只要我们还活在这地球上,我们就不仅仅是纯粹精神的,我们还有一个肉体,而在肉体内部,还有一颗世俗的心;这颗心需要外部征兆来表示其内部情感。这就是为什么我们会拥抱和亲吻我们所爱的人;而且爱得越深,就越热烈地把他紧贴在这颗心上——不知怎么回事,这些兄弟姐妹似乎忽略了这一事实。但是你无法欺骗这颗心;它知道它需要什么,也知道如何去取得它所要的。因此,我们看到,除了教堂的仪式外,另一种含有相同成分的仪式发展起来。法衣从教堂里退下阵来,却以其宽袖丝绒长袍和怪模怪样的四角帽进占了娱乐场所的舞台;教会的行列仪式发展成为豪华绚丽的盛大游行;甚至以罗马主教大弥撒为中心的各种仪式也找到了替代品。只不过现在坐在宝座上的不是主教,而是一位年轻漂亮的小姐,什么五月皇后、玉米皇后、橘子皇后、土豆皇后,在那里接受加冕,受人景仰。

是呀,时代在变,思想也会变;但是人心和人性却始终依旧。我们要理智地记住自己是血肉之躯,明白我们的肉体何时需要禁食,我们的心何时需要开怀。复活节就是这样一个时候。

当一年中最重要的一个礼拜天降临之际,我们的心和家都为这盛大快乐的复活节作好了准备;经过春季大扫除,污垢和灰尘被洗刷干净,里里外外一尘不染。教堂的忏悔室前排起了长长的队伍,悔恨的心已为罪过找到了宽恕。即便那些终年忙碌、没有时间忏悔的人,或者自我感觉良好、通常找不到什么需要忏悔的人,这时也会恪守教会的古训:"所有的信徒每年至少忏悔一次,在复活节恭恭敬敬地接受主的圣餐。”

我们也都站在忏悔室前面的队列中，等候忏悔。我们一年中曾多次来到唱诗台下面的暗室，等着听这句安慰的话：“你的罪过得到了宽恕。”可是今晚却不一样。我们仍然站在黑暗中，也能看见那慈爱的手正忙于把上帝的圣殿转变成一座美丽的花园，园中长满灌木和幼树，还有花——花——花——在这里，上帝能在明天早晨荣耀地庆祝他的复活纪念日。这使你的心对伟大的复活节的福音充满了幸福的期待：“我将与你共享安宁。”

这天早晨，当一家家人走向教堂时，你可以看见他们拿着大包小包的东西。在这个最重大的礼拜天，甚至连摆到早餐桌上的丰盛的食物也要领受祝福。父亲拿着大火腿，母亲拿着精心烘烤的上面布满葡萄干的复活节面包，孩子们则负责复活节鸡蛋篮和一小碟一小碟的盐。在庄严的复活节礼拜仪式开始之前，牧师对食物作了特别的祝福。在灵魂和肉体都得到祝福之后，一家人做完庄严的大弥撒回到家里。经受过禁食的成人们满心期待吃一顿节日的美餐，小家伙们则想知道复活节白兔何时降临。

“今天下午。”母亲说着笑了。果不其然，下午大家提着小篮子出去时，在花园里，谷仓后面，树底下，灌木丛中，到处都有装饰得极其美丽的复活节蛋：有上了颜料的，有巧克力做的，还有些是糖或面团做的。父亲和母亲必须陪着一起去寻找复活节蛋。母亲被几只急不可耐的小手东拉西拽，还得跟着发出赞叹，最后篮子都装满了，就用自己的大围裙来援助。父亲则身穿白衬衣，礼服外套搭在肩上，悠闲地跟在后面，听着孩子们爆发出阵阵欢乐的笑声。

他敏锐的目光突然看到那边树林的边缘上有一个小红点。噢，对了，那就是一礼拜前他亲手放下的神圣的棕榈枝；他的视线慢慢扫过他的小小王国：林地、草地、牧场、田野、谷仓、房子、他的妻子、他的孩子们——凡是目力所及，到处都是一片幸福。虽然他不像城里人那样，不管走在哪里，站在哪里，都能够从容不迫、落落大方地侃侃而谈，但在他的心灵深处，却感受到了“世间所没有的那种安宁”。

第七章　夏季音乐节和婴儿

不久，我们就谈论起夏天做什么，到哪里去。

“我想带大一些的孩子去听优美的音乐会和歌剧，”我说，“毕竟，全世界的人都聚集在萨尔茨堡欢度音乐节呢。我们为什么不利用一下这个机会呢？”

格奥尔格有点怀疑这个计划是否能带来真正的乐趣，不过见我真想参加音乐节，便也就同意了，脸上露出诡秘的一笑，那样子仿佛在说：“你走着瞧吧……”

萨尔茨堡当时还只是个三万五千人口的小城，临江而立，四面环山。这座古老城市原名尤瓦温，可以追溯到古罗马时代。早在公元五世纪，该城就皈依了基督教。它有自己的殉道者陵墓。后来，圣鲁珀特斯创建了本笃会圣彼得修道院，并且训诫教徒们以法国各地和德国部分地区为榜样，将森林开发为可耕地，把当地人的心灵转化成适合播种基督福音种子的肥沃土壤。不久以后，他去拜访他的侄女本笃会修女圣埃伦楚迪斯，并在圣彼得教堂上方的山上为她修建了一座依山修道院。萨尔茨堡市就是围绕着这两处圣所发展起来的。世纪的更迭留下了时代的印迹,但是老城区却没有多大变化。因此如今你还能看到罗马式和哥特式的教堂、文艺复兴时期的宫殿和巴洛克式的小教堂,和谐地比肩而立。这是一个终年都很宁静的城市,人人各行其是,可是夏天一到,它却突然变成了一个音乐之都。挂着世界各地牌照的华贵汽车缓缓驶过狭窄的街道,你穿过城桥的时候,能听到说英语的跟说萨尔茨堡地方话的一样多。全世界的音乐大师们云集于此:托斯卡尼尼、理查德·施特劳斯、洛蒂·莱曼和布鲁诺·华尔特,整个城市热闹非凡。假如你没有提前几个月预订旅馆,你简直不可能找到住处。整座城市披上了盛装:所有的行政大楼上都飘扬着国旗,所有的桥上、所有的节日音乐厅、节日礼堂周围,全都挂上了彩旗,街上的行人似乎也都个个喜气洋洋。

一天早饭时,我丈夫一边拆看邮件一边说:"一个远房表亲写信问我们能不能为他及其家人来参加音乐节提供住所。他很久没见到我了,说他渴望重叙旧谊。我真没想到他对我感情这么深。可见多么容易看错人啊。"他不无遗憾地说。

第二天又是吃早饭的时候,他从牙缝里吹出了一声口哨。

"哎——我真跟你说不清此人是谁,不过他白纸黑字地写着他是我大学室友的大姐的儿子,而我甚至从没听说过他。这岂不是很滑稽嘛!他也要来过音乐节。不过,我们反正还有房间。"

几天后,一位老伯父发来电报说他也想来参加萨尔茨堡音乐节。又过了一个礼拜,一个德国的表弟连同妻子和七个孩子不知道是否……丈夫望着我说:"明白我的意思吗?"

他们全来了,姑母姨妈,叔父舅爹,表兄弟和朋友们,他们从未见过亲爱的格奥尔格,而且长久以来,一直都很喜欢他……他们特别高兴见到他可爱的妻子，噢，孩子们都长得这么大了！大宅变得狭小了，觉得好拥挤。

赫尔曼表兄想看看这座城市。

“鲁珀特，你愿不愿意陪他去，带他看看……”

“我知道，”鲁珀特回答说，“要塞、莫扎特诞生地、魔笛之屋、蒙奇斯堡山、卡普津纳堡山、大教堂、圣芳济各教堂、圣彼得教堂、依山修道院，以及节日音乐厅。”

昨天由精干的鲁珀特领着参观了城市的埃尔韦拉表妹，现在交给了阿加特，由她带领去参观美丽的海尔布隆小城堡和水利工程。埃德蒙舅舅不喜欢（用他的话说）那些旧石头、旧铁器，只想由韦尔纳领着去看看萨尔茨堡周围几座有名的酿造园。玛丽亚率领一群孩子进城参观举世闻名的木偶剧场去了，而格奥尔格则驱车带着几个临时寄宿的海军朋友沿着美丽的山路，直奔盖斯堡山的顶峰，俯瞰绮丽的景色。

接下来的三十天就这样过去了。晚上，让游览搞得筋疲力尽，我们就去看一出演艺精湛的歌剧，或者去听一场终生难忘的音乐会；可你似乎从来没有安闲地真正享受一番，因为就在你刚要跨进汽车开往歌剧院时，就又来了一封电报，宣称一位新客“好久没见过亲爱的格奥尔格……不知道是否……”正当莱波雷洛把“声域咏叹调”发挥得淋漓尽致的时候，你却在用心计算床位，苛责自己没有及时修改跟肉店的订单。这下可好，明天的牛排肯定不够吃了，而在这种时候，想要临时弄点吃的谈何容易。几个礼拜过去了，我总是躲着丈夫的眼睛。他眼里闪烁着一种光芒，一种让我为之恼火的光芒。

这一切终于结束了。跟最后一位客人挥手告别后，我们再一次孤独地围坐在餐桌前。屋里一片寂静，鲁珀特好像在喃喃自语，玛丽亚则全神贯注地掐着手指头数数。

最后终于有人说话了："我到莫扎特的诞生地去了十九次。围着要塞转了二十一次，去教堂十五次，海尔布隆和水利工程八次，还有……"

格奥尔格放下刀叉。他乐不可支，仿佛浑身发出吱吱的响声。

但是还没等他开口，我用手按住他的手，一字一顿地说："是的，我明白你的意思了。如果我们想要欣赏音乐，那就得到别处去过音乐节。以后可不能再在萨尔茨堡度夏了。"

客人走了之后的一天，孩子们都在草地上玩耍，黑德维格气鼓鼓地说："妈妈，你这是第三次不跟我们一起打排球了。真没有意思。来吧，球在这儿。"

我把孩子们都叫过来，大家坐在花园里的小木屋前，我告诉他们圣诞节过后不久，上帝将赐给他们一个小妹妹或小弟弟。

"噢，妈妈，还是来个小男孩吧，"韦尔纳叹息说，"我们已经有五个女孩啦！"

玛蒂娜说："既然要过了圣诞节才来，你现在怎么能知道呢？"

我就这样告诉了他们。

这是一种难得的时机，天似乎触着地，心与心之间结成了牢固的纽带。

降临节又到了，这是最美的降临节：我们实实在在在期待一个生命的降临。漫长的夜晚到来时，我们聚拢在火炉前，家庭气氛一如往昔，这种气氛只能用那个无法翻译的字眼来形容：gemütlich[1]。有一种新东西，人们可以感觉得到，但却无法用言语来表达。全家人都沉浸在乐滋滋的期待之中。一双双小手在忙于编织的不再是男人的长袜，而是漂亮的小毛衣、小帽子、小球衣和小裤子，当然全都是蓝色的，因为

1 gemütlich：德语，意思是安适、惬意。

“我们已经有五个女孩啦”。格奥尔格和男孩子们正在吵吵嚷嚷地制作一个漂亮的摇篮；我大声朗读一个童话故事中的一段，上面有这样的话：“过了一年，年轻的皇后生下了一个小儿子，他们此后就一直过着幸福的生活。”这时玛蒂娜望着她的小矮人玩偶，一本正经地点点头。

当你经历着人生的伟大神秘，自己成为母亲，结出生命的果实时，关于圣母和圣婴的圣诞故事，在你的心中便滋生出新的含义。

圣诞节过后，我去找福格尔夫人做产前安排。她是一位医生的年轻遗孀，听说是全城最好的助产士。我们估算了一番，然后断定孩子将在二月中旬出生。

“孩子的用品全都准备好了吗？”福格尔夫人问我。

“我也搞不清楚，”我颇为紧张地说，“跟你说说我准备好的东西吧：十打尿布，三打一号衬衫，三打二号衬衫，六打尿布短裤，十六件上衣，一个摇篮，一张儿童床，一个篮子，一辆儿童车。”

“天哪，打住！”福格尔夫人叫道，“你不会以为自己要生三胞胎吧？”

其实这些东西中没有几件是新买的，绝大多数是前面的孩子们留下来的。我只需要把它们从阁楼上拿下来，洗一洗，熨一熨，理好褶子，因为这些小衣服到处是褶边和褶皱。

到了二月中旬，福格尔夫人住到家里来了。两天后，显然日子到了。

在过去的九个月里，全家人谁也没想过要请医生来，因此谁也没想过我哪怕该吃一片阿司匹林之类的事情。福格尔夫人的到场给我们带来了信心。一切都很顺利，阵痛是在所难免的；自从夏娃偷吃了苹果，万能的上帝就作了这样的规定。

格奥尔格坐在我的床边，这是非常必要的。在这方面他懂得比我多得多；他经历过七次这样的事。他向我担保说我不会死，我现在越是少呻吟,以后就会越有力气,这才刚刚开始呢。他说得很从容,使我不再那么担惊受怕了。我经历了一种全新的感觉,发现阵痛不像牙痛,牙痛有时似乎钻进你的骨髓。阵痛犹如拍击海岸的碎浪,每隔一定的时候袭来。阵痛一停止,你感觉非常好,简直就想跳舞,但下一次碎浪击来时,你又立即改变了主意。

"会不会拖上半个多小时呀?"我小声问福格尔夫人,她似乎没听懂,因为她只说了声:"深呼吸。"

这是下午早些时候的情形。福格尔夫人吃过晚饭过来时,脸上的漫不经心的神情突然改变了。她全神贯注起来。

透过开着的房门,我能听见孩子们的声音。他们在念《玫瑰经》。每念一节就唱一首歌——声音很轻,只唱两部,因为男高音和男低音都不在场。我听着觉得像是天使的歌声。《玫瑰经》是多么美妙的经文啊!八百年来,它通过圣母的手,把忧伤和困苦、欢乐和幸福带到上帝的宝座面前。我们一遍又一遍地重复着"圣母马利亚,上帝的母亲,为我们祈祷吧……"这声音就像小孩子在祈求一心想要得到的东西:"求求你,妈妈,求求你!噢,妈妈,求求你,求求你!"

我用整个心默默地加入了合唱。在这漫长的时间里,格奥尔格从未离开过房间一步。他那强有力的手就像一支铁锚,当阵痛的飓风企图掀翻一只孱弱肉体的小船时,我牢牢地抓住他那手不放。

在九月怀胎的最初几个星期里,我们两个还挺挑剔的。他要的是个金发碧眼、瘦高个子的男孩。格奥尔格希望他像母亲,而我却坚持要他酷似我的英雄。时间越是临近,我们就越不那么挑剔了。他只要健健康康,有胳膊有腿,眼睛和头发的颜色又有什么关系呢。现在,是男是女都无所谓了。我们全身心地都在关注唯一一个不容忽视的问题:

"噢,上帝,保佑你的这个孩子身心健康地生下来吧。"

当一声尖锐的幼弱的哭叫划破沉寂时，我听见楼下的孩子们从座位上跳起来，欢天喜地地唱起了音乐大师巴赫的感恩圣歌："现在，我们一同感谢上帝。"这时格奥尔格俯下身来，吻我的前额。在这宝贵的时刻，人类觉得自己升华到了上帝的高度，分享着他的力量，成为上帝——天父——天地创造者的助手。

随即，格奥尔格走到福格尔夫人那里，去看他的第六个女儿。

"看上去跟所有的新生婴儿一样，"他用一种很在行的语气说道，"就像一只小猴子。"沉醉的气氛被打破了。听到我虚弱无力的抗议，他走出屋去"报告孩子们"。

他是不是看见受了伤害的年轻母亲眼里涌出了泪水呀？他马上就回来了，漂亮的眼睛里闪烁着温存的光芒，他真诚地低声说道：

"可小猴子是最可爱、最迷人的小生灵啊，我不希望她长成别的模样嘛！"

我除了破涕为笑还能怎么办呢？接着，他把我交给福格尔夫人做专职护理。过了不久，孩子们蹑手蹑脚地进来看婴儿，跟我道晚安，我突然感到疲惫不堪。这一天可真够受的。我晚祷时一开始就说："噢，上帝，我感谢你，感谢你赐予的这一切。"说罢就睡着了。我最后的念头是：

"真是——太美妙了！"

那是一九二九年冬天，欧洲经历了老一辈人都记不得曾遭遇过的寒流。气温降到华氏零下四十五至五十度。由于我们的教堂没有取暖设备，我们就请我在依山修道院的好朋友布鲁诺神父来到家里为婴儿洗礼。鲁珀特和阿加特如愿以偿，做了婴儿的教父和教母，孩子取名为：罗斯玛丽·埃伦楚迪斯。

第八章　彼得表叔和他的指南手册

我丈夫的一个远房表弟彼得，去年夏天也来参加过萨尔茨堡的音乐节。他带着妻子和六个孩子住在盖斯堡半山腰的一家服务周到的小旅店里，到音乐节快结束的时候我们才认识他。两家人一见如故。他们的孩子跟我们的孩子年龄相仿，在音乐和艺术方面，我们也有不少共同的兴趣。

彼得曾在普鲁士帝国军队里做过少校。他是个很可爱的人，跟魁梧的身材相称，心胸颇为开阔，因而同他很容易相处。不过，到了恪守职责的时候，彼得可就如钢似铁、毫不含糊。由于在他看来，他日常生活中的每件事不是对上帝负责，就是对同胞或对自己负责，因此他也就有无数职责缠身。

彼得还爱好指南手册。

彼得新婚燕尔，他们就期待着他们的第一个孩子。他很快搞了本相关的手册来，这本书将指引他安然地度过以后的九个月。到第七个月，手册上说："应当除去卧室里的地毯和窗帘，用杀菌剂洗涤墙壁和地板。”彼得身为少校，有两个勤务兵供他差遣，于是他手持指南，站在卧室中央，指点勤务兵干这干那。就在这时候，他妻子劳拉在厨房地板上滑了一跤，觉得异常疼痛，便上楼向床上走去，边走边对彼得说：

“亲爱的，请马上给×夫人（指福格尔夫人）打电话。”

彼得只是惊讶地瞥了她一眼。然后，从眼镜框上边瞧着她，用无可奈何的语调说：

“劳拉——不可能啊！才刚到第七个月呀！”

为了躲开下一个夏季音乐节，我们和彼得一家合计好，七八月份往南去，到亚得里亚海的一个岛上宿营。

我们一直没有再想这件事，不料到了二月底，格奥尔格收到彼得的一封信，信上说：

亲爱的格奥尔格：

很遗憾地告诉你，你说的到户外宿营并不是个好主意，我可以用我的经历来证明。我曾在卧室靠近开着的窗户旁的地板上，裹着毯子睡了好几夜，我要很遗憾地承认，我因此得了有生以来最严重的感冒。为了对家人负责，我不得不取消我们去年夏天的约定。

你亲爱的表弟

彼得

格奥尔格回信说：

亲爱的彼得：

听说你感冒了，很是遗憾。卧床休息，多喝点热酒发汗去寒，这法子挺管用。至于夏天的事，不必担心。德国北部你家乡那边二月底的气温，跟海岛上七月份的气温至少相差华氏八十度。我们会玩得很痛快的。

你亲爱的表兄

格奥尔格

我们确实玩得很痛快。彼得心里还有不少顾虑需要打消，不过他们终于在七月初来到我们家。彼得满意地打量着他那十八件行李，同时还要我们放心，大件行李已经运往波拉了。波拉位于伊斯的利亚半岛[1]最南端，从前是奥地利海军基地，现在从属意大利，我们去的小岛离海岸只有几英里远。

去年圣诞节除小玛蒂娜以外，每人都得到了一辆自行车，小玛蒂娜得到的是一辆脚蹬踏板车。彼得的大孩子们也带来了他们的自行车，于是作出了这样的计划：他们跟我们的大孩子和我做一路；我们先动身，骑着车子游览阿尔卑斯山。格奥尔格带着劳拉和所有的小孩子几天后乘汽车赶来；彼得则要乘火车先行，以便照料行李。那时候，公路上的汽车并不多，我们骑车经过的乡村犹如仙境般美丽——我们玩得好生痛快。五天后，我们就到了波拉，两家人全都聚齐了，大家坐在一起，一边吃着最可口的炸鱼，喝着当地的黑葡萄酒，一边讲述着路上的奇遇，直到深夜。

孩子们都很兴奋，讲起开心故事来一个比一个精彩——最精彩的当属黑德维格，她笑得都快噎住了，说：

“爸爸，你知道发生了什么事吗？每天中午休息的时候，鲁珀特就不见人影了。第四天我们就跟踪他，想知道他干什么去了。你知道我

1 利亚半岛：现克罗地亚西北一半岛，伸向亚得里亚海东北部。

们在哪儿发现了他吗？他坐在树林子里的空地中间，膝盖上放着镜子——在刮——刮——刮脸呢！”

可怜的鲁珀特！他羞得脸红到头发根，你一眼就能看出，他多想把他亲爱的小妹妹掐死，谁让她把她十六岁的哥哥深藏不露的隐私给泄露出去啦。

“没关系，鲁珀特，”格奥尔格来给他解围，“这是男孩子家的事，黑德维格是绝对学不来的。”

随即，真到了该睡觉的时候了。第二天我们租了一条大船，好把我们送到目的地费鲁达。等我们到了码头，几个人已经在装载大箱子了。

“天哪！这么多行李啊！”我脱口说道。

的确如此。彼得为了彻底履行他对家人和自己的责任，对于《宿营手册》上的指点字字照办。《宿营手册》根据每个人的起码需要，提出了：（一）八个人；（二）六个礼拜；（三）晴天；（四）雨天的全部需求清单。东西全都装进了箱子。格奥尔格和我互递了眼色。我们就知道我们会过得很愉快。

岛上没有码头。你得涉水上岸。我们的行李包括六顶帐篷，每人一张吊床，外加一个睡袋、两条毯子和一个放个人物品的帆布背包。我们以前宿营过。

早晨天气很热，这时乌云聚拢过来。格奥尔格看了看天色，对我们说：

“扎营——快！”

转眼工夫，六顶帐篷围成一圈，其他行李都放在大帐篷里，那帐篷下雨天就当起居室和餐室用。我们都默不作声地忙着，人人都知道下一步该干什么。这时我才想起彼得来。他在哪儿呢？

“彼得，彼得！”我叫道，随即传来他慌忙而沉闷的回答：“在这儿。”

在一棵茂密的松树后面，我发现他露在外面的下半截身子，整个上半身倒栽进一只很深的箱子。这时他露出头来，脸色发紫，一副得意扬扬的神情。

“在这儿呢！”他胜利地嚷道。

你说什么呀？原来是《宿营手册》，给误放在最大箱子的箱底。他紧张地找他的眼镜，可是哪里也找不到，因为他总把眼镜架在前额上。接着，他把手册翻开到第一页，说了声：“表嫂，我们现在开始吧。”随即他便冲着我念了起来，我简直不敢相信我的耳朵。

“到达可供选择的宿营地之后，第一步是勘查那地属于哪一种：（一）沙质地，（二）岩石地，（三）沼泽地，（四）山丘地，（五）平地。”

彼得又把眼镜往上一推，以恺撒大帝的语调和气派，嚷道：

“孩子们，注意！开始勘查！”

这时格奥尔格过来了，可惜他没有看到刚才那一幕，便打断了这一战略部署，提议说：

“彼得，我看你最好还是把箱子放进帐篷里。五分钟之内就会有倾盆大雨。”

我为“恺撒”感到遗憾，于是便说：“这儿是平地和沙质地——来吧！”樱桃般大的雨点开始落下来了。

暴风雨过后，最有趣的事要算打开那些大箱子。现在回想起来，只有梅西公司的童子军用品部能与之媲美。带橡胶地板的崭新帐篷；每顶帐篷里都有几盏乙炔灯；两条折叠船，每条船上有三张帆；最别致的睡袋和毛茸茸的睡衣；亮铮铮的厨房用具；一架留声机和一些唱片；满满一箱子的书，满满一箱子的酒；另外一箱装着丝绸镶边的淡紫色和豆绿色的毯子和精致的坐垫；还有一箱装着美味罐头食品。在这“宿营手册活标本”中间，站着彼得，他喜笑颜开，张开双臂说：“请随便用，请随便用！我们物资丰富，远远超过需求。”

费鲁达是伊斯的利亚半岛和达尔马提亚海岸外众多小岛中的一个。小岛的一端缓缓地露出海面，渐渐地升高到一百五十或两百英尺左右，另一端则形成陡峭的悬崖。一小时工夫，就可以绕岛走一圈。海岸线受海水侵蚀，形成许多房间大小的小海湾。岛上约有五十英亩的地方覆盖着茂密的松林，其余部分就是田野和牧场。这美丽的地方一度归圣芳济会的修道士们所有。岛上的最高处仍然留有教堂和修道院的遗迹。修道士们曾种植过一个草药园。拿破仑把那些修道士驱逐出去很久以后，药草还遍地丛生，在酷暑的日日夜夜，散发出最奇异的芳香，在好几海里以外的海面上都能闻到：麝香草和薰衣草，小茴香和鼠尾草，薄荷、天竺葵和迷迭香，还有许多我们说不出名字的草药。古老的墙上长满了金银花、野玫瑰、夹竹桃和月桂。皓月当空，在这小小的天堂里散散步，真是超尘脱俗，美不可言。

格奥尔格从小就熟悉费鲁达。他出生于达尔马提亚海岸线中段的扎拉一个奥地利海军军官家庭。他们在的里雅斯特生活过一阵，在波拉一直住到一九一八年。他也认识鲍莱塔先生，此人战前在波拉开过一家五金店。后来他买下了费鲁达，退休后搬到了这里。他在古老的修道院里给自己找了两间房子，现在还住在那里，作为岛上唯一的居民，心满意足地吃着自己钓的鱼，自己种的蔬菜和水果，几乎不需要用钱。他难得去一趟“闹市区”，也就是波拉。他邀请我们到费鲁达宿营，于是——我们就来到了这里。

就在这时候，我们的主人从他那石砌的隐居处赶来迎接我们。现代人想要“回归自然”，到乡下过“简朴生活”，仿佛像土著人一样，但是根据“指南手册”的指示，却拿来五花八门的物品，主人一见这架势，眼睛瞪得越来越大。鲍莱塔先生自己只有几口锅、几只盘子、一套礼服和一副渔具,这些东西让他眼花缭乱。

"Varra,varra!"他咂着舌头把这话重复了好几遍。(意思是"你们对这种事知道什么呀!")

我们的小帐篷就扎在海岛的东头,小岛从那儿缓缓浸入海中,不过我们每天都爬到悬崖上,去观看海潮,或是观看巨轮出海驶向地中海,或是去看鲍莱塔先生钓鱼。我们在松树下的海军吊床上睡觉,头几晚睡得很不安生,一次次地从床上掉下来再爬上去,不过经过几晚之后,就能睡得很安稳了。松树的浓郁清香,海浪的喃喃细语,树枝间洒下的月光,吊床在轻轻摇晃——啊,真如天堂一般!

起初,人人都兴高采烈。格奥尔格是最高指挥官,任务由他分派,比如烧饭,到山上的水塘那里提淡水,看孩子,洗碟子。每两周轮换一次,两家轮流干。每天早晨的头一件事是游一会儿泳。然后大家集合做早祷、吃早餐。然后分成小组,钓鱼、游泳、划船、扬帆,或者走一走。过了几天,我们发现我们的孩子到处跑,弄了几条船玩得好开心,而彼得家的孩子大多在岸上。我经过一番调查,才明白《宿营手册》上告诫在下列情形下不要离开陆地:(一)风从陆地吹来;(二)天边有积雨云;(三)过去的三天有暴风雨;(四)确有迹象表明二十四小时内将有暴风雨来临;(五)气温超过华氏八十度;(六)感到有轻微的消化不良;(七)头痛;(八)浑身疲乏。因此,每天早晨吃完早饭,都能看见彼得表弟舔舔右手食指,照《宿营手册》上说的举起手指,沮丧地感觉出风是从陆地上吹来。其实,整个夏天在这一带海岸,每天早晨风都是从陆地吹来,每天晚上都由海上吹来,有没有《宿营手册》都是如此。于是,彼得表弟对于热切恳求的孩子们,只能遗憾地摇摇头。

格奥尔格和我商讨了一下作战方案,最后决定每天早饭后,由我负责稳住彼得，直到格奥尔格成功地把孩子们都打发出海。当最后一个孩子离开了海岛，他会吹响水手长的哨子向我报信。

第二天早晨，我留心察看彼得早饭后干什么，很快发现他想清清静静地刮个脸。他拎着两只好大的皮箱，拿着几条毛巾和几只盒子，下到一个小湾里，这里有八九十个小湾彼此相挨着。我换上了游泳衣，舒舒服服地待在他附近的小湾里，从一块石头后面观察他。这未免太拙劣了，可我又有什么办法呢？我今天奉命要在吹哨之前，防止彼得再舔手指头。而如何来完成这一任务，连我自己都不知道。眼下，我完全被眼前的景象迷住了：彼得满怀深情地把几条不同的毛巾摆在平滑的石头上。随后打开第一只皮箱，拿出一把刷子、一块肥皂、几只小瓶、一根磨刀皮带，还有许多小玩意，究竟是什么我也说不上来，不过肯定是《宿营手册》里写明的。接着他打开了第二只皮箱，里面显然装着洗浴用品、海水专用肥皂、爽身粉等。这些物品都摆成长方形的阵列，就像操练场上的士兵。随即彼得往后退了退，赞赏地看了看，点了点头。看样子挺不错。不过，还有比这更令人兴奋的。彼得在一块较低的石头上坐下，拿起那根磨刀皮带和一把剃刀，把大脚趾套进磨刀皮带的中环里，左手抓住皮带的另一头，开始磨剃刀，一边大声数着："……十二，十三，十四……"一听就知道《宿营手册》上是这么写的，起码在礼拜三要磨上二十下。我看得入了迷，几乎忘记对大家应尽的职责了。等他在一只漂亮的粉红色碗里调出肥皂沫的时候，我的良心觉醒了。

看在老天的分上，我可不能让他刮脸呀。"彼得！"我一边带着哭腔地喊道，一边从石头后面站起来。"彼得！"我不知道还该说什么。

他给我作了提示。"有什么麻烦吗，玛丽亚表嫂？"

"你知道，我不喜欢这个小海湾。彼得，你跟我换换行吗？"

这时，我羞愧地坐在一块石头上，一边看着他把东西一件件收起来又拿出来，不厌其烦地把整个程序重来一次，足足折腾了十分钟，一边硬着心肠在盘算，若不是听见那声音，我一准还得把他赶到另一个小海湾里。幸好传来“解除警戒”的信号，彼得终于能不受干扰地刮完了脸，而我则痛快地游了个泳。

这种情形接连重复了好几天，直到彼得相信格奥尔格表哥给孩子们所作的安排不会招致不幸。

这真是个美妙的夏天，既充满了奇遇，又过着我们所渴望的最健康的户外生活。两家人紧密地团结在一起；孩子们结下了终身的友谊。

最后一晚到了。我们已经延长了假期，孩子们若要准时上学的话，该马上动身回家了。这无疑是最后一晚了。我们带着临别前常有的那种依依不舍的惆怅，围坐在营火前。弯弯的月亮洒下淡绿色的光，平添了离愁别绪。到了晚上，孩子们要求我讲鬼故事——“真正的鬼故事”。于是，我就编了几个“真正的鬼故事”，讲的是修道士们在岛上游荡，灵魂得不到安息，因为……在没有月光的夜晚可以听到一种沉闷的声音，又是悲叹又是呻吟，那是拿破仑皇帝的声音。他摧残了这座修道院，因而就得一直呻吟下去，除非有人重修修道院，把它交还给圣芳济会的修道士们……还有……可我马上得陪我的小听众回到各自的吊床上。现在只有我们这些大人围坐在火边了。我们谈完了几个月来度过的丰富多彩、美不胜收的夏日生活，彼得拿起最后一只酒瓶斟满了大家的酒杯，突然说道：

“你们知道吗，我突然想起，来这儿几天后，我就再也没有打开过《宿营手册》。顺便问一句，劳拉，你有没有看见过那本旧《宿营手册》？从一开始我就不知道把它放哪儿了。”

这也许是对费鲁达——这颗藏而不露的大海明珠的最高赞赏吧。

第九章　手术、乌龟和长途电话

五月一个风和日丽的日子。罗斯玛丽两岁了。这天是耶稣升天节[1]，又是假日，全家人都去教堂做礼拜了。罗斯玛丽和我待在家里，我给福格尔夫人打过电话，说又到她该来的日子了，也许就在这几天。真是说来就来了，而且来得很快，我都没来得及通知福格尔夫人快点来。教堂的钟声响起来的时候，小埃莱奥诺勒就匆匆来到人世。这急性子不知怎么就黏住了她。到现在她似乎仍然急急匆匆的。

她受洗礼的那天晚上——给她起了她教母洛雷恩姑妈的名字——格奥尔格若有所思地对我说：

“不知道这是不是跟我们老生女儿有关系，不过自从生第一个孩子起，我就想让其中一个叫巴巴拉。你知道，由于某种神秘的原因，圣巴巴拉成了海军的保护神。然而头一个是男孩，就叫了鲁珀特。第二个孩子得随她妈妈的名字，第三个得随她教母的名字，如此这般；圣巴

1　升天节：复活节后四十天，纪念耶稣升天。

巴拉似乎不断地给我送女孩来，看来要等我实践了诺言才罢休。”

“你怎么不早告诉我呢？”我责怪地问道。

埃莱奥诺勒一岁多点的时候，我们又在制订夏日的计划，回到了费鲁达。这一次，那种身穿浴衣、让人觉得水陆皆宜的愉快生活，突然对我结束了。

还在新婚燕尔的一次远足中，我们在一个农民家过夜，主人家的孩子得了猩红热，卧床不起，不幸的是，主人第二天早晨才告诉我们，已经为时太晚了。果然，几个礼拜后，潜伏期还没有完全过去，玛蒂娜和约翰娜一早醒来，就发起高烧来，喉咙疼痛，舌头通红。我把几个小点的孩子带到侧翼客房隔离起来。等两个姑娘脱离了危险，第一次起来走动，我也生病了。不过不是很严重，一切都得到了控制。几个礼拜后，我又回到了社群中，但是仍然摆脱不掉令人讨厌的背痛。我看了医生，查审的结果发现猩红热感染到了肾脏。“不过，别担心；只是要严格控制饮食：别吃肉，别吃盐，别吃鸡蛋，别吃牛奶，别吃油腻的东西。”

真没想到，这会成为我以后二十年的问题。时断时续，我试图“别担心，只是要严格控制饮食：别吃肉……”。可是，假如你没有亚伯拉罕·林肯或是贞德[1]那样的个性，那么忌食仅仅演变成了专吃你想吃的东西，只不过觉得问心有愧罢了。

在费鲁达的几周里，我觉得泛舟游弋的时候疼得最厉害，特别是在暴风雨天气给淋得透湿的时候。有一天我又去看医生。他神情非常严肃，谈到我有肾结石，需要动手术。回到家里，我就去了维也纳。

玛丽亚陪我一道去的。从当初她病后康复，而我还是她的教师的

1 贞德(1412—1431)：法国民族女英雄、烈士，1429年率领法军6 000人解除英军对奥尔良城的包围。

时候起，我们彼此之间就特有情意。

在维也纳的第一周就有好多有趣的事。白天我在一家私人诊所做些必要的检查，以便确诊肾脏究竟出了什么毛病。晚上我们就去歌剧院或戏剧院。我们玩得非常痛快，我几乎忘记了我来维也纳的目的，直到医生通知我，检查结果证明就是肾结石，不可避免地要动手术。这样一来，我们就没法再去斯塔措珀和布格西特寻开心了。玛丽亚给她父亲发了一封电报，他在动手术那天乘飞机赶来。手术证明是值得的：取出了十九块结石，里面还有不少尿砂，伤口几个星期不能缝合，以便继续排砂。

我对生病或静养从来就缺乏耐心，可怜巴巴地度过头几天之后，我发觉一动不动地躺着实在太难熬。

“你能想得出有什么小动物可以陪我待在床上吗？”我问格奥尔格。

他赶忙跑出去，带回来三只一点点小的小鸡雏。我高兴坏了，给它们取名卡斯珀、梅尔基奥尔和巴尔塔沙尔[1]，以纪念三位圣王。在没人探视的漫长时光里，我就有了最好的伙伴。它们心满意足地栖息在我的胸口，极其温顺，发出全世界的小鸡仔一样的细小叽叽声。遗憾的是，它们并非总像黄色的小棉花球，而是在渐渐长大，一周之后，它们的屎尿问题就变得极难招架了。这一点可以从我的护士，耐心的阿格罗西阿修女脸上的表情看得出来。阿格罗西阿是个圣洁的修女，只有一个缺点：出于孩子般的天真无邪，她相信我所说的每一句话，不管我讲的故事有多荒唐。她激起了我的冲动，想探究一下她对我信任到何种地步。于是我讲的故事一天比一天荒唐，可我仍然没有触及她信任的底线。

显然到了该把卡斯珀、梅尔基奥尔和巴尔塔沙尔送到绿油油的牧场上饲养的时候了，格奥尔格跑到一家宠物店，回来时兴高采烈。

---

1 卡斯珀、梅尔基奥尔和巴尔塔沙尔：向初生基督朝圣的东方三大贤人。

“瞧我给你买来了什么！”他把一只小乌龟放在我的床上。恰在这时，阿格罗西阿修女走进屋来。

“噢，”她说，“这是什么玩意？”她好奇地看着这个她有生以来从没见过的东西。

我照实回答：“是只乌龟，修女。”

“乌龟，乌龟是什么？”她很好奇。

这下可糟糕了。我所有的邪恶本能在蠢蠢欲动。

“乌龟这种动物专爱吃新生婴儿的脚趾头。”我一边说，一边直瞪瞪地盯着她的眼睛。

我心想她绝不会相信这话。可我想错了。

“噢，噢！”修女说，惊恐地看着我毯子上那褐色的小团团，“那我们可得非常小心，把门给关紧了。”

他们把整幢房子唯一一间空屋子让给我住，这屋子恰好挨着产科病房，周围不断地有婴儿降生。

我冷酷地回答：“那没用，修女，因为乌龟能把自己缩得跟纸一样薄，从门底下爬出去，到了外面又恢复原状。”

我必须遗憾地承认，当时我一点都不感到愧疚，连第二天早晨听目击者说就在小乌龟安安静静地趴在我胸口睡觉的时候，看见阿格罗西阿修女一直手持棍子坐在我的门外守候，这时我也没有感到愧疚。

随后的几天，我极力想打破那魔障。我对阿格罗西阿修女说，是我搞错了。这不是那种野生乌龟，而是驯养的，吃的是龟食。她想知道这乌龟是公的还是母的。可惜格奥尔格买的时候忘记问这个重要问题了。我们不知道，也想象不出来。所以我给它起了个中性的名字 Glockerl，意思是“小铃铛”，很快我们就成了好朋友。我向阿格罗西阿修女要了一轴线，用一块胶带把线头粘在小铃铛的背上。然后，小乌龟就可以在屋里到处觅食了。我想让它回来时，只要回绕线轴就可以了，它就很不情愿地沿镶木地板倒着滑动，被吊回到床上，显出一副乌龟才有的悲哀模样。最后我出院时，就把小铃铛送给了阿格罗西阿修女。

到了圣灵降临节那天，我仍然卧床不起。

“修女，我明天想去做忏悔。”我说。

善良的阿格罗西阿修女到邻近教区的教堂去找牧师。她很快就回来了，兴高采烈，得意扬扬。

“教区来了个新牧师，教长说会派他来的。我还没跟他说上话，可我知道你一定会喜欢他。噢，他长得可英俊啦！有一张天使般的面孔！”

这个可亲的老修女面颊泛起红晕，眼望着苍穹，看上去有点像圣诞卡上的形象。我必须痛心地承认，我对第二天早晨的热烈期待，一半是要领受圣餐，一半是想见见那位“天使般面孔的神父”，而这后一种好奇心在与时俱增。

七点钟，门打开了，我一眼就认定：修女没有说错。神父看上去像圣阿洛伊修斯雕像复活了。不过，现在是我集中精力忏悔罪过的时候了。神父搬了张椅子，坐在我的床边。他用拉丁语作了祝福后，我忏悔了我的罪过，包括我对可怜的阿格罗西阿修女的全部恶作剧。我忏悔完以后，神父抬起头来，只说了两个字：

“Nem értem.”那意思是说：“我听不懂。”

神父原来是匈牙利人！

我们绝望地对视了一下，随即费了好大力气才忍住没笑出声来。神父开始用拉丁语问我：“你做过这件事，或做过那件事没有？”我本想说“做过”或“没做过”，可说的却是：“Habeo-Non habeo”；这绝不是正确的拉丁语，却被上帝的代表接受了。

过了不久，我丈夫来把我从这家时髦的私人诊所接走了。夏天我们又在费鲁达度过，九月我们回到萨尔茨堡，很高兴又回到了家。

刚走进家门，我丈夫就被叫去接电话，是从捷尔[1]打来的长途电话。虽说相隔只有六十英里左右，但还是长途，而我们又在奥地利，这里只有出了万分紧急的事，通常是死讯之类，才打长途电话或者拍电报。所以你急匆匆、两膝颤抖地走到电话机旁，双手哆哆嗦嗦地抓起话筒，伸手就近抓过一张椅子。即便到现在，在美国住了十年之后，看到这儿人们对长途电话采取截然不同的态度，还真叫我肃然起敬。在我们老家，打这样一次电话可是一天中的重大事件。如果你一年中有一两次要打这样的电话的话，那你一大早就得一本正经地向接线员通报，从这时开始直到下午晚些时候，你都得在殷切的期待中度过，直至宣告你的电话接通为止。可坐在纽约这儿，人们漫不经心地抓起话筒，漫不经心地说一声"多伦多"或"好莱坞"，还没来得及喘口气，对方就通话了。总共不到一分钟。不过，最令人激动的还在后头。跟多伦多或好莱坞通话的人，并不像我想象的那样，要以一分钟三百字的速度一口气说下去，一边还要聚精会神地盯着墙上的一处——噢，不！他以最惬意的坐安乐椅的姿态向后靠着，聊起了纽约的天气。"你们多伦多或好莱坞那儿天气怎么样？下雨了吗？噢，那岂不是太糟糕了。这儿天气好极了。顺便说一句，我想说的是……"这时才谈到正事；我可累坏了。这对我来说，依然是一种较高生活水准的标志，以至于如今我也罪不可恕地迷上了长途电话。

不过，还是回到那次历史性的长途电话吧，说话的对方宣布：

"拉默银行破产了。"

那是我们的银行。

---

1 捷尔：奥地利中南部小镇名。

第十章 岂非因祸得福啊！

富人顷刻之间倾家荡产，这种事屡见不鲜。在小说里读到或者在舞台上看到这样的事，总觉得很有戏剧性。自己亲身经历一次也极为有趣。那个宣布我们银行破产的声音，结束了我们生活中非常舒适的一章："富有"章。

我们当时存钱的那家银行，是拉默夫人开办的。那时候，希特勒和边境那边的纳粹分子开始给弱小的奥地利制造麻烦。为了迫使奥地利屈服，一夜之间取缔了与奥地利的所有旅游业，于是就掐断了她的生命线。这给金融界带来了严重的影响。拉默夫人并不是对不久的将来感到忧心忡忡的唯一银行家。我丈夫了解她，把她视为一位精明强干的女士。当他听说她的银行陷入严重困境时，他就把自己安全地存放在英国一家大银行的全部资金取出来解救她。这件事听起来像是个神话。但是在神话里，有时碰巧是好心的有钱王子，由于中了魔法，一觉醒来变成了穷光蛋，需要经历种种可怕的冒险，才能得到最终的报偿。

事情就这样发生了。尽管在奥地利这是一笔数目很大的钱，但是银行却未能保全;钱都泡汤了。

我可怜的丈夫!他用自责来折磨自己。

“我万万不该把钱从英国取出来的,”他悲叹道,“万万不该呀!唉,好可怜,好可怜的孩子们啊!”

“你听我说,”我终于说道,“你这样做并非是为自己享乐。你是想帮助一个处于绝境的人,不是吗?我们为什么念《福音书》呢?难道你不记得那上面说的‘无论我们为主做了什么事,主都会在我们此生给予百倍报偿,最高的报偿是我们得到永恒的生命’这些话吗?”

毕竟我们还没有穷到挨饿的地步。不过我们得面对现实。钱大部分都没了。剩下的只够应付简朴生活的起码需求。好在还有一大笔颇为值钱的不动产。不过这是不能动用的,那是留给孩子们以备将来的不时之需。我们必须降低生活标准,不用汽车,把八个仆人辞掉六个,只留下管家和厨师,关闭楼下和二楼的大房间,大家暖融融地住在三楼,在没有女仆的情况下可以照应方便些。我可怜的丈夫觉得自己像个乞丐。他情绪低落,眼看着他在房里一边前后左右不停地踱步,一边嚼着胡须,一副失魂落魄的样子,我真替他难过极了。

除了种种烦恼之外,我也让他焦灼不安。不知怎么搞的,我就是无法分担他那极度绝望的情绪。自从获悉我们失去资财之后,我就经历了一种奇特的期待。我感到兴高采烈,虽然也想显得很沮丧,但是怎么也做不出沮丧的样子。也许是我隐约地——依稀地感到我们的生命之歌正处于渐渐变强的起始阶段,从现在开始就会不断地增强下去?

“百倍报偿”几乎立即来临了,这从孩子们的反应中可以看出:他们完全不在乎我们有没有汽车,肯于欣然接受新任务、担负新职责,丝毫没有受苦受累和逆来顺受的样子,而是卖劲儿地干。

最大的鲁珀特是唯一不在家的孩子。他在因斯布鲁克上医科大学预科学校。我去看他向他报告这坏消息，不仅马上要停掉他那笔数目不菲的津贴，而且他得自筹资金上大学。我回家时喜气洋洋。

“格奥尔格，我们失去了钱财，岂非因祸得福啊！不然的话，我们怎么能发现孩子们都这么好啊？”

接着我告诉他鲁珀特对这件事如何一笑置之。这孩子那欣慰的一笑意义非同小可——使他父亲的那张苦脸容光焕发起来。眼见格奥尔格经过这么多日日夜夜的煎熬之后作出这一反应，我高兴得不得了。过多的喜幸是不能独享的；那会把人高兴坏了。于是我又是拥抱又是挤压我那可怜的丈夫，直到他笑呵呵、气喘喘地挣脱出去。

“你这是怎么回事？你这样子就像赚了一百万块钱似的。”

“噢，远远不止呢，”我说，“我刚发现我们过去并不是真正富有，而只是碰巧有许多钱而已。正因为如此，我们永远不会贫穷。我很高兴地发现，我们并不属于那种很难进入天国的人。”

不过，尽管我情绪高涨，还得做点实事才行。我们得想法谋生。可又怎么谋生呢？

在那些日子里，我们从早就养成的和孩子们一起读《福音书》的神圣习惯中得到了初次收获。在每个十字路口，在每次磨难中，都会冒出一两句像是应景而生的福音来。“无论你想祈求什么，”我们的主说，“你都能得到。”

“无论什么。”于是我们一起祈求正确的思想，正确的指引，而答案恰恰就在依山修道院附近。我到那儿请求他们帮助，为处在困境中的我们祈祷。

“你们为什么不请求主教允许你们附设个小礼拜堂，就像许多别的城堡和庄园那样，”拉斐拉小姐说，“他一定会派一个牧师和你们住在一起，你们还可以把家里多余的房间租给天主教大学的学生。”

就这么简单啊！那个好心的老主教伊格纳蒂乌斯是仁慈和爱的化身，他欣然同意了。楼下的一个大房间眼下没用，似乎正好可以做小礼拜堂，屋角有个凸窗做祭坛；长凳面对面地放在一边，像古雅的修道院里的小教堂一样。教区教堂里来的牧师非常热情地帮助我们张罗必需的礼仪服装和器具，神学院的一位教授正要找一个清静的住处撰写学术著作。他成了我们的第一个房客，此外，他早晨做弥撒，晚间做祷告。这几天我丈夫只要单独见到我，总是急切地说："是的，我们很幸运，我别无所求了。"

不过说真的——难道我们不幸运吗？我们一家人从来没有像现在这样彼此亲密无间，而且真是感谢上帝，也从来没有见过孩子们的性格中有这么多的优点；没有一声嘀咕，没有一句抱怨。其实可以想见，哪个大孩子难免会发出诸如缺乏远见或不够小心之类的嘟囔，可是他们连想都没想过进行这种责难。以前我们中间从未有过牧师，家里从未设过礼拜堂，领过圣餐。这何止是幸运；简直是福气啊！

现在，我不知道该用什么词儿来形容；观察我们那些阔邻居的反应，有趣、滑稽，还是可怜？有钱人可能出现的最糟糕的事，似乎总怀疑你会向他借钱。因为生怕出现这种严重的危险，他们只得千方百计来防范。因此，他们每次遇见我丈夫，总要大谈时世艰难，他们如何入不敷出。有一次，格奥尔格怒气冲冲地回到家里。

"你想想出什么事了。"

"又来了！"我心想，只见他一边来回大跨步地走着，一边嚼着胡须。

"我先碰见了马克西。（我们乡间最阔的一个人。）他突如其来地对我解释说，即使他的亲兄弟向他借钱，他也要拒绝。'在这种年月，你知道……'"他学着马克西的悲哀腔调。"几分钟以后，"他接着说，

“我遇见了男爵夫人 K.,她几乎很失望地说:‘那天我碰见你们的孩子们了,我很惊讶地看着他们那么好,那么兴高采烈,还穿戴整洁。’还——我喜欢这个字眼!我说——”他突然停在我面前,“这些人疯了吧?别再跟我说我交好运了!”

“是的,我要说,”说罢,我在他那正发着火的嘴巴中间吻了一下,“因为你是交了好运。的确很幸运。你就是倾尽你所有的资财也难搞清楚谁是你真正的朋友,可现在你搞清楚了。”

一听这话,他禁不住笑了,而人一旦笑过一次,就不会再真生气了。

一年以后,家里住满了人,都是神学院里的年轻教师和学生。我们以前从没有过这么多有趣的事,这么有趣的夜晚。我们没从房客身上赚多少钱,但是够应付开销的,可以维持大宅正常运行。

以前这里从没有这么多笑声,这么多热烈的讨论,还会碰上这么多值得一会的人。我们的第一个房客 D.教授很快就成了我们很亲密、很要好的朋友。他的书快写完的时候,出版商来看他,在炉火熊熊的书房里喝了一杯茶。那是十一月极冷的一天。他只是第一个来访者,后来又有许许多多人来访。年轻的出版人奥托·米勒成为我们最亲密的朋友之一,此后不久,所有来拜访他的作家、科学家和教授最后都来我们家里歇脚。这给我们的生活,特别是给正在成长的孩子们带来多少财富啊。在这样的傍晚,我忍不住带着扬扬得意的神情望着丈夫,他为了避免听到那个讨厌的字眼“幸运”,总要用手抚摸我的手。“我明白你的意思了。”

在那期间,我们从未停止过在一起吹拉弹唱,这使我们家的客人们大为高兴。新设的小礼拜堂形成强大的动力,激励我们比以往任何时候唱得都认真。

一九三五年的复活节,D.教授要去旅行,请了一个牧师朋友来代替他做弥撒。做完之后吃早饭的时候,这个名叫瓦斯纳的年轻神父说:"你们今天早晨真是唱得相当不错,不过……"他三言两语给我们讲解了几个关键的地方。当时就在饭桌上,他让我们重唱了一首赞美诗,他坐在原处给我们指挥。当时,我们谁也没有意识到我们有多幸运:

特拉普家歌唱团就这样诞生了。

第十一章 “决不再干”

有朝一日来观察我们生活的图案定会觉得很有趣，因为它像一匹美丽的织锦展现在我们面前。只要我们活在这个世上，我们就只能看到织锦的背面，由于线脚到处乱串，那图案往往让人莫名其妙。不过，总有一天我们会搞明白的。

回顾过去的岁月，可以发现一条红线贯穿着我们生活的图案，这就是：上帝的旨意。

从我们全家在一起读《福音书》的第一个大斋节起，我们就一直坚持这一做法，从而养成了习惯，在这期间我们越来越清楚地认识到，这是基督来到人世对我们的教导。按上帝的旨意办事，这是我们的宗教——也是所有宗教的核心宗旨。

在这里，我们找到了我们的领路星辰，它定会忠诚地引导我们通过所有的狂风暴雨，到达最后的避风港。

瓦斯纳神父发现我们对家庭音乐严肃认真地感起兴趣来，便越来越勤地来到我们中间。事实证明他是一位杰出的音乐家。他是演奏风琴的大师,也弹得一手好钢琴。但是,他最令人着迷的,是能把音乐演绎得朴实无华。听他用圆润的歌喉演唱舒伯特、布拉姆斯和雨果·沃尔夫的歌曲,真是一种享受。直到今天,我们仍然对他在音乐历史和音乐理论方面的渊博知识赞叹不已。他为人处世从来不像一个大人物,雄踞在不可接近的光环里。他浑身充满音乐细胞,你随便碰碰他哪里,都能发出音乐来。

多么美妙的一个夏天啊! 瓦斯纳神父每天都来,唱歌现在变得很严肃认真了。我们怀着火一般的激情,投入到音乐的深海中。我们本来无法独自对付帕莱斯特里纳、拉索、维多利亚为小礼拜堂所作的那些经文歌和弥撒曲,现在却在一个真正音乐家的神奇指导下学了起来。这些古老的音乐如何获得勃勃生机,我们又如何沉醉于这些古老的曲调啊!

这几个月至今仍然是我们最珍贵的记忆。那是初恋的时光,体现了恋爱的百般滋味。音乐从我们心中喷薄而出,完全出于对音乐纯洁的爱。那时候我们之所以唱歌,是因为我们情不自禁,没有什么人、没有什么事可以阻止我们。我们不需要听众。我们甚至不想要听众。听众只会打扰我们。早晨做早祷时,我们只为上帝歌唱,为上帝更高的荣耀而歌唱。晚上,我们练唱由老音乐大师们谱曲的牧歌、民谣和美妙的古老民歌。我们在花园里、在俯瞰山谷的山间草地上,满心欢快地唱着这些歌。那时候,这样唱上六个小时不算什么。我们陶醉在音乐中,陶醉在美妙的歌声中。

一九三六年八月一个值得纪念的日子,我们大伙又一次坐在花园的松树屏障后面。这是一个礼拜六的下午,时候不早了。人人都停止了工作,换上了礼拜天的礼服。我们一起念完了《玫瑰经》,这是礼拜天开始的一种仪式。一个礼拜以来，我们一直在练唱巴赫的《耶稣，我的朋友》这首经文歌。现在我们开始演唱已经背得的乐章，合唱赞美诗的不同段落和那美妙的赋格曲。然后，我们就一遍又一遍地演唱我们新近最爱唱的歌，尤其为这首歌感到自豪，因为那是一首英文歌：奥兰多·吉本斯谱写的《银天鹅》。

突然间，一阵奇怪的掌声打断了我们的歌声。我们有点困惑不解，有点局促不安，便绕着松树屏障走去，居然遇见了——谁能形容得出我们有多惊讶呀？——我们一直只能从远处崇拜的《玫瑰骑士》[1]里的元帅夫人或者费德里奥——伟大的洛特·勒曼[2]。

她听说我们前几年夏天出租过房子，想打听一下怎样租用；眼下纯属偶然，她听见我们躲在松树后面唱歌。正是此时此地证明了她有多么伟大，因为只有伟大的人才会赏识别人的成就。她是多么兴奋啊，美丽的眸子里闪出热情的光芒，嘴里谈起了我们的“艺术”，弄得我们脸都红了，真想亲吻她。

“噢，孩子们，孩子们，”她一次又一次地感叹道，“你们可不能把这份珍贵的礼物留给自己。你们应该开音乐会。你们必须跟人们分享。你们一定得走进社会；你们一定得到美国去！”

她真挚的热情搞得我们喜不自禁。可我们并不相信。就是童话里的穷孩子，当他突然听说自己是王子时，也要费很大的劲儿才会相信。

“别忘了，”我们尊贵的客人接着说道，“你们嗓子里有金子啊！”

但是，一想到得登台演出真让人害怕，那金子——即便真藏在我们

---

1 《玫瑰骑士》：霍夫曼斯塔尔编剧。1911 年初演于德国德累斯顿歌剧院。该剧共三幕，第三幕中的《玫瑰骑士圆舞曲》，后来成为音乐会上常演的名曲。

2 洛特·勒曼（1888—1976）：美籍德国女高音歌唱家。先后演唱过瓦格纳、理查·施特劳斯、莫扎特、普契尼、贝多芬等作曲家的数十部歌剧中的主要角色的歌。她扮演的最佳角色是《玫瑰骑士》中的元帅夫人。

的嗓子深处——也丝毫没有诱惑力了。

“明天是合唱音乐节。你们得参加那场比赛。一定得去!”她殷切而热情地劝说我们。

我们一想到登台就吓得脸色苍白,便坚持说:

“不——不——不……绝——对——不——行!”

我丈夫惊惶失措。他喜欢我们的音乐,推崇我们的歌唱;但是看着他一家人登台演出——那简直是一个奥地利皇家海军军官和男爵不可思议的事。

“夫人,这绝对不行。”他说,而且是当真说的。

“噢,没什么大不了的。”洛特·勒曼说着眨了眨眼。最后,信不信由你,她把我们全都说服了。她亲自打了个电话,在最后时刻为我们报名参赛了。

洛特·勒曼又露出热烈的神情,祝愿我们明天好运后就走开了,这时我们才清醒过来。我们都干了什么呀?我们陷入了什么处境?绝望,疯狂,失控,可怜,忧伤,沮丧,心碎——(这是我在《词汇宝库》中所能找到的全部字眼,可是也无法完全表达我们那天晚上的精神状态。)

第二天下午叫到我们的名字,轮到我们演唱时,我们磕磕碰碰地上了台,不是踩了自己的脚,就是踩了别人的脚,脸上红一阵白一阵,喉咙里好像堵了块东西,心里怕得要命。我们干吗要答应呢?我们稀里糊涂地唱了三首歌,今天我们谁也记不得是哪三首了。台下听众中有一位男士尽量作出一副适度感兴趣,但却完全不偏不倚的样子。可怜的格奥尔格!我们走下舞台后的唯一愿望,就是立刻消失掉,但是我们还得硬忍着等待发奖。我们就像雾里观花似的,看着裁判们商讨完毕回到现场。全场一片肃静,我们从老远听到宣布结果:

“获得头奖的是萨尔茨堡的特拉普家。”

我记得我当时压根没弄明白这句话的意思，因为我一脸茫然地跟着别人拼命鼓掌。经人提示，我们还得回到台上去领奖，一份由萨尔茨堡地方长官签署的奖状。又响起掌声，又是握手，到处洋溢着微笑——但是我两眼四处搜寻我丈夫时，发现他的座位空了。他已经绝望地离开了。不论成功与否——整个事情对他就是一场噩梦。看着家人在台上抛头露面，他感到极其痛苦，只有作出庄严的家庭决议，永远、永远不再干这种事，才使他一颗烦恼的心平息下来。

第十二章　从爱好到职业

这个夏天尽管有不少令人激动的事，但还是过去了，家里又回到了正常生活。

这是不寻常的一天，我牵着小女儿罗斯玛丽的手，踏上去依山修道院的山冈，要把这孩子送到那神圣的高墙里接受教育。多少年前，我自己心如刀割、难分难舍地离开了这个心爱的地方，然而从某种意义上说，我从来没有真正离开过这里。在贯彻上帝的旨意这一教义时，我和我的家人虽然过着尘世生活，却从来没有完全融入尘世；现在我带着亲爱的孩子又回来了。我又是哭又是笑地站在客厅里，把小家伙托付给曾跟我一起度过见习期的格尔特鲁迪斯夫人。

几天以后，萨尔茨堡广播电台打来一个电话，仿佛一块石子投进了平静的湖水。电台经理曾在那场历史性的比赛中听过我们唱歌，从那以来，就一直想让我们上电台演唱。

“请于下礼拜六下午四点光临蒙奇斯堡电台。谢谢。”他挂上了电话。他压根不曾想到有人或许会拒绝这样的邀请。当然我们是不会去的。我们已经说过绝不抛头露面唱歌了。吃中饭时,我在饭桌上漫不经心地提到了这个电话。

“你拒绝了,是吧?”格奥尔格急切地问道。

“他没给我时间拒绝。他只是跟我说了一声就挂断了。不过,一吃完午饭我就打过去。”

“但是,妈妈,说不定这是上帝的旨意,让我们在广播里唱歌呢。”黑德维格说。她不过是为着取笑她的爸爸。不过这是句玩笑话吗?我们怎么知道呢?我们自己对此十分反感,就是不想抛头露面,而最喜欢深居简出——这是否意味着我们就可以照这样做呢?我们不得不承认,在广播电台演唱并没有什么不好;是外界给了我们这个机会;我们的歌曲也许能给奥地利各地许多人带来欢乐——有什么理由加以反对呢?——只是因为我们不愿意这么做。这似乎并不是什么充分理由,就连格奥尔格说起来也深深叹了口气;让我们自己都大吃一惊的是,礼拜六下午四点,我们居然来到了蒙奇斯堡电台播音室。

奥地利共和国总理库尔特·冯·舒施尼格可是个日理万机的人。他很少有时间听广播,不知隔多久才打开一次收音机。我听说这次他听得入迷了:萨尔茨堡一个小合唱队的演唱。他以前从没听过他们唱的歌,可是他太喜爱音乐了,顿时被这美妙的歌声吸引住了。他心里闪过一个念头,他要为国内外显要人物、外交使团和军事要员举行一个盛大隆重的招待会——这是他在妻子不久前去世以后第一次公开露面。他已经约定维也纳交响乐团为招待会演出,从那时起一直在物色一位与众不同的艺术家,现在可叫他找到了。总理揿铃叫人来,想了解一下那个还在无线电里演唱巴赫《感恩赞美诗》的合唱团的下落。他一时兴起,坐下来给萨尔茨堡的特拉普家写信,邀请他们为他的国事活动演唱。

你可不是每天都能收到政府首脑的信。那信封立刻引起了我们的好奇心。格奥尔格大声读完信之后,随即是一片沉默。他脸上露出痛苦的神情。

“这并不意味着我们一定得接受,是吧?”他恳求似的望着我。

“当然不一定,”我本想说,可我说的却是,“我也不知道。”

我们又经历了同样的痛苦过程,想知道在我们的愿望和爱好非常明确的情况下,上帝的旨意究竟是什么。我们有什么反对的理由呢?这没有什么不对的,甚至没有什么不体面的。能和维也纳交响乐团一起演出,我们将有最棒的伙伴。来自总理的邀请也许应视为荣幸,而不是麻烦。只不过唯一反对的理由又是我们不想去罢了。事情就这样决定了。在指定的那天,我们站在满堂的名人显贵面前,总理亲自为我们作了介绍之后,便开始演唱。掌声非常热烈,兴趣极为浓厚。“真是别开生面。”整个晚上我们听到的都是这种反映。

我注意到一位绅士手里端着一杯香槟酒,正在角落里和我丈夫及瓦斯纳神父热烈交谈。是香槟起作用了吗?我永远也搞不清楚,不过我听说两个月后我们将在音乐协会小礼堂公演。

现在,我们晚上的家庭演唱就成了排练,我们的爱好也就变成了职业。

到了预定的日子,我们来到一座里面设有大、中、小礼堂的古老建筑。外面停着一排排的汽车。这么多人不可能都是冲着我们来的吧!不,不是的。这里有一场引起轰动的演出,来自美国的一位远方客人,世界著名黑人女低音歌唱家玛丽安·安德森,正在大厅里举行演唱会。整个新闻界都出动了;既然他们已经都到了,中场休息时,他们就随便进来看看小厅里有什么活动。第二天早晨,我们从报上读到人们都极为欣赏特拉普家合唱团的首场音乐会。听众也是如此。我们有点茫然、有点尴尬、有点腼腆，而且还有点自豪，后来在艺术家之室里接受了祝贺。慢慢地，慢慢地，格奥尔格坐在观众席里听他的家人演唱时，也就不再有如坐针毡的感觉了；而当有人说“你们真该到萨尔茨堡的音乐节上演唱”时，他甚至不再兴奋，而只是嫣然一笑。

能获许在萨尔茨堡音乐节上演出，这可是全世界每一个艺术家的最高梦想。但是，因为有那么多的女高音、男低音、男高音歌唱家，那么多的小提琴手和钢琴家，所以他们都得耐心地等待轮上他们——也许要等到明年。但是附近的家庭演唱团却只此一家，这就不是什么音乐会，而是盛大的节日了。在第一排坐着洛特·勒曼和她的丈夫！中场休息时，人们一窝蜂似的冲到后台；音乐会一结束，来自欧洲几乎所有国家的经理带来了合同和邀请函。洛特·勒曼吻了我们，为我们感到骄傲，我们真是开心极了。我们买了一本剪贴簿，把维也纳和萨尔茨堡的评论、洛特·勒曼和我们的合影都贴在上面。然后，我们把那些合同（还加上一位美国经理带来的一份）都放进抽屉里，重又回到深居简出的生活。对我们而言，这是我们演唱活动的结束。

我们万万没想到，这不过是个开始。

那些来自法国、荷兰、比利时、英国、意大利、丹麦、瑞典和挪威的女士和先生们并没有开玩笑。九月初，我们听说他们各自的国家正热切地期盼我们。

如今事情已经十分明了了，我们以开玩笑的方式开始的事情，如今变成了严肃的活动。在这一切的背后，似乎有一个引导到某个遥远目标的确定计划，虽然我们迄今还意识不到那个目标。

到欧洲作一次巡回演出，可以让孩子们领略一下天主世界之美和人类创造的奇迹：教堂和宫殿、艺术画廊和博物馆——这真令人兴奋和激动。起初，因为孩子们都在上学，瓦斯纳神父在神学院教书，还编辑一份报纸，这一切似乎不大可能。在这种时刻，倒有这样一个令人极其欣慰的想法——每次只有一件事才是上帝的旨意。如果上帝要我们怎么做，他定会帮助我们克服困难的。他总是如此——我们完全可以相信。

困难像雪一样在四月的阳光下融化了。已经在因斯布鲁克开始学医的鲁珀特，正在接受农业实习训练的韦尔纳，可以请几个礼拜的假；瓦斯纳神父也立即得到主教的许可，找了一个人代他进行一切活动；我们的朋友——一对已婚夫妇，愿意帮我们照看房子、小孩和房客。甚至连邀请的日程都安排得很理想，除了斯堪的纳维亚的一些国家以外。这些国家得推迟到来年。

为了准备这第一次巡回演出的节目，瓦斯纳神父跑到档案馆和图书馆去抄录没有出版的曲子。他在那里发现古代的大师们为当时的乐器——竖笛、膝琴、竖式钢琴、现代长笛的前身、弦乐四重奏和钢琴，所谱写的伟大音乐作品。慕尼黑和卡塞尔的乐器制作师为我们特制了一套不同尺寸的膝琴，一架竖式钢琴，还有一套竖笛：高音竖笛和低音竖笛。现在已开始了极其认真的练习。

十二月我们出发了。我们先后在巴黎、伦敦、布鲁塞尔和海牙演唱。到处都受到听众的热情欢迎。报纸上在谈论一个歌唱家庭的音乐奇迹。人们都说它与其他音乐会迥然不同，而经理们却在谈论签订重演契约；我们参观了教堂和城堡、画廊和博物馆，观赏了法国、英国和比利时的乡村美景。巡回演出的第二程把我们带到了意大利。我们先后在米兰和都灵、阿西西和罗马演唱。如果说从前的观光是有趣的，现在真变得令人惊叹不已。除了那些珍藏在意大利教堂、宫殿和画廊里的无与伦比的艺术珍宝之外，我们还参观了许多神圣的地方。这是一次集巡回演出、观光和朝圣三位一体的美妙旅行。

我们为国王和王后们演唱；大罗马教皇庇护十一世也成了我们的听众，我们为他演唱了莫扎特的《圣体颂》；我们追寻着圣芳济的足迹，在阿西西度过了快乐的十天。我们在阿庇亚古道[1]（这里的鹅卵石曾被耶稣的使徒们踩踏过）上行走，进入罗马，在圆形大剧场和地下墓穴前跪下。这几个礼拜里，我们心中洋溢着快乐，充满了虔诚的激动，而且获得了成功——到处获得成功。我们成了“音乐地平线上冉冉升起的明星”。

我们从这次旅行中学到了一个伟大的真理：音乐是一种国际语言，它让人心心相印，而不需要语言媒介来沟通。不管我们的听众是法国人、英国人、荷兰人还是意大利人——在我们的音乐中，我们都能越过陌生语言的障碍与他们对话。我们把满心的情怀唱给他们听：“上帝如此仁慈！上帝对我们大家如此仁慈！让我们忘记尘世间的一切争吵而快乐相处。让我们彼此相爱，就像上帝爱护我们一样！”

音乐——多么强大的工具，多么有力的武器！

1 阿庇亚古道：也译作“阿比亚古道”，罗马帝国古迹之一，路面用大块熔岩铺砌而成。

第十三章　主对亚伯拉罕说……

“耶和华对亚伯拉罕说：离开本地、本族和父家，到我将指引你的地方去。”

（《创世记》第十二章，第一节）

一九三八年三月十一日。晚饭后，我们到书房去庆祝阿加特的生日。有人打开了收音机，我们听见总理舒施尼格的声音说：

“我屈从于武力。我的奥地利——上帝保佑你！”接着是国歌。

我们茫然不解，彼此面面相觑。

门开了，管家汉斯走了进来。他径直走向我丈夫，脸色异样苍白地说道：

“上校先生，奥地利被德国占领了，我想告诉你我是纳粹党党员。我已经参加纳粹党很长时间了。”

奥地利被占领了。但这不可能呀。舒施尼格曾经说过不可能发生这种事。他曾公开说过：希特勒承诺不侵占奥地利。这一定搞错了，是个误会，但就是这位总理的声音刚刚宣布过："我屈从于武力。"

恰在这时，广播里的沉默被一个生硬的普鲁士腔的声音打断了，那声音说："奥地利灭亡了：第三帝国万岁！"接着就播放一首普鲁士军事进行曲的曲子。

我们都沉闷不语地进了小礼拜堂。在黑暗中只听见一片啜泣和深沉的叹息声。这就好像大家猝不及防地读到一份亲爱的人的死亡通知一样。

我们聚在一起，仍然恍恍惚惚。过生日的事也忘记了。我们都盯着格奥尔格的眼睛。他正望着他从潜水艇里带回来的那面军旗，那旗子就挂在壁炉上方，四周都是昔日奥地利的图片和战利品。

"奥地利，"他哽咽着说，"你没有灭亡。你活在我们的心中。这只是一场梦。我们发誓要竭尽全力使你苏醒过来。"

人人都眼泪汪汪。小姑娘们依偎在我怀里放声痛哭。她们并不懂得是怎么回事，但是她们幼小的心灵却感受到了这是一个沉重的时刻。

格奥尔格走到电话机前，我听见他说：

"我要发个电报。收报人：维也纳联邦内阁总理库尔特·舒施尼格博士。电文是：愿上帝永远祝福和保佑你。"

我很怀疑在这种时候还能把电报送到总理手里，但是我仍然为格奥尔格感到高兴和骄傲。

"听呀。"韦尔纳说着打开一扇窗子，顿时无数钟声形成的响亮、沉重的声浪涌进屋来。我们听得出这里面有教堂的钟声，依山修道院的钟声，圣彼得的钟声，圣芳济各会的钟声，不过一定还有许多别处的钟声。瓦斯纳神父给他的一个神父朋友打电话，询问为什么要敲钟。原来是纳粹党正进入萨尔茨堡。每个教堂都有一个盖世太保持枪在监督敲钟。

“关上窗,天冷。”格奥尔格说。可我知道不是因为冷;是他不愿听见那些钟声。不知是怎么回事啊,窗子关上了,钟声似乎越来越响——确实如此——现在来自收音机,还没等我们缓口气,一个刺耳的声音宣布说:

“现在我们想让全世界都听听奥地利人民是怎样欢迎他们的解放者。人们冲向教堂的钟楼,萨尔茨堡全城钟声齐鸣,表达了满怀的喜悦感激之情。”

如此卑鄙的谎言!韦尔纳忽地跳了起来,眼里充满怒火,攥紧了拳头。可你有什么办法呢?没有。

这只是一连串没完没了的谎言的第一个。从这时起,我们过着双重的生活。不管白天我们经历了什么,晚上从广播里听到的都是截然不同的描述——直到你真想拿起斧头,把收音机劈个粉碎;这是你所能做的一切。

“能不能劳驾你答应我一件事?”第二天早晨格奥尔格问我,“请你目前不要进城去。”

“好的。”我说。

他已经够焦心的了,我不想再增加他的焦虑。

就在第二天上午,孩子们从学校回来告诉我说,全城就像一片红色的海洋,家家户户门前都被红色的卐字大旗遮住了。接着,我听城里的朋友说,每家都被告知要挂多少面旗子,多大的旗子,以及挂在什么地方。无线电告诉全世界的人说,萨尔茨堡甚至在节日期间也不曾有过这番景象。“居民们抑制不住喜悦的心情。”

中饭。晚饭。表面上没有什么变化。每个人都坐在通常的位子上,汉斯端着盘子和碟子出出进进,一声不响地服侍着。汉斯不单是个好管家。我们失去财产后,他少拿许多薪水留下来了。他似乎真留恋我们,就像我们也留恋他一样。孩子们都很喜欢他,拿他当知己。他们遇到麻烦,他似乎总能解决。可现在他围着桌子转时,脸上总有一种不自然的表情。

他明白格奥尔格在开饭时为什么说出那尖酸的话:"我想今年的春天来迟了。你们看见花园里有什么植物发芽的吗?"接着还谈论花和天气。他知道我们不再信任他了,我们怕起他来。他不再属于我们,而属于纳粹党。

这仅仅是开始。转眼间你不知道还能相信谁了。你可能跑去看一个朋友,直言不讳地表达了自己的义愤,却从对方的扬扬眉毛和奇特的沉默,发现他并不同意你的看法。这可糟了,因为他还可能觉得他有义务向当局告发你缺乏理解。

城里看起来像座兵营,每个街角都布有德国兵,收音机里说德军在向维也纳推进,通过每个村庄、每个城镇时,都受到当地人民狂热的欢迎,奥地利欣喜若狂,一片欢腾。对此我们不屑一顾。现在我们知道那是怎么炮制出来的。不过令人痛心的是,全世界的人都在收听这些广播,而国外的人们并不知道……

几个礼拜过去了,我们就像生活在一座打开的墓穴旁边,而这墓穴里埋着你最亲爱的人。在这之前,我们一直不知道对祖国的爱会有多么强烈。当我们得知唱奥地利国歌将被判处死刑,而必须改唱纳粹党歌时;当我们得知今后要把只能用"希特勒万岁",而不能用别的话问好致意当作一道"必须"执行的命令时;当我们得知奥地利已经被并入第三帝国,从而从地图上被抹去,奥地利这个名称已经消失了,甚至它的复合形式也不见了,取而代之的是"东德马克""下多瑙河州""上多瑙河州"[1]时——每逢这种时候,我们的心就像扎进了一把匕首。

---

1 "东德马克""下多瑙河州""上多瑙河州":这三个都是纳粹德国统治奥地利期间(1938—1945年)改称的地区名。

我们认识到对祖国的爱要高于对家庭的爱。我们机械地过着日子。谁也不去管别人,但是我们大家都深切地关怀着奥地利及其命运。我们充满歌声的快乐之家变成了哀伤之家。

多日来,到处弥漫着焦虑不安的气氛:会不会打起来呢?老总理的最后请求是:不要开枪。如果有八千万人口的老大哥进攻只有六百万人口的小兄弟,开几枪究竟有什么用呢?

复活节过去了,但是“哈利路亚”今年并没有在我们心中回荡。

五月来临了。我给解了禁,又可以进城了。但是去过第一次后,我就领教够了。我骑着自行车想去买点东西,至少被拦截了五次。新政府每隔一条路就设置一条单行道,不是这条路不许走就是那条路不通。场所和街道也改了新名字,加上触目皆是从房屋前垂下来的红旗——你简直再也认不出自己的家乡了。

五月的一天,来了一个身穿盖世太保制服的高个子男士,通知我们说元首要来萨尔茨堡视察,每一幢房屋和住宅都得挂上旗子。

“我听说你们连一面卐字旗都没有,是真的吗,先生?”

“是的。”格奥尔格回答。

“请问为什么?”

格奥尔格眼里闪烁着咄咄逼人的寒光,他回答说:

“因为太贵了。我买不起。”

那位男士很快就拿来一个大包裹,里面是一面崭新的大红旗,中间有一只黑蜘蛛。

“噢,谢谢。”格奥尔格说。

“马上挂起来好吗?”那个热心人问。

“我不想挂。”

“为什么?”

“你要知道,我不喜欢这颜色。太艳了。不过你要是想让我装饰房子的话,我倒有美丽的东方地毯。我可以在每扇窗子上挂一幅。”

这件事过后好几天,我连一分钟也安静不下来,只要电话或门铃一响,我就浑身发抖。然而令人惊异的是,什么事也没出。

这种日子还要持续多久?孩子们从学校里回来说,这个或那个老师不见了,换成了新教师,甚至换了新校长。

“今天上午在大会上跟我们说,我们的父母都是些老实守旧的人,不理解新党。我们应该随他们去,不要操心。我们是国家的希望,是全世界的希望。我们在学校里学的东西,回到家里千万别提。”

“妈妈,你听听我今天在学校里学什么啦,”小罗斯玛丽的眼里露出害怕的样子,“老师说耶稣只不过是个顽皮的犹太孩子,硬从父母亲身边逃走了。还说就这么回事。这不是真的吧,妈妈?”

“妈妈,老师叫你去学校见她。”骄傲的一年级学生洛丽说。第二天我去了。那老师是个不认识的小姐,但倒挺友好的。

“你得做做你小女儿的工作,不然你们很快就会遇到大麻烦的,”她告诫我说,“昨天学唱我们的新国歌时(听到“我们的”这字眼要想不露出吃惊的样子,那有多难呀),她就是不张嘴。我问她为什么不和我们一起唱,她在全班同学面前宣称,她父亲说他宁愿把玻璃粉掺进茶里喝,或死在粪堆上,也不唱那首歌。下次再这样,我就得报告了。”——突然间,她的眼神不再显得友好了。我谢了她,心情沉重地回家了。

那天晚上,我把洛丽抱起来坐在我腿上,跟她解释说:

“你听着,洛丽。你明白吗,你在家里听到的话,可千万、千万、千万不要到学校去说。一旦你说出去,爸爸会给关进集中营,妈妈会给关进集中营,鲁珀特、阿加特和你所有的兄弟姊妹都会被关进去。你要是嘴不严,我们都会被关进集中营。你明白我的意思吗?”

她睁大眼睛听着，点了点头。

几天以后她说道："妈妈，老师又想和你谈谈。"

"这回又怎么啦？"我想，忧心忡忡地去了。

"夫人，这可是最后一次警告了。我们练习新的问候致意语'希特勒万岁'时，你的小女儿不肯举起手来，还把嘴闭得紧紧的。我不得不一再问她是什么意思，她只是回答说：'妈妈说了，如果我在学校里说了家里的事，爸爸会给关进集中营，妈妈和我所有的兄弟姊妹都会给关进集中营！'夫人，你要明白，这实在太过分了。"

是的，我明白。我回家告诉了格奥尔格。

"噢，"他说，"离学年结束只有几个礼拜了。别忘了，我们处在一场不流血的革命中。出现这种事是不足为奇的。事情总会平息下来的。到秋天一切可能会有所不同。"

他嘴上这么说，眼神却表明他并不信以为真。

我们去看望几位朋友。我们先是做父母的单独在一起，说些悄悄话来倾吐心中的酸楚。突然我们的主人眉开眼笑，有些不自然地大声嚷道，似乎对我说：

"昨晚的演出多棒啊。我从没听到过《费德里奥》唱得这么好。"

我一时摸不着头脑，感到有点不知所措，这时我听身后有一个孩子的声音说道：

"是啊，爸爸，我也觉得是这样。"

啊，我没注意几个孩子已经走进屋来。从这以后，《费德里奥》就成了我们的话题，但即使这个话题也令人心酸起来。

"布鲁诺·沃尔特再也不能指挥亚利安人的音乐会了，因为他是个犹太人。"

这话从一个十一岁孩子的嘴里说出来，多奇怪呀！

“还是待在家里为好。”那天晚上格奥尔格说。我第一次注意到他看上去又老又憔悴。

学校放假了，鲁珀特从大学回到家。他要讲的事也没什么让人高兴的。

当然，随着入侵，“一千马克的入境税”取消了。自从怀上小巴巴拉，我就感到身体不舒服。我背痛的老毛病突然发作，比以前痛得更厉害。慕尼黑有位很好的专家，格奥尔格要我去找他。因此有一天我们出发到慕尼黑去。假如我早知医生会怎么说，我肯定绝对不会去的。

“你太太不能再生孩子了，”他对我丈夫说，“至少在肾脏没有恢复正常以前不行。两个肾都严重感染。”

“可现在我们怎么办呢？”格奥尔格在椅子上坐下，他的膝盖似乎发软了。他看上去给吓坏了，我对医生很恼火。我在格奥尔格背后一个劲地给他递眼色。

但他连看都不看我一眼，只用很坚定的语气说：

“孩子当然必须立即拿掉。”

这使我愤慨起来。

“你说‘当然’是什么意思？这根本不是什么‘当然’。相反，这是绝对不可能的——你知道我们是天主教徒。”

这下医生似乎真着急了。

“孩子生下来也活不了；我可以给你把话说到这一步。我只希望，”他转向格奥尔格，“能保全母亲的性命。她得卧床静养，严格控制饮食，”一边动手开处方，“让她绝对保持安静——不要激动——血压很高。”

出来到了街上，我说：“他说的话，我一句也不信；不过为了使你觉得好受些，我会控制饮食，直到巴巴拉出世。”

“不过想到前两次。”格奥尔格看上去很焦心。是的，情况确实如此。自从一九三一年生了洛丽以后，我因为肾脏有问题，已经失去了两个孩子。

“好吧，我完全照医生说的办：静养，控制饮食，一切照办。这是目前我们所能做的——除了祈祷以外。噢，格奥尔格，让我们使劲祈祷，求上帝让我们保住这个小家伙，我们的巴巴拉！”

尽管烦恼重重，听到我如此自信地说起“巴巴拉”，格奥尔格情不自禁地笑了。从一知道怀上孩子那刻起，我们就决定这孩子不要像其他孩子那样取上五六个教名，而仅仅取一个名：巴巴拉。圣巴巴拉在天国里一定会记住格奥尔格要实现他早年的意愿，从此以后把一个个男孩送进这个家庭。

“现在我想做一件事，”我说，“我们去参观‘德国艺术馆’吧。”

那是慕尼黑新近开放的一家美术馆，位于英国花园边上。对这家美术馆有很多议论。这位经常用新花样让人吃惊的元首，亲自为这次展览挑选展品。他还为展馆周围的天竺葵选择了颜色。在他的开幕词（当然是广播）中，他声称过去德国人民不曾创造过任何艺术——直至受到他的启发；但是从今以后他们注意艺术了，很快就将引领世界各国。

我们跑去亲眼看了。这个展览证实了种种事情，但并非元首所声称的那样。展品中没有一幅杰作，却有不少反映粗俗现实的图画，眼见着一个班级接一个班级的男女学生走过，我的心像刀割一样。我们听说，所有的学校都必须来参观这个展览。随后我们来到馆中最著名的画像前，展馆留出整面墙来悬挂这幅画像：元首身着中世纪戎装骑在马上，手里拿着宝剑。人们从画像前走过时，必须举手敬礼，热情地呼喊：“希特勒万岁！”格奥尔格不想打那儿走过；他不想再看下去了。他

已经受够了。看见我还在后面流连,他不耐烦地不顾危险地大声嚷道:

“你在那儿磨蹭什么——快,我们走吧。”

我当然不是留恋那些画,而是发现了一样东西。

“格奥尔格,”我说,“我闻到一样东西:牛肉香肠加啤酒。”我嗅了嗅,四处寻找。

那边挂了一块招牌:“餐馆”。在维也纳、巴黎、伦敦或罗马任何有名的大画廊,我们还从未见过这样两者兼营的;但稍微一想,你就能明白其中的道理。在卢浮宫或维也纳艺术博物馆、佛罗伦萨碧提宫,餐馆是根本不赚钱的,因为拉斐尔、伦勃朗、米开朗基罗和弗拉·安吉利科会让你忘记饥渴。但在“德国艺术馆”,就截然不同了。

经历了刚才这一切,牛肉香肠加啤酒或一杯咖啡加蛋糕,是一副必不可少的解毒剂。我们满心高兴地循着那气味,来到了一家十分雅致、相当拥挤的餐馆。我们被带到一张餐桌前,很快注意到两件事。虽然大餐厅里坐满了人,可只能听到远处的喃喃细语声。人人都在低声说话,这里没有弥漫在慕尼黑别处餐厅里的那种免不了的烟雾:没有人吸烟。

服务员过来拿我们的菜单时,悄声说道:“你看见他了吗?”

“没有,”我说,然后问,“谁呀?”

“你瞧呀!元首!就在隔壁桌子!”

可不是吗。就在隔壁桌上坐着德国人民的元首,身边围着六到八个党卫军。他们都在喝啤酒,而希特勒却在喝木莓汁,因为在他那不计其数的美德中,有一点就是不喝酒、不吃肉。在随后的四十分钟里,我们有绝佳的机会来瞧瞧这位第三帝国的救世主。他的警卫里一定有一个很会开玩笑的人,因为每隔几分钟就发出一阵哄堂大笑,这在有教养的人看来有失风雅。最开心的就数“他”。他拍着大腿,开怀大笑,以至于有两次都差一点窒息。他从椅子上立起身，又乐不可支地跌回座上。他稀疏的头发耷拉在前额上，手臂在空中挥舞，那举世闻名的小胡子抖动着——真是个煞风景的人。如果不是深知此人掌握着千百万人的命运，谁也不会多看他一眼。他看上去普普通通，有点粗俗，没有受过良好的教育——跟墙上穿着银色戎装的英雄毫无相似之处。不过，眼下距离这么近，在他完全放松的情况下观察他，这是多么难得的机会啊！然而，看得太久了可受不住。知道他是谁，就使人太沮丧了。

我们又来到外面走在英国花园里，那是个很大很漂亮的公园。沉默了好长时间之后，格奥尔格想起了他口袋里的邮件，拿出来拆开了。突然间他停了下来，非常激动地递给我一封信。

"读读这封信！"海军部用很委婉的言辞征询特拉普上校是否有兴趣接管一艘崭新的大潜艇，从而"最后"在亚得里亚海，进而再在地中海建立一个潜艇基地。格奥尔格一时说不出话来。他以前的潜艇只有四十英尺长，还漏水，只能载五人。这些新潜艇——仿佛是拿诺亚方舟与诺曼底号相比。他大步流星地走起来。我简直跟不上他。我们走在公园的主道上，路两旁是红花盛开的栗树。

格奥尔格全速朝另一头冲去，边跑边说："听着。这是一辈子难得的机会，真是难得呀。你想想有了这样一艘潜艇能做出什么样的事来。简直不可思议。我敢肯定甚至中途不用加燃料就能横渡大西洋！"他确信无疑，嚼着胡须，到了公园另一头。"这样一个世上难找的好事，我当然要接受啦。"

我们转回来，他突然说道："可他们是什么意思：'最后在亚得里亚海，进而再在地中海？'他们一定十分肯定有朝一日要到那儿去。这就意味着要打仗。我可不能为纳粹掌管一艘潜艇，对吧？当然不能。这可不行——绝对不行。"

我们走到另一头，又转回来。在回来的路上，他说："但是也许不接受是错误的。他现在毕竟是国家的元首。我是个海军军人。这还真是我唯一在行又能干好的事。也许这就是上帝的旨意！"他挥动着信。"人人都在告诫我，要为孩子们的未来着想，我们现在这种生活方式严重危及孩子们的未来……"

我们再次转回来。我知道我无话可说。这是一个男人独自思索的时刻——只有他和上帝。这就是那种关系安危的关键时刻，是接受还是拒绝，只有他才能作出抉择。我默默而热烈地祈祷："照上帝的旨意办吧。"

我们的速度明显慢了下来。我们在朝公园出口走去。还没走到门口，格奥尔格从深深的沉思中清醒过来，有点凄惘地说道："不行，我不能干这事。当年我对着我们庄严的旗帜宣誓时，曾发过誓：'为了上帝和祖国，效忠皇帝。'可这事意味着背叛上帝和祖国。那就违背了我过去的誓言。"他说罢，我们就去车站回家了。

鲁珀特正在火车站等我们。我们初出茅庐的医生啊！就在入侵两天前，鲁珀特从医学院毕业了。

"瞧我带来了什么？"他说，随即把一封信递给他父亲。

"又是一封信！"我心想，随即闭上了眼睛。我仿佛听见医生说："绝对不要激动。"巴巴拉来得不是时候，对此我很清楚。这也是一封征询意见的信。鲁珀特是否有兴趣来维也纳，在一家大医院里担任责任医师？他们需要医生。

他们当然需要医生。在过去几个月里，他们在全国各地以最可耻的方式迫害、屠杀、监禁了成千上万的犹太人，现在缺少医生、律师、牙医；难怪那些羽毛未丰的年轻医生提升得那么快。

"我当然不能接受，"鲁珀特说，"唯一的问题是如何把措词写得婉转些。他们一定会十分恼火。假如我去了,我就得赞同他们所有的治疗和处理方案,而那些方案是我作为天主教徒——同时也作为人所不能容许的。迄今为止,我还一次没用过'希特勒万岁!'来致意,我只想避免使用。"

"那你打算如何谋生呢?"他父亲不动声色,但却不无自豪地问道。

年轻人的脸上露出了顽强的神情。

"总会有办法的。值得一试。"

这事就这么定了。

这一周还没完,从慕尼黑打来的一个长途电话永远搅乱了我们的平静生活。特拉普家被选为"德国东部"(前奥地利)的代表,将要为阿道夫·希特勒("我们敬爱的元首")唱祝寿歌。

这意味着我们要功成名就了。从此以后,我们早晨、中午、晚上都能唱,还能发大财。

汉斯那天休假。罗斯玛丽和洛丽给打发上床之后,格奥尔格把全家人叫到一块。他跟大家讲了他和鲁珀特接到的邀请函,谈了两者的巨大诱惑力,还说了这次把我们抬举成歌唱家来邀请,在我们眼前展示了多么灿烂的前景:对此我们全家有什么想法呢?

愕然沉默了一阵之后,听到这样的议论声:

"那我们也得说'希特勒万岁!'啦?"

"我们得上台唱新国歌吗?"

"瓦斯纳神父怎么办呢?纳粹党是不喜欢神父的。"

"学校里不许唱任何带有耶稣或圣诞节名义的宗教歌曲。因此,我们简直不能唱巴赫的任何曲子。"

"我相信我们的节目在德国一定会获得巨大成功,但是我们拿了他们的钱、受到他们的赞扬,还能坚持我们的思想和反纳粹的立场吗?"

沉默。

“那是做不到的。”

“这是我们第三次拒绝纳粹的盛情邀请了。孩子们，”他们父亲的声音跟往常不一样，“孩子们，我们现在要作出选择：我们想要保住现在仍然拥有的物质利益吗？就是这个有古色古香家具、朋友和我们所喜爱的各种东西的家——那我们就得放弃精神利益：信仰和荣誉。我们不可能两者兼得。我们大家现在可以赚很多钱，但我很怀疑这是否会使我们快乐。我宁愿看着你们受穷但却诚实。如果我们这样选择，那就得离开。你们同意吗？”

大家异口同声地回答：“是的，爸爸。”

“那我们就尽快离开这里。你不能三次拒绝希特勒——这太危险了。”

第二天早晨，我丈夫和我来到大主教的官邸。

“主教阁下，”他说，“这是个秘密，我希望您能保守这个秘密。我和家人已经决定马上秘密地离开这个国家。瓦斯纳神父已成为我们中的一员。他处于跟我们同样危险的境地，因为我们拒绝了给希特勒唱歌的提议，而他是我们的指挥。再说，他当编辑时已经惹了多次麻烦了。他最好也离开。我们没什么可以给他的。他得跟我们同甘共苦。我们要走了——不管是好是歹——我们想要请您：如果您觉得合适，就打发瓦斯纳神父与我们同行，因为我们问过他了，他也同意了。”

大主教变得极为严肃。过了好一阵，他站起身来说：

“请你们明天来听回音好吗？”

第二天早晨，我们被领进大主教官邸的谒见大厅，只见墙上有许多过去的罗马红衣主教的画像；门打开了，主教阁下身着红长袍进来了。

“我没跟任何人说起过，也没征求任何人的意见。我只是祈祷灵光；现在我作为你们的主教跟你们说：你们现在离开吧，带着瓦斯纳神父一起走，这是上帝的旨意。”随后这位年长的阁下抬眼往窗外望去，可以看到教堂的圆顶，然后慢慢地补充了一句：“也许有一天会证明这件事对本教区具有重大意义。”

他显然很激动，给我们祝福后就离去了。

做父亲的再一次把全家的大人小孩（瓦斯纳神父也包括在内）召集起来，重述了“作为我们的主教”所说的话。我们大家都感到，从此以后我们开始了生活的新篇章，孩子的父亲最后说的话似乎勾画出了这新篇章的要义：

“现在我们有了宝贵的机会，去检验一下我们能不能照直理解我们经常听到和读到的那句话：‘你首先要寻求上帝的王国和上帝的正义：然后这一切必将赐予你。’”

第二部

第一章　在“美国农夫号”上

一九三八年九月。

“这就是‘美国农夫号’。”态度和蔼的公共汽车司机把我们送到伦敦码头上，指着一艘小小的白色轮船说。

“船上有多少乘客？”格奥尔格问那个把我们一家领到各自客舱的乘务员。

“七十人，先生。这是个恰到好处的数字。我在大船上干过，但我更喜欢这条船。你能认识所有的乘客。简直像个大家庭。”

“到纽约需要多长时间？”

“十一天，先生。我们这是条小船，只有七千吨。但我敢肯定你们旅途会很愉快的。”

我们是愉快，非常愉快的。从第一天起我们就感受到了船上的友好氛围。乘客大多是回国的美国人。我们一家人住的客舱紧挨着，餐厅专为我们一家预备了一张大圆桌。

“孩子们，我真不敢相信。”我们全家人聚到一起吃晚饭时，格奥尔格说。他这话道出了我们大家的心声;我们不敢相信我们真在奔赴美国的途中。

“我觉得有点晕晕乎乎的,这么短的时间里出了这么多事。”我说。“真像一场梦。想想看:六个礼拜前的今天……”

“我们离开家去……”

“去意大利南蒂罗尔省爬山。”韦尔纳说。

“是的,为了不让别人疑心,我们是穿着平常的衣服走的。船上的人看见我们穿着奥地利服装,就想了解我们是荷兰人还是挪威人。”黑德维格笑着说。

“然后就是好几个礼拜的焦急等待。”鲁珀特接着说。

“等待什么呀?”洛丽想知道。这小家伙瞪大了眼睛听我们说话。

“洛丽,难道你不记得,”阿加特给小妹妹解释说,“我们在圣乔根山上的时候,每天早晨都祈祷说‘亲爱的主,让我们安全到达美国’吗?要知道这样的旅行要花好多钱,我们又没有钱。美国有个人想让我们去那儿开音乐会,爸爸就写信求他借给我们旅费,买好船票寄来。所以我们才在圣乔根等呀等的。”

“船票送来才不过一个礼拜呢,”瓦斯纳神父说,“我能获准去意大利,简直不可思议。鲁珀特,就在我们都离开了的当天,在报上看到边境封锁了,谁也别想再离开那个国家,你还记得当时的感受吗?”

“是啊,”鲁珀特说,“我记得。我们多幸运啊,爸爸,”他转向格奥尔格说,“意大利政府不允许你在意大利以外拿海军退休金。这样一来,用这笔钱足以支付在圣乔根的开销和购买去伦敦的车票了。”

“我也不敢相信啊,”我说,“瓦格纳先生给我们寄来船票,真是太好了。”

我们的船离开英国海岸后,进入汹涌澎湃的海浪中。一夜之间,去餐厅用餐的人少了许多。昨晚在这里享用晚餐,操着不同语言愉快交谈的人们都上哪儿去了?第二天早上,餐厅服务员几乎无事可做。我和格奥尔格一道来到餐厅,可是为特拉普家专用的那张大圆桌上,除我们俩以外其他座位都空着。一吃过早饭,我就一个一个客舱地去查看,发现我那些可怜的孩子不同程度地被折腾得要死要活的,不折不扣的晕船症状。

"下一个就轮到你了。你还是躺下吧,"格奥尔格说,担心地望着我,"顺便问一句,巴巴拉怎么样了?"

"噢,挺好。"我回答说,一边乖乖地回到我和小姑娘们合住的客舱。这几个小家伙脸色蜡黄,她们的爸爸把她们安顿在甲板躺椅上。尽管医生做过种种预言,巴巴拉似乎并不在意近几个月的折腾,也不在乎我的不肯节制饮食、不肯卧床休息。她预计圣诞节后来到人世,看来她要遵守产期。

回到船舱,我遵照吩咐上了床,等着晕船。我手里端着纸杯,在那里坐了好久,却没有什么事。轮船像只小球被抛来抛去。它呜咽呻吟,嘎嘎作响,从一边倾斜到另一边,但是我的胃似乎不受什么影响。谁也不来看看我,我觉得待腻味了,肚子也饿了。午饭的铃声响了,我爬起来作为特拉普家的唯一代表坐到大圆桌前。另一个幸免者格奥尔格从一个客舱走到另一个客舱,托起小脑袋一个个地抚慰。

三天以后,风暴过去了,甲板上聚集着脸色发青、双眼凹陷的人们,在和煦阳光的照耀下迅速恢复了元气。现在,海面就像一面镜子。

我已经意识到,我们得学习英语了,因为在美国人人都说英语。

"好吧。既然我得学英语,那就学起来吧!"

丈夫注意到我急不可耐,便打趣地说:

"你知道怎样能在二十四小时内学会英语吗?只要每小时学会二

十四分之一就行啦!”

这大致就是我心里的想法。等到第一个风和日丽的日子,人们都来到甲板上,我拿着一支铅笔和一个小笔记本,先是听人交谈了一会,后来发现一群说英语的女士和先生,便走了过去,用极其客气的口吻和变音字,说出了我唯一会说的一句话:

“Please, vat is fat?[1]”说着指指我的手表。

“A watch[2].”一位先生回答说,看上去非常友好。

“E Votsch[3].”我认认真真地写下来,“And fat?[4]”指指我的戒指。

“Ring[5].”他回答说。

“请问英语怎么说?”我又问。

“Ring.”他重复了一声,随即笑了。

一堂别开生面的英语课就这么开始了。这些人见我迫切地希望在尽可能短的时间里掌握他们的语言,他们也觉得很有这必要性,便极其热心地帮助我。当我们把我浑身上下、他们浑身上下以及周围的环境都指认了个遍,我在我的小本子上写下了以下的宝贵词汇:

E Neiff (a knife, 一把刀)

Dschuhss (shoes, 鞋子)

E Spuhn (a spoon, 匙)

Refjudschie (refugee, 难民)

Dschentlmän (gentleman, 先生)

bjutifull (beautiful, 美丽)

Tscheild (child, 孩子)

ei (eye, 眼睛)

Manni (money, 钱)

juh (you, 你)

很快地,我们就从单词进入到短语,例如:

1 vat is fat:是受德语发音影响的英语拼音,英语的正确说法是:What is that?(那是什么?)

2 A watch:一只表。

3 E Votsch:A watch 的变音字。

4 And fat?(那个呢?)

5 Ring:戒指。

Haudujudu（How do you do？你好吗？）

Haumatsch（How much？多少钱？）

Denkswerrimatch（Thanks very much 多谢）

Hooatsdeteim（What's the time？几点钟啦？）

一天，亲爱的鲍威尔小姐——一位英国演员，也是个十分可爱的女士，开始纠正我的发音了。

“亲爱的，你不能说‘vat’，亲爱的，”她对我说，“要说‘Hoo-wat[1]’，”说着拿出来一面小镜子，“‘Hoo-wen，Hoowere’[2]。”

我迫不及待地对着小镜子一个劲地发着“Hoo-wat-ed”，觉得自己英语味十足。

这群人中有一位美国医生，真是个了不起的奇才。他也单独给我上小课，还不加告诫地教了我一大堆俚语。我一本正经地记下了如下的话：“如果有人非常激动，你想让他平静下来，那就说……如果你想让某人快点离开房间，那就说……”我对约翰逊医生深为感激，特别是过了几个礼拜后，随着事态的发展，他的教导充分发挥了作用，我对他尤为感激不尽。

我们的美国化进程在加速。我们的朋友请我们享用几种真正的美国饮料：姜汁酒、可口可乐和根啤酒。姜汁酒还不错，但我喝了一口可口可乐和根啤酒以后，就坚决不再喝了。

“美国味太浓了。”我不屑地说。

我们从约翰逊医生那里了解了美国的货币：便士、镍币、角币、二角五分银币和美元。

我们最初学到的美国歌：《我的肯塔基老家》和《老黑奴》，瓦斯纳

1 Hoo-wat：实应为 what。

2 Hoo-wen，Hoowere：什么时候，什么地方。

神父给它们谱了新曲，我们非常喜欢唱。最后一晚，船上举行了一个盛大的宴会，我已经能听明白人们谈话的大部分内容了，这要感谢我们的新朋友：维多利亚·鲍威尔，约翰逊医生，从德卢斯[1]来的教师玛丽·雨果，以及从南海回辛辛那提去的美国领事。他们说对人的第一印象最为真实，你以后会一而再，再而三地回到这个印象上来。这是我们和美国人的初次接触，他们给我们的印象是和善、慷慨、乐于助人。

最后一个早晨我们醒来时，轮船已经过了南塔基特[2]，马上就要到纽约了。人人都站在栏杆旁，这时曼哈顿的高楼大厦从雾中浮现出来，如同海市蜃楼一般。

这——就是——美国！

---

1 德卢斯：美国明尼苏达州东北部港口城市。
2 南塔基特：美国马萨诸塞东南一岛屿，位于科德角以南。

第二章　万事开头难

三辆出租汽车把我们拉到了第七大道第五十五街口的惠灵顿旅馆门前，我们一个个全都不知所措——全然不知所措。我们一家人，加上五十六件行李：装在乐器箱里的所有乐器，斯平纳琴，四把干巴琴，八支竖笛，音乐会的大服装箱以及个人用品，其中一个包上标着"巴巴拉·冯·特拉普"，里面装着我们的小宝贝们穿过的精美的小衣服。

我站在人行道上等着卸行李的时候，慢慢地拼出了霓虹灯上的大字"D-R-U-G-S-T-O-R-E"[1]。我还是第一次见到这个字。我们欧洲没有这种杂货店。这下我心里可踏实了！

"太好了，"我想，"我住在一家带杂货店的旅馆里。这下我在纽约可不会迷路了！"

维也纳最高的住宅不过五六层。电梯把我们送到了第十九层，我们简直难以置信，大家立刻冲到窗户跟前，心惊胆战地望着下面的深

1 D-R-U-G-S-T-O-R-E：杂货店。

谷，只见深谷底下爬行着小小的汽车和一点点大的人。我们向老家报告的头一桩事便是："我们住在十九层楼上！"

那位从音乐会经理办公室来的和和气气的先生帮我们办妥了入境手续，又把我们安顿到这家旅馆以后，和颜悦色地说了声"明天见"，便离开我们走了。

我们上一顿饭还是在船上吃的午餐。现在已经快八点了，大家都饿了。可是我们已经不再在船上了，也就没有现成的饭菜摆满一桌子，供你一天三顿坐下来吃就行了。现在得提出一个严酷的问题：我们还有多少钱？把十二个人的口袋全掏空了，把每一枚镍币、角币全凑起来，居然还有四块大洋。我们得靠这些钱来对付晚饭和早饭，明天就得要求我们的经理瓦格纳先生预支一些钱。我们打发男孩子拿着两美元下楼买面包、黄油和水果。船上几乎没有新鲜水果，但是到了陆地上，秋天正是买便宜水果的大好时机，所以我们足足地享用了一顿苹果、李子、梨和葡萄。

一天来我们一直是东站西站，等来等去，搞得疲惫不堪，所以便早早上床睡觉。我们按照欧洲旅馆的规矩，把鞋子放在房门外就睡了，结果被守夜的人挨个叫醒了，告诉我们说：明天早晨肯定不会有人给我们擦鞋，但是鞋子可能不翼而飞，所以最好还是把鞋收进屋里。真是滑稽。

第二天早晨，我想找人把我丈夫的帽子熨一熨，他好戴着去见经理。让我大为惊愕的是，门厅里的人告诉我这得去找鞋匠。

格奥尔格和男孩子们带回来一个惊人的消息，他们是在理发店擦的鞋子！

多么奇怪的国家！

这时我出去找那个鞋匠熨帽子。我绕过一个街区，又绕过一个，再绕过第三个街区,丝毫没去注意街道号码。我用不着去注意。即使迷了路,我也知道我住哪儿。我没想到要记住旅馆的名字,光记得我住的旅馆里有家杂货店。转了半天,我终于找到了我要找的鞋匠。帽子倒是熨好了,我却发现自己迷了路。没关系。我一见到一位警察,就走上前去很有礼貌地说:

“亲爱的警察先生,请问带杂货店的旅馆在哪儿?”

直到今天,我对纽约的那些高个子警察仍有一种亲切感,因为当时就是这样一位警察把我平安地送回了惠灵顿旅馆。

接着,我们去见瓦格纳先生。那位和蔼的先生又来给我们领路。我们先走到第六大道,当时那儿有一条高架铁道,这玩意儿我们也是头一次见到。过马路时正赶上火车打头顶上轰隆隆地开过,我吓得要死,紧紧抓住格奥尔格的胳膊。

“最快的办法是乘坐地铁。”我们和蔼的向导说着,就钻进了显然是通往地下的楼梯。真是太吓人了,声音多大啊!快车从站台的一边轰鸣而过,另一边则是慢车来来往往。就连空气都在颤动,我简直像是在地上扎了根,决计不向任何方向挪动一步。我想我肯定会死在那儿。无论是我还是巴巴拉连一秒钟也不能再忍受了。接着不知怎么的,我已在一列轰轰隆隆的火车里了,过了几站我们出了火车。等重见到天日时,我都快哭出来了。

“格奥尔格,”我恳求说,“答应我,咱们以后再也别坐这种火车了。”

他还没来得及答应,我们的向导又冒出了个好主意。

“这是梅西百货商店,我们最大的百货商场之一,”他笑吟吟地说道,“八楼有一个很棒的玩具部。我们去溜一溜。孩子们一定很喜欢。”

于是我们进到商店里,我生平第一次见到了自己会动的楼梯。我先是瞪大眼睛盯着它,心想这只不过是件展品;不过等我眼看着人们踏上去被送上楼时，我感到很不自在，好像在看巫术一样。待到要我迈上这性命攸关的一步时，我断然拒绝了。这时候已有不少人站在我们身后，显然我们挡住了道。

"上吧，别发傻。"格奥尔格低声鼓励我。我感到喉咙哽塞了，犹豫不决地探出一只脚，可是一碰到那个移动的玩意，就像被蛇咬了似的急忙缩了回来。这当儿，好心好意的美国人围了上来，七嘴八舌地给我出主意，弄得我的处境越发尴尬。

小女儿们在后面咯咯地笑："瞧，妈妈害怕了。"我真后悔踏上了这片大陆。

"夫人，闭上眼睛，往前迈一步。"

这是别人给我出的最好的主意。这下我可上去了。可怎么下来呢？那就要容易多了。楼梯自动把你送出去，不管你愿不愿意。这话重复了七次："闭上眼睛，往前迈一步。"七次吗？噢，不！时至今日，每当我不得不乘坐电梯时，我都闭上眼睛，深深憋一口气。

我们终于离开了梅西百货商店，坐到了瓦格纳先生的办公室里。这位长着圆圆的、红彤彤的苹果脸的老先生，看上去像个和蔼可亲的老爷爷。我们再次感谢他给我们寄来"美国农夫号"的船票。他爽爽快快地预付了我们一些钱。一周后巡回演出即将开始。到目前为止，原定的四十场演出他已排定了十八场。他说起话来吐词不如维多利亚·鲍威尔那么清楚，所以我听起来有些困难。不过有一句话我可是听懂了：我们告辞时，他对我们眨眨眼睛，用令人感到慰藉的口吻说："头十年可是最艰难啊！"

我最发愁的是如何向世人掩饰巴巴拉的存在。还在老家的时候，我可以找邻村的一个女裁缝米米，她是个精明能干的小夫人。我向她倾吐了我的秘密。

“噢，那很容易，夫人，”她马上说道，“你只要设法让上身显得比下身丰满些。这样你看起来只不过是健壮些而已。”

“可是，米米，我怎么能搞成这个样子呢？”我有点无奈地问道。

“这事我来帮你办吧。”她有些神秘地回答说，叫我一周后再去。

到了约定的那天，她交给我三种尺码的上身加宽垫。第三号极其宽大。我满腹狐疑地望着桌上这些粉红色的玩意，再瞧瞧米米，她赞许地点点头。

“对，”她说，“我就是这个意思。你按时把它们穿上。第三号连双胞胎都能应付，谁也看不出任何迹象。”

眼下是九月，我穿上二号尺码。我发现这套装备真管用，不禁大大松了一口气。瓦格纳先生见我如此腰宽体胖，居然丝毫也不感到惊奇。为米米喝彩三声！

口袋里有了钱，我们兴高采烈地告辞了。不啦，多谢，我们不再需要向导了。我们已经知道在纽约走来走去是多么简单。第五大道过去是第六大道，然后是第七大道；街道不像欧洲那样以花鸟树木或名人来命名，而是编成号码。

这次我们出来可要真正好好吃一顿饭了。几个月前我们学会了从右到左看菜单[1]；从挂在电梯里的旅馆餐厅的菜单来看，无论是什么东西，价钱都太贵了。我们在旅馆对面发现了一个名曰“自助餐厅”的饮食店。那里的价钱很公道，店主是中国人，待人非常和气。我们一天三次都聚集在那里。我们每人午餐最多能花三角五分；早餐一角五分；晚餐五角。但在那时候，只要选择得当，就足够你吃的——当然我例外。我总是觉得饿。我极力想节制饮食，因为往镜子里或橱窗里一看，我的

---

1 从右到左看菜单：意即先看价钱后看菜名。

身材在慢慢接近五斗柜的体积。可是就在那头一个下午,我很快又饿得不可开交,便出去找点便宜的东西填填肚子。一家食品店的橱窗上写着:"三明治五分一客"。在欧洲,三明治的大小要视其考究程度而定,你越要考究的,它就越小,最小的只有美国银元那么大。我心里想的是欧式三明治的大小,便点了十客。我还得等上一会,随后一个和气的姑娘托着一只大盘,里面盛着十客美式三明治!真不好意思,我必须招认:我吃了六客。

第二天早晨我们找不到罗斯玛丽和洛丽了。她们既不在我们任何人的房间里,也不在前厅里——能上哪儿去了呢?我们发疯似的找了半个钟头,几乎到了要报警的地步,说她们被绑架了,这时有个侍者来告诉我们说,她们一直在乘电梯上上下下。

"是啊,妈妈,"洛丽两眼亮晶晶的,"一直上到二十七层。现在我可以写信告诉苏西,这是她住的地方九倍高呢!"

我们在船上遇见的人没有住纽约的。我们既没有熟人,也没有朋友,也没有带给任何人的介绍信。我们只能靠自己来发现这个新世界。我们学会了区别住宅区和商业区。我们发现博物馆和美术馆可以免费参观。我们发觉杂货店能买的东西真多,到了礼拜天哪儿都关门了,在这里却什么东西都能买到:从铅笔、信封信纸到热水壶、闹钟以及各种式样的首饰。我们学会了泰然自若地坐在柜台前,用老资格的口吻点吃的:"黑面包夹火腿"或"两只嫩煮蛋"。

无论在哪儿遇见同胞,都能听到真正的传奇故事。比如,有一位夫人想买花菜。

"多少钱?"她问杂货商。

"九角。"对方回答说。

"什么?"她勃然大怒,"瞧你那花菜吧。在附近只要出四角钱我就能变成花菜。”

［你把你母语中的字眼翻译成英语的同音词，以为意思差不多，就会闹出这种笑话。英语的“keep”（留住）在德语中的同音字是“behalten”（瞧），“become”（变成）在德语中的同音词是“bekommen”（买到）。］[1]

另一桩趣事发生在我们的一位牧师朋友身上。他刚来美国的时候，去了一家修道院。

那个领他到他住处的修士问他：

“还需要什么别的吗，神父？”

“噢，”神父若有所思地说，“每个礼拜六需要一副新肠子。就挂在门把上吧。”

修士仿佛被这要求吓了一跳，神父只得指着房里的一条毛巾[2]来表明他的意思。

每天早上，我们从深谷似的第五十五街走向第五大道，再去圣帕特里克教堂。这个教堂跟欧洲最大的教堂差不多大；但是因为处在第五十街的拐角位置，与周围的摩天大楼相比，就相形见绌了。瓦斯纳神父做完了弥撒，我们就回到那家中国餐馆。

我们需要洗衣服。和别的事情一样，这牵涉到钱的问题。一天早上做完弥撒，男孩子们从另外一条路回来，扬扬得意地告诉我们说，他们发现了全城最便宜的洗衣店，是一个中国人开的，洗一磅衣服只要六分钱。我们把所有的脏衣服收集起来，中国人来了，又是微笑又是点头。两天后他把衣服拿来了，我们无法相信自己的眼睛。他一定是用

1 所以，那位女士所要表达的意思应为：“留住你那花菜吧。我在附近只要出四角钱就能买到花菜。”

2 毛巾：在英语中，“肠子”和“毛巾”只有一个首字母之差：bowels 和 towels。

大盆把所有的衣服一锅煮了,因为有件蓝色围裙是褪色的,因此所有的衣服,无论是短上衣、白衬衫还是手绢,全都染成了深蓝色。

我们不打算把小姑娘们带出去巡回演出,想给她们找一家便宜的寄宿学校,瓦格纳先生的办事处帮了忙。我们找到了布朗克斯区的乌尔苏莱因私立中学,每人每月三十五元。这是我生平第二次乘地铁,进出站时用手指堵住耳朵,闭上眼睛。我们把罗斯玛丽和洛丽留在新学校时,真为她们感到难受。她们从小是在绿草如茵、树木成林的环境中长大的,而布朗克斯只有柏油马路,寸草不生。不过学校里的修女倒挺和蔼可亲,两个孩子学起英语来要比我们快。

有一回我想去看望孩子们,看看她们过得怎么样。我鼓足勇气走下了地铁。虽然我已经知道纽约的杂货店不止一家,但我却不知道纽约的地铁线也不止一条。我还没去理会那些"住宅区——商业区"警示牌,最后坐进一辆快车的时候,还觉得挺自豪的,因为我断定这能更快地把我送到学校。等火车停在了终点站,所有的人都下了车,我才知道我还远离着布朗克斯。最滑稽的是,这地下铁路转成了高架铁道,我不能往上走,而得向下走到街上。这时我感到十分绝望。不过又是一位警察救了急。这一次警察坐在车里。

"亲爱的警官先生,"我满怀自信地说,"帮帮我!孩子们在学校。布朗克斯。怎么走?"

这他怎么能明白,可他居然听懂了我的话。

"你想去那儿吗?来吧,上我的车。"

我们的车开呀,开呀。

突然他转过身来,说道:

"隧道,上面有条河。"

我闭上了眼睛,我肯定面色苍白。纽约这地方真是太危险了,有那么多高架铁道、自动扶梯、地铁和隧道。他把我平平安安地送到了布朗克斯修道院，纽约警察的桂冠上又增添了一颗宝石。

我这次去看孩子完全是个错误。两个小女儿见到我，就紧紧抱住我不肯放，临别时哭得伤心透顶，我走出了一个多街区还能听见。真让人心碎。

在纽约，我们不需要人为我们组织观光游览。我们每次一走出旅馆，就是一次观光游览。拿防火太平梯来说，也就是房屋外面的那些盘旋楼梯，就很奇妙迷人。无轨电车和公共汽车也和我们家乡的不同。报摊上的报纸杂志多得吓人，一份份报纸就像儿童床上的床单那么大。我们如醉如痴地看着有人登上宝座似的椅子，机灵的黑人小孩俯身拼命地给他们擦皮鞋，直至擦得像镜子一样锃亮——而且就在大街上啊！可人们为什么都不停下来观看呢？对了，还有人哪！有黑人、男人、女人和孩子。噢，多么可爱的孩子呀！还有中国人——也许是日本人，谁也说不清。大多数人都说英语，但是也听到说意大利语、德语、意第绪语和希腊语的。说到气候，尽管眼下是十月，还是又热又潮湿，与萨尔茨堡大不一样。再说速度。第一次看电影散场后，顺着百老汇大街走一走，那是怎样的经历啊。多么喧哗热闹，多么五彩缤纷，多么熙熙攘攘；或者午时穿过第五大道，下午五点穿过华尔街。在纽约，所有这些动人心魄的初次观光经历都花不了你多少钱。既令人激动，又令人震惊——既美妙又可怕——这就是我们进入新大陆的初步经历：我们对美国的新发现！

其他人在城里四处探测，发现了诸如市立图书馆、中心公园、无线电城这样的地方——而我和巴巴拉宁愿待在旅馆里。我一门心思想学会英语。在地铁里、公共汽车上、街道拐角和自动扶梯里，我一见着广告就念。我记住了一个个菜单，还借助一本小词典，开始阅读《读者文摘》。我很羡慕瓦斯纳神父,他已经能抛开词典看书了。鲁珀特更是棒得出奇。船上一位太太送给他一本厚厚的书,名叫《飘》,他已经看了一半了。我真想赶上他们。

我自己发明了一种方法,就是学会一个字就把其规律运用到所有发音相似的字上面。后来证明这种方法是极其错误的,直至今天还困扰着我的英语。比如,我学过 freeze—frozen[1],便在我那珍贵的小笔记本上,在那两个词下面写下"squeeze—squozen"和"sneeze—snozen"。我颇为得意地谈论某人是个"thunkard"[2],因为从字面上看,既然一个人喝多了是"drunkard",那么在我看来像那位教授那样思考多了就是"thunkard"。我欣赏纽约的高"hice"[3]时,又觉得很气愤,因为人们似乎忽视了"mouse—mice"与"house—hice"之间的逻辑相似性。我谈起我牙齿的"reet"[4],感觉这样用十分正确。难道"foot—feet"有错吗?

你若是照字面翻译《圣经》,结果尤为糟糕。我在大厅里跟一帮人交谈时说了一句:"灵有余而肉不足"[5],结果引起一片震惊。

但是,经历了那么多麻烦和努力,引起了那么多出人意料的哄堂大笑,经过了那么长时间的拼读和默记,有一天,那个开电梯的和蔼的黑人对你说:"太太,您的英语真是一天比一天好啊。"这时你是多么扬扬得意啊。

---

1 freeze(冻结)是不规则动词,其过去分词形式是 frozen;本书作者采取模拟(造词)法,将规则变化动词 squeeze(挤、压)和 sneeze(打喷嚏)硬划为不规则变化形式,生造出 squozen 和 snozen 的过去分词形式,其实这两个词的过去式和过去分词都是在后面加 d: squeezed 和 sneezed。

2 thunkard: 是作者模拟"drunkard"(酒鬼)的构词规律,生造出的一个词,意思是"思想鬼"。

3 hice: 作者模拟 mouse—mice(老鼠)的构词规律生造的单词,其实 house(楼房)的复数形式是 houses。

4 reet: 作者模拟 foot-feet(脚)的变形规律生造的词。其实,英语 root(根)的复数形式应为 roots。

5 灵有余而肉不足: 原文 The ghost was willing, but the meat was soft, 系 The spirit was willing, but the flesh was soft 之误。

从此以后,你发现你说话时几乎不再带有任何异乡口音了。你觉得过去几个礼拜在英语学习的拼搏中,一切的血汗和泪水都得到了回报。

然后到了那伟大的一天,你觉得自己好像该毕业了。柜台前那个人颇为诚恳、颇为自信地问你:

“太太,您没来美国以前学了多少年英语?”

瓦格纳先生说“头十年最艰难”的时候,一定犯了个错误。他的意思应该是头十天吧!

第三章　安顿下来

这一天终于来临了，一辆标有“专车”和“特拉普家唱诗团”字样的蓝色大轿车停靠在惠灵顿旅馆门前，把我们的五十六件行李和唱诗团的十名成员全都装了进去。我们既然在美国没有家，就得随身带着我们的全部行装。一个态度和善、肩膀宽宽的司机跟我们打招呼。他当即便打定主意，要担负起向我们介绍美国思想方式和生活方式的崇高职责，因为他所拉载的在美国旅行的乘客中，我们是最没有经验的一帮人。

他干得无可挑剔。时不时听他大声叫喊：

“我来给你们讲讲吧！”

这是一声警告，大家无论在做什么，不管是吃饭、睡觉、看书还是向窗外眺望，都会赶紧停下来，全神贯注地听他来作这样的解说：“这是世界上最大的飞机制造厂”；或者“现在我们进入了肯塔基——盛产乡巴佬和走私酒”。诸如此类的说法在我们听来有些神秘。我的小词典里既查不到“乡巴佬”，也找不到“走私酒”，但是不知怎么的，这成了肯塔基州给我留下的印象，经年不灭。

不过这都是后话了。蓝色大轿车先开到了宾夕法尼亚州的伊斯顿，爬上陡坡来到拉斐特学院举行我们的头一场音乐会。瓦格纳先生和他办事处的人马已经到场了。我们突然意识到，这还不仅仅是另一个国度——这次我们远渡重洋来到了一个新大陆，今晚是我们的首场演出。是成功还是失败呢？这些思虑使我们心里越来越紧张，等那庄严的时刻终于来临，我们不得不登台时，我们又像当初在萨尔茨堡那样不是滋味，局促不安。不过，这次没有洛特·勒曼坐在第一排。稀稀拉拉的掌声还算是对我们这些腼腆的新手表示了欢迎。

掌声！对此真可以写上一整本书。天真的读者可能以为掌声就是掌声。那他就大错特错啦！他哪里知道掌声也有千差万别，艺术家的耳朵对此敏感着呢。有近些年的雷鸣般的掌声，这时你重新回到舞台，座无虚席的大厅里，人们都在翘首以待，这掌声多么暖人心怀，多么令人振奋啊！有一种出于礼节的、稀稀拉拉的掌声，没等你走到舞台中央鞠躬谢幕就停止了——这种缺乏热度的掌声是专门送给新人或初出茅庐的人——对你是无济于事的。还有一种几乎听不见的掌声，那是上午的音乐会上社会名媛戴着手套拍出的声音，里头夹杂着颇有礼貌地掩饰起来的哈欠声。你并不太在乎，因为你既然已经进展到能在上午的音乐会上演唱，你也就不会太在意了。还有那种热忱的、长时间的、热烈的掌声，是在一场出色的演唱之后，真诚的听众要求加唱的掌声。这种掌声让你忘记疲劳，使你的加唱成为你最杰出的节目。还有那种例行公事式的掌声，来自富有教养的音乐会听众，受过良好音乐熏陶的人们，他们的祖辈习惯于在交响乐大厅、管弦乐队大厅或市政大厅看演出；他们适度而不停地鼓掌的时候，一边扬起眉毛看着节目单，一边问道："帕莱斯特里纳这家伙是谁？维托利亚呢？托马斯·莫利呢？我们从没听说过这些名字，不过他们唱得都不错。”他们是音乐生活的坚强支柱，给新手提供了崭露头角的机会。

后来你学会了把掌声视为挑战，通过不惜代价的努力，把音乐会上“稀稀拉拉”的掌声演变成“热情洋溢”的掌声。

但这是后话了，眼下还是我们在新世界的首场演出。现在再回顾一下那节目单，我们发现：一是太长了；二是太严肃了。那是什么帮助我们创造了奇迹，最后赢得了一些真正热烈的掌声呢？那大概是靠我们的真心诚意吧。在座无虚席的礼堂里，听众不可能不感受到，无论他们在舞台上看到了什么，听到了什么——出色的演唱也好，舞台失误也好——都是百分之百的真诚表演。我们是用心在演唱，因此也就打动了他们的心。我们每唱完一组歌曲回到后台，瓦格纳先生脸上那担惊受怕的神情就减少一分，后来格奥尔格居然低声说：

“他说事情还挺顺利的。”

但是那天晚上到了最后，我们已经完全精疲力竭。如今即使整个一轮巡回演出结束，我们也不像那天在宾夕法尼亚州伊斯顿那个令人难忘的十月之夜那么疲惫。

但是，这样的激动也只有一次而已。渐渐地，一切都成了家常便饭。鞠躬和微笑，上台和下台。

没过多久我们就发现，每天晚上最难熬的不是演唱本身，而是与听众见面。我们渐渐惧怕起“见面”这个字眼。我们站成一排，人们列队依次走过，小声报出自己的名字，一个劲地表示很高兴见到我们，或者说音乐会的每分钟都是一种享受。你尽量对每句话都报以真诚的微笑，说点聪睿的话。经过几十次以后，你耗尽了你那本来就很有限的词汇，连脸上的笑容也凝固成永久的皱纹了。你事先忘记把右手上戴的戒指换到左手上，现在要换也来不及了，害得你为这一严重失误痛悔莫及。你心里纳闷：劳诺克，或斯普林菲尔德，或列克星顿[1]究竟有多少居民。你开始怀疑这些人到底是刚刚光临，还是先前那批人再次列队进行第二轮握手。你深深地吸气，闻到了新煮咖啡的芳香，开始留神女士的帽子真是千奇百怪。突然间，你从心底对走上前来的那个人涌出一片深情：总算盼来了最后一位。

你低下头看了看几乎不属于你自己的那只麻木无力的右手。磨难总算结束了。

格奥尔格尤其憎恨这种折磨。我简直不敢抬头看他，这时演出已经结束，妇女委员会的主席兴高采烈地宣布：

"现在，我们安排一个小小的见面会。"

然而，有天晚上我们照常列队与听众见面，当我们至少与两三百位女士握手寒暄之后，我注意到我丈夫的目光中露出一副调皮的神情，我惊奇得简直难以用笔墨形容。他喜笑颜开，对每位客人都要说点什么。我必须弄个明白，便一点点地向他靠近，突然间，我要用一块手绢捂住嘴，来抑制一阵剧烈的咳嗽，因为我听见他用我们的家乡话在数：

"三百七十六，三百七十七，三百七十八……"

每位女士都受宠若惊地回答说：

"噢，谢谢你！"

原来他在数人数呢！最后我们手捧咖啡再度相见时，他眼里闪着光，说了一句：

"六百一十一啊！"

有一次我们在南方一所修女开办的规模不大的学院里演出。这是她们头一次举行音乐会，院长嬷嬷是一位小巧玲珑、上了年纪的修女，

---

1 劳诺克、斯普林菲尔德、列克星顿：均为美国城市名。

显得很紧张。她在后台忙来忙去,眼神像只惊弓之鸟。我挺可怜她的,便想安慰安慰。当时脑海中闪现出这样的话:“如果有人非常紧张,你想让她平静下来,只需说……”——于是我尽量用温和友爱的口吻说:

“噢,院长嬷嬷,请保持镇定。”

她照办了。

还有一次——是在中西部——我们应邀到一位主教家做客。这时候,我们已经懂得有各式各样的主教。有的主教非常随和,跟慈父一般,因此你几乎可以忘掉他们的身份,满怀信任地称他们为“神父”。然而,有的主教可以说是从不肯摘下主教冠,浑身上下主教气十足。你从他们身上看到教会的全部尊严和权威,简直令人窒息。请我们吃饭的正是这样一位主教。当然,这是一场正式的宴会,席间还有致辞什么的。在座的还有他的副主教、几位高级神职人员,以及其他一些要人。我坐在主教旁边,像放连珠炮似的早把我的英语精华消耗光了。做完谢恩祷告之后,从餐厅到书房的路上,我和主教在门口遇上了。他客气地让我先走,我当然懂得礼数,说什么也得让主教大人先行一步。我们让来让去,结果挡住了道。这时,又是那理智的火花激发了我(约翰逊医生万岁!):“如果你想让某人尽快离开房间,只需说……”于是,我抬起头正视着主教的眼睛,信心十足、吐字清晰地说道:

“主教大人,请——滚蛋!”

这话真把他的随从人员吓得目瞪口呆,幸亏主教开怀大笑,才没让他们瘫倒在地。

在弗吉尼亚的劳诺克,我们开完音乐会很晚才回到旅馆。爱摆弄机械的鲁珀特马上拧开了房里的收音机,一听说整个纽约一片骚乱,他的血都凝结了。

鲁珀特通知了格奥尔格和瓦斯纳神父。他们又告诉了我。多可怕啊——我们的两个小女儿还在布朗克斯呢！我们给服务台打电话。他们也听说了此事，但是没有最新消息。接着是一个漫长可怕的夜晚。第二天早晨，我们才在报纸上看到了对真相的说明。原来这是一场假想的火星人入侵，是奥森·威尔斯导演的一出戏，戏演得太逼真了，真搞得人们惊慌失措起来。不过我们的小家伙平平安安地待在修道院里。

眼下到了十二月，我穿上了三号衬垫。报纸上提到“威严的”母亲，“魁梧的”身材，不过仅此而已。我尽量不去照镜子，也不往橱窗里看，心想该不会是双胞胎吧，说不定有一个是男孩呢。可我没想过去看医生。不管怎么说，我又没毛病；至少不是真有毛病，因为我对两脚浮肿和脊背剧痛早已习以为常了。

这次巡回演出中，我和巴巴拉的日子一天比一天艰难。这种日子还真没有什么好玩的，在公共汽车里颠来颠去地一坐就是好多个钟头，每天演出前、后和中间要换好几次衣服，每天早晨排练，晚上演唱，在车里爬上爬下，每天晚上睡在不同的床上，吃的是那些见所未见的奇怪食品，像什么蛋黄酱涂梨子（呸！），或是那种怪味咖啡，满满一大杯咖啡只兑上一滴奶油，跟你平常喝的一大杯热牛奶加一点浓咖啡正相反；还有什么用糖熏的火腿，撒了胡椒面和盐的西瓜。另一方面，无论如何都弄不到我一心一意想吃的特别菜肴，一口也都尝不到。说来可笑，我常常成天想吃火腿面包或苹果馅饼。不过，我和巴巴拉没有工夫去过多地关注这些小困难。

一切总算顺利，直至回到纽约的头一天晚上。我们在特拉华州的一座小镇上演出，当晚就在镇上唯一的一家小旅店里过夜，小旅店紧挨着铁路。我丝毫没有预感会出什么事，便跟家人道了晚安，回到我的房间，那是四楼亦即顶楼唯一的一个房间。

我刚刚睡着，就梦见听到狮子在吼叫。我拼命想逃跑，可好像就是跑不动。在极度绝望之际，我惊醒过来。可这是怎么回事呢？我完全清醒后，仍然能听到狮子在吼叫，而且吼声越来越近。我快给吓死了。这时候，有个可怕的东西出现在我床边，又是咆哮又是轰鸣。整幢房子都在颤抖。我的床在颤抖。巴巴拉和我也在颤抖。接着声音渐渐远去，我的心怦怦直跳，我侧耳倾听，直到一切恢复平静。我刚想安定下来睡觉，整个场面又重新开始了，这一次从相反方向传来。我可真吓坏了。我想打电话叫人，可屋里没有电话，再说，那天晚上我偏偏忘了问我家人的房间号码。

夜晚就这样慢慢地过去，狮子的吼声时强时弱，巴巴拉和我越来越胆战心惊。快到凌晨四点的时候，我感到一阵异常的疼痛。这时我真是惊恐万状了。此时此地，就在这无人照应的小房间里，万一真要生了，那可怎么办呀？

人在极度危险的状况下，会变得格外敏感。头脑中或许会浮现出童年时代的灰暗画面，你还能听明白你在日常生活中由于忙碌而听不到的声音。“马利亚保佑我——马利亚永远保佑我。”你有没有去过奥地利、意大利、法国那些供人们朝圣的著名教堂——比如说卢尔德[1]教堂？在那里你有没有看见数以百计的小小的还愿图、拐杖、镀银心形饰物、蜡制的手和脚——那里到处可以反复见到那些祷词，有抄录在墙上的，有用传统方式刺绣在织物上的，有简单地或艺术地绘制下来的：“马利亚保佑我——马利亚永远保佑我。”这样的地方可不是一夜之间冒出来的，而是人们世世代代用泪水和祈祷换来的。如果你曾跪倒在这样一座教堂里，如果你曾把你的不幸和烦恼带到那里——即使你现

---

1 卢尔德：法国西南部比利牛斯山脚下的一个城镇，以罗马天主教的圣地而闻名，传说是1858年圣母马利亚出现在圣伯纳前待的地方。

在已在数千英里之外，你已长大成人，在你极度惊恐的时刻，仍会突然回忆起这些情景。

我直直地坐在床上，合起双手，大声地说道：

"亲爱的圣母，保佑我吧。保佑这孩子安然无恙。我承诺一定亲手把她抱到圣乔治的圣母教堂，还要供奉上一支大蜡烛。"

我多么希望人们不要太老于世故，以至于无法理解一颗焦灼不安的心怎么会获得安宁。这种安宁还就赋予那些"回到童稚"的人。我躺下后几乎立即睡着了，一直熟睡到第二天早晨好晚以后。

我醒来的时候，全家人都聚集在我床前，经历了一个不眠之夜以后，个个神情疲惫，可见我睡得这么香，不禁大为惊异。他们也被狮子的吼声搅得不得安宁，经过调查，发现这只不过是纽约和华盛顿之间的火车发出的声音。

经过纽约的时候，我们想向"瓦格纳爷爷"报告一下音乐会一切进展顺利。巴巴拉已有八个月了，这时我想谁要是还看不出来，那他一定失去了知觉，或者是瞎子、聋子、哑巴。在谈话的过程中，我随口说了一句：

"当然，等孩子生下来我会很开心的。"

这个老鳏夫仿佛被螫了一下，跳了起来。

"谁的孩子？"他问。

"怎么——我的呀——"我天真无邪地答道。

结果很悲惨。他立即取消了我们所有的音乐会，我们的巡回演出就在此时此地突然终结了。他确实没有想到——这太糟糕了！多大的打击呀！少开音乐会就意味着少挣钱，而我们需要每一分钱。

下一步可怎么办？

我们有些垂头丧气地回到惠灵顿旅馆。

我们在旅馆里遇到了羽管键琴家耶拉·佩斯尔的母亲佩斯尔太太,她是我们在维也纳的老相识。我们在奥地利音乐生涯的早期阶段,她和维也纳交响乐团的首席双簧管演奏家亚历山大·温德勒教授曾给过我们很大的鼓励。能和她再次相见,真是好极了。

“孩子们,”她开门见山地说,“你们要想在美国获得成功,只有一个办法。你们得在市政厅举行一场音乐会。凡是想出人头地的艺术家都得如此。为此你们需要一个宣传经纪人。”

“一个什么?”

“怎么——难道你们没有经纪人为你们做宣传?”她大为惊讶地问。

“为我们做什么?”我们傻乎乎地问。

这位好心的夫人受不了了,她是个音乐家的母亲,对此还是很在行的。

“可是,孩子们,孩子们,这太可怕了!”她当即就给替耶拉做宣传的那位小姐打电话,让她速来惠灵顿旅馆。佩斯尔太太坚持说,我们一天也不能耽搁。

伊迪丝·贝伦斯来了。她和佩斯尔太太向我们说明了在纽约市政厅举行一场音乐会的意义和重要性。这要花费我们七百美元,一听这话我们就哆嗦起来,不过这可能值上几百万,这又让我们充满了希望。事不宜迟,越快越好。佩斯尔太太的眼睛在我身上打量了一番。我看得出来,三号衬垫也瞒不住她。伊迪丝从电话里得知,市政厅能提供的最近日期是在两个礼拜以后。瓦斯纳神父满心赞同这个主意,我们便一口答应下来。

“这下我们就有了足够的时间做宣传了。”佩斯尔太太满意地说。那倒也是。可我们的安宁清静日子也结束了。我们无论到哪儿,无论干什么，伊迪丝都带着一个或几个摄影师跟着，于是报上就出现了我们的照片：特拉普一家在中餐馆吃饭；特拉普一家在观光旅游；翘首观赏洛克菲勒中心；在第五大道浏览橱窗；从公共汽车里往外张望；登上有轨电车；穿过大街；走下台阶。我们习惯了在商场、旅馆、影院——随便什么地方——堵塞通道，等着让人拍照。特拉普一家在旅馆里排练；瓦斯纳神父（噢，他可恨透了这一点！）在指挥，看乐谱，吃英式松饼（他最喜欢的早餐）；让人擦皮鞋。

然后是《时代周刊》《纽约时报》《生活》杂志、《先驱论坛报》《太阳报》《每日新闻》下午版的采访。"你们是什么时候来到美国的？""喜欢美国吗？""为什么离开欧洲？""食品有什么不同吗？""你们为什么穿这么有趣的衣服？"我们拼命想谈谈音乐和我们的节目，可伊迪丝跟我们说公众对其他问题更感兴趣。

这场到现在还令人担惊受怕的市政厅音乐会，倒能给我们一个唯一的安慰：我们可以安排自己的节目单；我们也这样做了。前半部，我们选择了三首难度最大的牧歌（不管怎样，我们想展示一下我们的实力！），后半部则是演唱整个赞美诗《耶稣，我的朋友》，共计要四十五分钟。这是一个令我们由衷喜悦的节目安排。

因为我们毫无名望，佩斯尔太太便建议：让她那位已经颇有名气的羽管键琴演奏家女儿也参加这场演出，弹起羽管键琴与我们轮流表演。

意义重大的一天终于来临了，随之而来的是我们的大好时机。我们严肃认真地站在市政厅的舞台上：没有化妆，没有多余的微笑，一切都与演唱巴赫伟大赞美诗的场景相适应。大厅里四分之三的座位坐着听众。不少人拿着"赠券"，好多人是来自四面八方的好奇的经理们，想来听听这新鲜花样：一个家庭演唱团。他们唱得怎么样？能吸引全国的听众吗？能赚钱吗？最后一首赞美诗《耶稣，我的朋友》还在剧场上空庄严地回荡，已有好多听众退场了。

然而，总还有一些人被深深打动了，有人甚至走到跟前来告诉我们。一个高个子年轻人冲到后台，眼泪汪汪地用双手抓住我的手，用深受感动的语调说：

“我敢说巴赫·约翰·塞巴斯蒂安正是想要取得这样的效果。你们一定要到市立图书馆来看看我，我叫加莱顿·史密斯。”

接着是一个不眠之夜，等着明天的报纸，报上将用文字宣判我们的命运。要么成功，要么……

第二天一早，伊迪丝、耶拉、佩斯尔太太兴高采烈地跑来，每人手里挥动着一份报纸，大声嚷道：“真棒啊！好极了！了不得呀！”她们冲着我们嗡嗡作响的耳朵念起来，说“没有一个家庭能比得上我们家”；说“当特拉普家的八个成员于礼拜六下午在市政厅举行音乐会时，似乎创造了音乐上的一个奇迹”；说“作为一个演唱团，特拉普家人令人赞羡不已。显然他们要么拥有完美的音调，要么对音调有着超凡的记忆。他们所演唱的普雷托里斯、莱齐纳、艾萨克的作品，其效果证实他们是极有鉴别力的音乐家。他们对难度很高的巴赫赞美诗的把握，真实准确地传达了作曲家的意图。他们有着全面的音乐才能”。登峰造极的赞扬来自一家重要的日报。它发表了长长两栏的专评文章，其中谈道：“当这群谦虚、认真的歌手在他们那位并不显山露水的指挥身边围成半圆形，向我们初次奉献他们的演唱时，显得极其可爱，极其迷人；仪容端庄、腰宽体胖（！）的特拉普夫人身穿简朴的黑色服装，其他人穿着黑白相间的服装。人们自然而然地期待听到至善至美的演唱，结果人们没有失望”；如此这般，长长一栏文字。这时，我们家的大多数成员都欢呼雀跃起来。最后有人起了个头，唱起了巴赫那首伟大的感恩赞美诗《让我们感谢上帝》。我们“成功”了，对此感到无比高兴，尽管我们当时还不知道这意味着什么。

礼拜一早晨，我们如约来到市立图书馆拜见加莱顿·史密斯先生。他在和一位先生谈话，他向我们介绍说，这位先生是费城宾夕法尼亚州立大学的奥托·奥尔布雷克特教授。

“奥托是个音乐爱好者，我向他介绍了你们的情况，”加莱顿满脸堆笑地说，“顺便问一句，你们有什么计划?”

“我们想找一个能待上几个礼拜的地方。旅馆太贵了。”格奥尔格说。

奥尔布雷克特教授顿时面露喜色。

“我知道有一处带家具的房子要出租，离我的住处不远。”

他以地道的美国方式，打了几个电话就把事情搞妥了。房租是每月一百美元，我们可以马上住进去。

格奥尔格和几个大姑娘跟着奥托·奥尔布雷克特先去收拾房子。眼看圣诞节快到了，巴巴拉和我就想能安顿下来，过一阵平静日子。那房子坐落在费城的日耳曼街。当我们走出费城北站时，格奥尔格和奥托·奥尔布雷克特，还有几辆车已经在等候了。从火车站到日耳曼街的路上，格奥尔格说:

“真让人不可思议。奥托·奥尔布雷克特的朋友跟我们素不相识，却开着车来到我们家门口，进来察看我们还缺什么。然后就回去拿来了匙子、刀叉、玻璃杯、毯子，一个人送来一张床，另一个送来锅子和盘子，还有一个人甚至送来一车唱片，因为房里有一台留声机。现在他们开着车来帮我安顿家人。他们是贵格会教徒，属于我们在欧洲所说的公谊会。”

公谊会。我并不感到生疏。第一次世界大战以后，我才十几岁，正在维也纳读书，当时饥荒闹得厉害，简直没法学习或工作。为了换口饭吃，人们可以不惜任何代价。在那极端困难的时刻，公谊会带着食物来到维也纳，使每个中小学生每天可以吃上一顿热饭。如果不是靠这一天一顿热饭，我可能还活不到今天。这种事让人终生难忘；现在，这些“公谊会会友们”又和我们不期而遇了。

当我们走进“我们的”起居室时，壁炉里炉火烧得正旺，从留声机里传来《救世主耶稣》中激昂的“哈利路亚大合唱”。

格奥尔格见我疲惫不堪，握着我的手安慰道：“‘这一切必将赐予你。’”

是的——甚至朋友——这个世界上最珍贵的恩赐之一。

第四章　巴巴拉

第二天是礼拜日。傍晚时分，两辆车停在我们房前。奥托·奥尔布雷克特和他的朋友雷克斯·克劳福德从车里走出来。

“我们想让你们见见亨利·德林克，”奥托说，叫我们都上车，“他酷爱音乐，每个月都在家里举办一个大型聚会，像你们一样唱那种无乐器伴奏的歌曲。我想你们一定会一见如故的。”于是我们就去了。

在一间大音乐室里，大约有一百二十来人围在一位看上去带点孩子气的高个子先生身边。我们站在后面老远处，听不清楚他在说什么，不过没关系。他真是热情洋溢。他抬起手臂——全室顿时安静下来，他指挥着客人们唱起了约翰尼斯·布拉姆斯的《安魂曲》。我们也拿到了乐谱，跟着大家一起唱了起来。德林克先生既不是一位杰出的指挥，又没有什么出众的歌喉，但这都无关紧要。他是我们见过的最真诚的音乐爱好者。等刚唱完一段极其优美的歌曲，他便打断了歌唱，放下双手，以颇具感染力的炽热情感说道：

“多美妙啊！太了不起了！噢，我们再唱一遍吧！”

我们又唱了一遍。这样全神贯注地唱了一小时以后，看来人人都准备享用那顿自助晚餐了。趁休息之便，奥托把我们介绍给了德林克夫妇。奥托向他们讲了我们的情况。晚会结束后，大多数客人都回家了，奥托问我们是否为主人唱一支歌。我们欣然同意，选择了我们最喜欢的巴赫的赞美诗《晨星闪烁》。我们就用这支歌深深打动了德林克夫妇的心。当时我们并不知道，但是从那天晚上起，我们就建立了终身不渝的深情厚谊。

圣诞节在宁静和平和中度过了。克劳福德夫妇、奥尔布雷克特夫妇和我们的邻居赫尔伯特太太，还有他们的一些朋友（包括德林克夫妇）在我们家门口悄悄地放下一篮篮食物和一包包礼品，我们这些可怜的奥地利难民一开门便见到六只火鸡和一篮篮的馅饼、水果和其他食物，还有送给小孩的图书和玩具，送给大人的图书和唱片。格奥尔格见我因为圣诞树上只有电灯而流了泪，便跑遍了费城，终于找到了真正的蜡烛和烛台。最后的阴云消散了，这成了我们记忆中最美好的一个圣诞节。我们坦诚地对朋友们说："钱我们是没有的，但我们愿意把我们有的都献给你们。"这就是我们的歌声和我们的祈祷。我们邀请大家在圣诞节那天光临我们的聚会，跟我们分享那众多的蛋糕和馅饼，并为他们演唱两个半钟头——这是我们所能给予的最好的回报。每天早晚，我们都提醒我们的主记住他的许诺：他要以百倍的恩典回报杯水之德；因为对他最卑微兄弟所做的功德，他都视为是对他的功德；主既然对杯水之德作出如此慷慨的许诺，那是否请他看看这些火鸡、馅饼和其他礼物，以便实现他的许诺呢？

我们渐渐地意识到，被人视为穷人有时甚至是件好事，因为你可以发现邻居的胸怀是多么广阔，人间到处充满了真爱。

圣诞节后那天，我琢磨巴巴拉和我该做好准备了。我让鲁珀特把巴巴拉的箱子提过来,把里面装的东西全倒在我的大床上——数不清的珍贵小衣服:用细纱布做成的带褶裥的小衬衫;考究的绣花小包被;精巧的绸子小长衫;花饰惹眼的小裙子;每件衣物上都绣上了姓名首字母和冠冕小装饰。我刚把这些东西摆满了一屋子,德林克太太进来了——她是个热心肠的人,必要的时候又很讲究实际,眼睛能放出绿幽幽的光芒,人总是很持重,从不感情用事。我不无自豪地向她展示了这些宝贝。

她的目光静静地扫视着这些展品,丝毫不为所动,只淡淡地问了一句:

"到时候谁来天天洗熨这些东西呢?"

我还没有想到那么远。德林克太太一察觉这个情况,便立即揽了过去。她以一位将军的眼光和头脑,审视着我几近绝望的处境:战斗即将打响,我却连弹药都没准备好。

"把这些花里胡哨的东西收起来,跟我走。我们去买些实用的东西。"我拼命想抑制住受到伤害的情绪,而她则拼命地想说服我接受她的观点。车子开到日耳曼街时,她说:"一个婴儿用不了那么多东西。有三件衬衫、两打尿布、一条橡胶裤衩就足够了。你现在得现实一点——现实一点,懂吗?你是穷人,可别忘了。"话说得很刺耳,可是眼里却流露出满心的关切之情。时隔多年以后,现在想起让她眼看着一位毫无经验的母亲,如何把时间和那一点点钱花费在过去那些只有情感意义的东西上,我知道她心里会怎么想。在那段稀里糊涂的日子里,身边有这么一位坚定的朋友帮着我纠正错误,我是多么幸运啊!我们经常遇到和我们同时来到美国的难民,他们却没有这样的朋友帮助他们起步。他们始终没有真正安居下来;一直郁郁寡欢地生活在两块大陆之间。

但在当时，我还真不理解怎么能靠三件衬衫、两打尿布和一条橡胶裤衩，就让孩子来到人世。不过不能和将军去争论，这一点我马上就感悟到了。

当然，我以为我们会像在欧洲那样去一家婴儿用品商店。可是，没有啊！我们去的是一家大得不得了的百货商店，我一进去就晕头转向了。我总也找不到路，也找不到出口，我总想最好让我带上一轴线，把它拴在门把上，然后无忧无虑地一个柜台、一个柜台地逛，心想反正准能绕着线轴找到原路。

可是德林克太太却不需要线轴。她径直朝婴儿用品专柜走去。我们在那里买了几件非常朴素的针织衣，刚开始我还没认出是婴儿衫。我嘴里虽然不说，但对美国婴儿服装抱着有所保留、几乎怀有敌意的态度，德林克太太对此压根儿不予理会。她买了所有必要的东西，很快我们就坐进车里开回家了。她很高兴，因为赶上了"吉利周"，一切货物都减价出售。

"难道你不高兴吗？"她说，"这些东西一共省了三块多钱哪！"

"高兴，德林克太太。"我认同地答道，心里并不服气。

现在时间很紧迫了，我从词典上查出"接生婆"这个字眼，便出去找一个像福格尔夫人那样必不可少的人。四处打听了一番，听说附近只有三个接生婆，还都是黑人。当时我有点惧怕有色人种，我以前在我们国内从没见过这种人，总觉得他们有点传奇色彩；像是《一千零一夜》里出来的人物，看着有趣，谈话也有趣，可要真待在跟前还有点让人害怕。

德林克太太再三告诉我说，生孩子要找医生，而且要去医院里生。我最终给说服了，同意做一让步：找医生。但是上医院去生——那也太滑稽了。为什么呢？去医院干什么？我又没生病。在欧洲，只有病得不行了才去医院，好多人死在医院里，可是孩子却要在家里生。医院里能允许我丈夫坐在我床边吗？我能抓着他的手，望着他的眼睛吗？我的家人能在隔壁屋里唱歌祈祷吗？所有这些问题的答案都是“不行”。

好吧，就这么定了。我想解释说孩子应该生在家里，由亲人的手迎接他，而不是生在医院里，周围净是些幽灵般的医生和戴口罩的护士，沉浸在消毒液和抗菌剂的气味中。正是由于这个原因，我才想把医生请到家里来。

可是我首先得找到医生。我找了许多医生，但每次我一提到“在家里”生，他们谁也不想接手。

就在我精疲力竭、灰心丧气的时候，我在附近找到了一位医生，他很年轻，对到家里接生感到有点紧张，不过好歹还是答应了。

我尽量安慰他。

“别担心。不会有问题的，这事我全懂的，这是世界上再自然不过的事情。你只须坐在隔壁屋里，必要的时候我会喊你的。”

他瞪大了眼睛，张开嘴巴想说话，却又惶恐不安地闭上了。

事情就是这样发生的。一天晚上我知道时候到了。一切都按老规矩办。全家人聚集在起居室里，高声朗诵《玫瑰经》。接着又唱赞美诗。然后再次祈祷。房门开着，我能听到他们的声音。格奥尔格陪在我身边，他那坚强有力的手时不时地拍拍我，嘴里不断地说：“快了，我们的巴巴拉就要来了。”然后我们相视而笑。医生还没有来呢。

是叫医生来的时候了：“这就叫他，让他快来！”

医生到了，显得心慌意乱。他带来了一位护士——一个挺可爱的年轻姑娘。他们正洗手的时候，我突然紧紧捏住格奥尔格的手，时间似乎静止不动了。接着我听见一个奇怪的吱吱声。医生脸色发白，额上冒着汗珠，转身朝我说了一句我听不懂的话，然后右手拿着什么东西走向房间另一头。一切都结束了。这时候，楼下唱起了赞美诗："现在，让我们感谢全能的上帝！"

医生在房子中央转过身来。

"这是什么？"他气喘吁吁地问。

我这才看见他手里拿着的是我的宝贝孩子——还倒提着！

我的心脏几乎停止了跳动。我生怕他会摔着孩子。

"当心——别把丫头摔了！"我大叫道。

"丫头！咳——是个小子呀！"他以责怪的口吻说。

什么？我肯定是听错了。格奥尔格向我俯下身来。

"巴巴拉是个男孩。"他笑吟吟地说。

我的心也唱起来了："现在，让我们感谢全能的上帝！"

许多年以后，我才听人说起计划生育和节制生育，以防不想要的孩子出生。我得说现已更名为约翰内斯的巴巴拉绝不是当时计划中的产物，就想不想要而言，我曾多次由衷地表示："噢，劳驾你哪怕再等六个月吧。"是的，在飞机上、船上、公共汽车上、舞台上，我曾多次表示过。不过，几千年前，上帝就在《圣经》里告诫我们——"因为我的思想不是你们的思想，你们的行为也不是我的行为。"所以，如果真要有所计划的话，为什么不请上帝来安排呢？现在回想起来，我知道是上帝为约翰内斯选择了合适的出生时机。慕尼黑医生的预言是彻底错误的，约翰内斯注定要成为一个潇洒的美国男孩。

第五章　下一步怎么办?

这个小男婴几乎抵得上一对双胞胎。他生下来就有十磅二盎司，从没穿过一号衣服。

孩子三天的时候，把他抱到教区教堂，由瓦斯纳神父为他施洗礼。他给取名约翰内斯·格奥尔格。这是我们在美国第一个最隆重的家庭节日。

从第十天起，他几乎没日没夜地号啕大哭，我百般无奈找了医生。医生检查后说这宝贝孩子没什么病，只不过是饿了。我觉得又内疚又惭愧。不过，我一听医生的话可把我吓坏了：他要我给孩子喂橘子汁——生橘子汁啊！和香蕉泥——生香蕉啊！凭我在欧洲所受的教养，这简直无异于谋杀。不过约翰内斯毕竟是个美国男孩，很快就靠胡萝卜、菠菜和果汁茁壮成长，再也听不到哭声了。

此后几个礼拜发生了奇妙的变化。几个月来我们一直拎着皮箱东奔西走，每天换一家旅馆。现在我们又聚住在一起了。两个小姑娘从纽约的寄宿学校回到了家里，我们有了自己的家。大姑娘们轮流下厨房，做家务，玛蒂娜帮我带孩子。可爱的小保姆安妮教给我们美国的育婴方式。拿尿布来说，欧洲的尿布是正方形的，把它叠成三角形，扎在娃娃的腿上。美国的尿布是长方形的，用安全别针别上。我花了好长时间才适应了这种尿布和生橘子汁。不过我们很快就发现，那些像袜子一样好洗的实用小针织衫可真是个了不起的发明。根本不需要熨烫，而且发生了一件让我不敢相信的事：我居然一次也没打开过巴巴拉的衣物箱。

几乎天天有人来看我们：奥尔布雷克特家、克劳福德家和德克林家。他们带我们一家人去听礼拜五下午的交响音乐会，去富兰克林学院，去艺术博物馆，游览美丽的费尔蒙特公园，或去这位那位朋友家赴宴。

经德林克太太介绍，我们跟雷文希尔中学联系上了，两个小姑娘从此就到这所学校读书。与布朗克斯的学校不同，这所学校坐落在市郊，周围全是大花园。罗斯玛丽和洛丽很快就跟修女和同学们混熟了。

现在的问题是：下一步怎么办？开音乐会所赚的钱大多用于支付瓦格纳先生预支的船票和日常生活开销，加上那场市政厅音乐会的费用。我们的第一份合同订的是四十场音乐会，我们仅仅演了十八场，瓦格纳先生说要不是因为这娃娃，圣诞节后很容易就能把其余场次安排好。现在可没有办法了。不管怎么说，合同已经过期了。

我们来美国用的是旅游签证，三月份就要到期。朋友们建议我们申请延期，圣诞节一过我们就去办理。大家都说申请延期不过是走走形式：总是能获准的。但旅游签证只允许我们靠演出赚钱，不可采取其他途径。现在余下的钱如果省吃俭用，或许能维持到夏天。

下一步怎么办？

那些日子，格奥尔格、瓦斯纳神父和我天天谈论这些事，但是既然一时找不到解决办法，我们只能尽自己之所能：寻求上帝的天国。

每天上午，我们都跑到教区教堂，听瓦斯纳神父做弥撒。

从十二月到三月，天气变化无常。对我们这一大家人来说，房子确实小了点，而且设备简陋。尽管有教友们相助，还是什么都不够用。家里人口太多了。最糟糕的是，食物总是不够吃；成天吃不饱还要彼此挤作一团，就容易冒火发脾气，而在眼下前景捉摸不定的时候尤为如此。所以在目前，我们只有祈求上帝保佑，面带微笑地对一切表示感恩，因为许多人的境遇不是比我们还要糟糕吗？

二月的一天，瓦格纳先生突然来到我们家。他带来一份再举行四十场音乐会的协议。他担保说，既然孩子已经生下来了，这次不会有什么麻烦了，于是我们高高兴兴地签订了在美国的第二份合同。巡回演出从九月份开始。我们如释重负。从九月份起，我们就又有保障了——可在这之前怎么办呢？朋友们让我们放心，总会有些零零散散的演出，只要一个月有那么一场演出，我们就能对付着活下去。

随即，一个早上接到了那封命运攸关的信。美国移民局通知说，我们要求延长居留时间的申请未获批准，我们必须最迟在三月四日前离开美国。这不啻是个残酷的打击。我们来的时候已经自断了后路，再也不敢返回老家了，而现在美国又不准我们待下去。

现在——下一步怎么办？

这打击来得太突然了，一时间搞得个个目瞪口呆，人人都默默忍受着内心的失望和恐惧。

有一点是确定无疑的：我们必须离开美国。可是已经来不及为这么多人买到同一条船的船票。后来从报上看到，“诺曼底号”于三月四日从纽约启航。格奥尔格跑到法国航运公司，买到了十二张到南安普敦的三等舱票。买了这些票以后，我们的钱就所剩无几了，到南安普敦以后又怎么办呢?

这时我们突然想起:一年前丹麦一位剧团经理主动表示,愿意把我们介绍给斯堪的纳维亚听众,为我们在哥本哈根、奥斯陆和斯德哥尔摩各安排两场音乐会。

“我们跟那位经理联系一下,看他现在是否还能给我们安排一下。”

这得通过电报联系,尽管又要花不少钱。

接着是一天天令人焦灼的等待。他要是不管我们可怎么办呢?我们心里茫然不知所措。

我们开始清理家里的东西,把借来的毯子、床和叉匙还回去。克劳福德一家慷慨地答应把我们第二次漂洋过海不想带走的东西存放在他家的阁楼上;于是我们照黑德维格的说法,把东西分成“可带的”和“可留的”两类。但是没有了平常的欢快气氛。大家都默默地忙着自己的事。

大约两千年前,有一群人面临着同样的处境,他们离开了家乡,仅仅追寻一颗星星所代表的理想,这就是三位圣王。他们各自告诉了自己的子民,说他们要踏上漫长的旅程,去寻找一位新生的君王,他们的朋友准是摇头表示反对,并且说:“但愿你不要后悔。”后来,他们跟着那颗星星走了好几个礼拜、好几个月,星星把他们带到了犹太人的居住地,带到了首都耶路撒冷,随即——这星星便消失不见了;他们以为到达了目的地,却发现周围一片漆黑。没有人知道新生君王的下落,他们的耳边又响起了“但愿你不要后悔”的话音。

当初要是不离开家该有多好啊。但是上帝考验了他们的忠诚和耐心之后,终于来拯救他们了。他指引他们前进的道路,那颗星星又出现了。“见到这颗星星,他们欢呼雀跃,乐不可支。”

我们三月一日那天谈论的就是这个故事。还有三天就要动身了,欧洲方面仍然没有回音。这是个黑暗时刻,看不到一颗星星。这时我们选择了三位圣王作为我们的保护神。我们发誓要学习他们的忠诚和耐心。能不能劳驾他们请求上帝让那颗星星重新出现呢?

那颗星星果真出现了。第二天早晨送来了一封夜间发出的电报。

“三月十二日哥本哈根首场音乐会全部准备就绪。”

我们那些忠诚的新朋友帮着我们把房子封好,把我们一家人送上了开往纽约的火车。德林克太太让司机开车来接格奥尔格、小娃娃和我。

道别的时候,德林克太太拉着我的双手说:

“我说,你怎么不叫我索菲呢?”

到了纽约,我们都聚集到加莱顿·史密斯家,从他家赶去上船。最后的吻别和祝愿,然后是呼唤和挥手致意,随即“诺曼底号”被拖进了广阔的海面。不久,摩天大楼在金色的迷雾中消失了,我们踏上了回欧洲的旅程。

“诺曼底号”!多么壮观的轮船,多么了不起的船员啊!尽管我们只是三等舱的乘客,法国航运公司想方设法使大家旅途尽量舒服一些。我们领到一张通行证,凭着它我们可以随时在船上四处游玩,使用各等级客舱的社交场所和其他设施。我们应邀在旅游舱就餐,还在一等舱美丽的冬园旁边拨出一间专用客厅供我们排练。这艘船的三等舱也比我们在“美国农夫号”上的舱位奢华多了。但是,最让人感到愉快的是船员的态度。男女服务员、餐厅侍者和高级船员,全都彬彬有礼,以至于在短短的四天里,我们几乎忘记了自己是前途未卜的贫苦难民。一登上“诺曼底号”,我们就受到了著名艺术家的待遇。人们听说我们在市政厅演出过,所以在船上的最后一晚,我们应邀和长笛演奏家勒内·勒·罗伊一道举行联欢演出。演出后免费供应香槟酒。这艘船像梦境一样美丽,它规模宏大,我要想抱着约翰内斯从船舱到上层甲板上透透新鲜空气，那得走上八分钟。要穿过长长的走廊，换乘好几次电梯，才能到达我们想去的“海滩”。只有一个不利条件：船上有四千名乘客，四天的时间没法真正结识什么人。我总想问：这座小镇什么时候抵达欧洲呀？我们刚刚熟悉了去一号小教堂、二号电影院、三号游泳池的通道，就该准备在南安普敦下船了。但四天的时间已足够让我们对这艘船和船员产生一种温馨的眷恋之情。多年以后，当我们听说“诺曼底号”在纽约的悲惨遭遇时，我们觉得就像一位亲密的朋友遭到了不幸一样。

第六章　向自由女神像招手

从三月我们乘“诺曼底号”离开的那天，到十月我们重新踏上美国国土的那天，我们吸取了一个最大的教训。在《圣经》英语中，叫作“毋庸自扰”，译成日常用语，意思是“不要担心”。

我们是怀着忧虑重重的心情启程的。

“我们吃什么，喝什么，穿什么呀?”这都是人类所担心的基本要素。上帝明察了这些要素，他说：“不用担心没有饭吃，不用担心没有衣穿。”上帝解释说：担心没有用，也不会有什么结果；“你们谁能因为担心而长高一英寸吗？你要是连这点小事都做不到，何必还要为你的日常需求而担忧呢?”上帝向我们说明了担忧的毫无意义之后，接着告诉了我们该怎么办。我们应该观察百合花，看看它们是如何长起来的。它们既不干活，也不纺纱，但即使所罗门王穿戴再华丽，也没有百合花来得艳丽。现在——如果上帝如此装扮今天长在地里、明天就被扔进炉里的草，难道他不会更加操心人们的衣着——你们这些缺乏信心的人们的衣着吗？你们不必总是问吃什么、喝什么，也不必为此而犯愁。

不信上帝的人可以那样做，因为他们不了解上帝。不过，你应该明白，天父清楚你需要这一切。因此，首先要去寻求上帝的天国，找到了天国，你就会得到一切。

这半年来给我们带来这一教训，对此我们永远不会忘记。

就这样，我们一行十二个大人和一个婴儿在随后的七个月中无家可归，除了六场音乐会能维持三个礼拜的生计之外，我们还不知道如何解决吃什么、喝什么的问题。政治领域阴云密布；战争似乎一触即发；欧洲充满了怀疑和不信任的气氛；我们在斯堪的纳维亚举目无亲，语言不通；每个国家批给我们的停留期限，都严格控制在举行音乐会所需的时间之内。欧洲刚刚警觉起来，把“旅游者”视为“第五纵队”。

本来上帝可以早些把这段时间的计划告诉我们，因为他早已做好了一切安排：我们将举行足够的音乐会，赚到足够的钱，延长停留时间，遇到肯帮忙的人，得到慷慨的邀请，结识新朋友，建立新友情。不过那样一来，我们就得不到那最宝贵的教训，上帝会把我们置于黑暗之中，一次只给我们一样东西。我们总是要花到还剩最后一分钱才能签订新的合同。

我们就这样在丹麦、瑞典和挪威待到了五月底。就在延期居留又快到期的时候，荷兰发来了邀请，允许我们在朋友的乡间农舍居住二十八天，这就把六月份对付下来了。七月份，我们壮着胆子回了一趟奥地利。不过，我们这伙人中的男性都没有去。到了老家，我们惊恐地发现，短短的一年给被侵略的人民带来了什么后果，它使一部分人陷入了苦海，使另一部分人不知不觉地改变了，思想方式和生活方式变得虚假了。我们懂得了那个令人震惊的事实：“家”不一定非得是地球上的某一地点。家必须是一个使你“感到”安适、对我们意味着“自由”的地方。不久，我们在边境南部的圣乔根与男人们会合了，在这里我履行了诺言，把小约翰内斯抱上山去，在圣母的神龛里点燃一支大蜡烛。八月和九月，我们应邀到瑞典演出。然而，请注意，这些演出并不是事先清清楚楚列在日程表上的。不是的，每一次都是在举行音乐会时，某一位激动的听众邀请我们到他家乡去演出，才为下一场演出做好安排。到这时，我们已在“不要担心”这门学业上取得了长足的进步。在一般情况下，这还真会是白白浪费时间。我们又是实践又是演练这门艺术，一九三九年九月战争爆发时倒是派上了急用。边境全都封闭了，外国人被勒令离开，预定举行的音乐会也被取消了。不过，这时我们已经认识到天父知道我们的需要。我们比以前更加努力地专注于“首先寻求上帝的天国”，恪尽自己的日常职责，为下一次赴美排练节目，料理一切日常生活杂事，并且力求认真做到不用担心。在瑞典逗留期行将结束时，瓦格纳先生再次预支了下几场音乐会的钱，并寄来了“伯根斯约德号”客轮的船票。

一九三九年十月七日，我们的客轮终于在布鲁克林靠了码头，黑德维格失望地说：

“尽管战火纷飞，这次漂洋过海并不危险，一点也不刺激。什么异常事件也没发生。”

摄影师和新闻记者聚集在甲板上，到处寻找耸人听闻的材料。我们也给拍了照：“特拉普一家人”“特拉普一家人与柯尔斯坦·弗莱格斯塔德合影”（后者恰巧跟我们同船）。随后，我们在人群里见到了我们去年的那位和善的向导斯诺登先生。他挥挥手喊道：“欢迎回来！”后来轮到我们来应对移民局的官员了。鲁珀特这次有一张移民签证，而我们其他人拿的都是旅游签证。

经过几个月的动荡不安，再次来到这个安生之地，我感到欣慰不已，庆幸至极；轮到我时，移民局官员问了一个跟我们命运攸关的问题："你们打算在美国逗留多长时间？"我没有按要求回答说："按签证上所说的，六个月，先生。"而是直言不讳地脱口说出："啊，我来到这里实在太高兴了——我再也不想离开了！"

他们的态度陡然改变了。特拉普家的成员被扣留下来作最后处理，一次又一次地加以盘问；但是无论我们说什么，也消除不了我极不明智脱口而出的话造成的可怕印象：这些人再也不想离开美国。

船上的人都走光了；甲板上就剩下我们这帮乘客了，就是不让我们登岸。一名高个子警察走来监视我们，这天剩下的时间里，我们只能自己玩玩打圆盘游戏，观赏观赏布鲁克林的美丽景色。我们不明白为什么，反正我们成了囚徒，黑德维格终于盼到了这次旅途中最精彩的场面：明天将把我们遣送到埃利斯岛[1]上。

一艘大汽艇驶了过来，负责监视我们的警察把我们带到岛上，那里有一座大监狱，来自异国的身份不明的人都在这里详加盘查。幸运的鲁珀特去了惠灵顿旅馆，想从那里设法营救一家人出狱，因为那确实是所监狱。里面没有把手的大门在我们身后关上了，我们被领进一个大厅，这个大厅跟纽约中央大火车站的大候车室一般大。

那是十月间一个风和日丽的炎热天，就是人称的小阳春天气。按照埃利斯岛的传统，从十月一日起，中央供热系统便开始运行。窗户又高又有铁栅，根本打不开，温度高达华氏八十度左右。

"我能带着小家伙出去透透新鲜空气吗？"玛蒂娜走到看守面前问道。

"每天午饭后可以出去半小时。"这就是回答。

---

1 埃利斯岛：纽约港的一个岛，1954 年前一直用作移民看管站。

我们仍然不明白把我们送到这里干什么。船上的一位高级船员告诉我们说，我们的证件不太清楚，我们给送到这里只是要办个手续。可是我们想不起来究竟做错了什么。一定是一场误会，鲁珀特下午会来把我们弄出去。因此，我们在两条面对面的长凳上坐下了，尽量搞得舒适一些。我们用行李箱在房间一角围出一块地方，因为实在无事可做，大家便唱起歌来。排练总是个乐事。人们很快就围拢过来，听我们唱了一个小时后，他们那紧张的面孔显得不那么愁眉不展了。后来我们就跟人交谈起来。这当中有西班牙人、犹太人、希腊人以及一大群中国人。听说这些中国人已在这里待了八个月。绝大多数人在这里待了好几个礼拜。天哪——我们的第一场音乐会就订在十五日。一位来自波兰的女士说：

"至少不花你什么钱，而由美国支付。如果美国不让你入境，你来时乘坐的那艘船就得自己承担费用，让你乘坐同一等级的船舱返回出发港。不花你一分钱。"

多么可怕的安慰啊！那就意味再一次乘坐"伯根斯约德号"三等舱回到奥斯陆！

"要是那个欧洲国家不让我们入境，那可怎么办？"韦尔纳问道。

"噢，"那位女士兴高采烈地说，"那轮船就得供养你啦。有一家意大利人已经在勒阿弗尔[1]和纽约之间作了十一次远洋旅行。不花他们一分钱。"

多可怕的前景啊！

一个看守走来了。那是一个头发油光、神情严厉的胖女人。她递给我们每人一张纸，纸上用德文写着：

---

1 勒阿弗尔：位于法国西北沿海塞纳河口北岸，濒临塞纳湾的东侧，是法国第二大港和最大的集装箱港，也是塞纳河中下游工业区的进出口门户。

“通知：鉴于你的护照有可疑之处，便把你请到埃利斯岛上来。你要尽快来到特别听证会受审，你可以提出申诉。你若是不能讲英语，可以请一位翻译。请不必激动。我们会客客气气地对待你。”接着用着重字体写道：“禁止与同受监禁的人谈论自己的事”；最后写道：“请耐心等待。除非万不得已，我们一刻也不想多留你。”

到了吃饭的时候。我们排成双人队，一直排列到门那边，门是用一把特制的钥匙从里边打开的。我们走过时，胖女人拍着每人的肩膀计数。格奥尔格对此极其厌恶。

一张张长桌上，饭菜都摆在铁皮盘子里，一只盘子里什么食品都有。

吃过午饭，我们给两个两个地带到院子里。院子是封闭的，四周围着高高的铁丝网，透过铁栅望过去，只见自由女神像近在咫尺迎接我们！半小时转眼间就过去了；一响起哨声，我们就得回去了。

鲁珀特终于来了，他看起来不是很开心。

“你们中肯定有人放话说想在这个国家住下不走了，所以你们全都成了嫌疑对象，当局不愿意让你们入境。这是瓦格纳先生听来的消息。”

过了不久，探视时间已过，鲁珀特得走了。我们要求他呼吁各方面的朋友救我们出去。

我们最后一天被单独拘留在“伯根斯约德号”上时，约翰内斯就开始蹒跚学步了。现在他整天在学走路。他还不满九个月，不过长得很结实。我们时而唱唱歌，时而围着约翰内斯玩耍，以此来消磨漫长的时光。晚饭又是列队穿过那扇门，饭后便得带上所有行李，被带到楼上的大寝室里。窗户是开在高处的一道道小狭缝，门里没有把手。整夜灯火通明，让人很难入睡，房门时不时被打开，看守进来清点人数。每一次约翰内斯都给弄醒,凄惨地哭上一阵。

第二天早晨六点,我们就被弄醒了。原来,新闻界获悉特拉普家被拘留在埃利斯岛,便派来记者和摄影师。时而会有警察进来,呼叫谁的名字,被叫到的人反倒幸运,可以去接受审讯了。下午,鲁珀特报告说他找过德林克先生,他答应尽力帮忙。人对情况适应起来有多快呀:两人两人地列队行进,用铁皮盘子进餐,白天晚上无数次地清点人数,窗子贴近天花板,门上没有把手。瓦斯纳神父可以每天早晨做弥撒,但只允许我们参加,别人一概不准。

埃利斯岛的大老板金先生来看望我们。他特别友好,说就连托斯卡尼尼都曾在此逗留过,还有不少著名的艺术家,我们大可不必担心。下午,加莱顿·史密斯的妻子伊丽莎白带来一大篮子新鲜水果,还有登着我们照片的报纸,照片上标明:“特拉普一家在埃利斯岛上演奏直笛。”多么风光啊!伊丽莎白让我们放心,朋友们都在设法营救我们出去。

我们现在起劲地唱歌,因为人们非常喜欢听我们唱。歌声帮助他们解除了烦恼。我们在埃利斯岛深受欢迎。

到了第四天,我们已经安之若素了,每天都是例行的程序:干活和祈祷。早晨做弥撒,晚上念经文,白天排练,练吹直笛。瓦斯纳神父在谱写新的曲子。我们还给瑞典写回信,写感谢信。我们安静地等待传讯。听各方面的消息说,这只是个手续问题;我们只需等待就行了。德林克太太写来一封极其友好的信,使我们深受鼓舞。下午门又开了,这次叫的是我们的名字。警察把我们带到传审室。我们在那里庄严宣誓说,我们要讲真话,全是真话,只讲真话,不讲假话,接着便开始了漫长的审讯。我们(尤其是我)被审问了两个半小时。为什么到美国来?打算干什么?打算住在什么地方?打算乘什么船离开?我们不知道吗？我们没买回程船票吗？为什么？不打算离开吗？诸如此类的问题。在两个半小时中，我们讲了真话，全部真话，全是真话没有假话，最后法官说他不相信我们，让我们退庭。

"'伯根斯约德号'明天就要启航。"我突然想到。

难友们在急切地等待着我们传讯的结果，等听我们讲完事情的经过之后，一个个都垂头丧气。每逢有难友获释，大家总是围着他热烈地鼓掌，把他送出门。他们本来也打算这样欢送我们的。但是我们全都静静地重新坐下来——开始唱歌。要我们不哭出来，这是唯一的办法。歌唱到一半，格奥尔格被叫了出去。过了不久，他又回来了。他的笑逐颜开披露了真情：我们自由了。我们的朋友找到了他们熟悉的参议员和国会议员，替我们的诚实作担保，华盛顿发话到埃利斯岛，误会澄清了。

狱中的难友无私地分享我们的欢乐，真令人感动。我们拿起行李时，他们先是经久不息地鼓掌；然后我们再唱一支歌；又是一阵掌声；接着又是一支歌，最后唱起了我们最拿手的《约德尔曲》。鲁珀特在外边迎候我们，到了汽艇上，我们向自由女神像招手，这一次是从铁栅的另一边。第二只鸽子衔着橄榄枝回到方舟上。终于平安地踏上了陆地。这一定是诺亚和妻子儿女在暴风雨过后唱感恩赞美诗时的感受。

第七章　学习新方式

现在我们可是真到了美国，虽然我还不敢半夜里在帝国大厦顶上或中央公园中间低声对自己这样说，唯恐让移民局官员再听到，但我知道这次要永久住下去了。

重返惠灵顿旅馆是多么动人心弦啊！我第一次注意到休息厅里铺着绿色地毯，文雅的侍者领班和他的年轻侍者及电梯服务员都穿着漂亮的紫色制服。

还有许许多多的东西，对我来说似乎都是新发现，孩子们一次次地感叹说：

“妈妈，去年就是这样的，难道你不记得了吗？”

说实话，我是记不起来了。对于一个孕妇来说，自身的事已经够她操心的了，对外部世界只能关注几件最重要的事情。

第一场音乐会是礼拜六下午在纽约市政厅举行的。时逢周末，又赶上秋天气候宜人，到处是色彩缤纷的秋叶，人们自然不愿待在城里听帕莱斯特里纳的音乐。结果：听众来得很少。更糟糕的是：经理很失望，他原以为我们是一张“叫座的王牌”，能超出预计的票房收入。

就在我们在市政厅举行音乐会的那个周末，我们费城的几位朋友也来到了纽约。旧友重逢有多高兴啊！克劳福德夫妇好心地提出要把小家伙接到他们家去住。罗斯玛丽和洛丽又可以到她们以前的学校去上学了，那里离克劳福德家不太远。对我们大家来说，离别总是很伤心的；不过当时我仍然认为孩子都得去上学，其他的一切都得为此作出牺牲，后来我就学聪明了。

那一年正赶上世界博览会，我们在世博会的庭园里度过了激动人心的几天，那就像是一整本童话书。

随后的几个礼拜里，我们居然以令人不快的方式，发现了“叫座的王牌”这个字眼的含义。

我们很快就了解到，美国有些最大的礼堂可以容纳两千五百到三千名听众，因此我们总有机会琢磨室内装潢的颜色：有的地方是银灰色，有的地方是深红色，还有的是暖洋洋的金黄色；因为没有受到人体的遮挡——偌大的大厅几乎是空荡荡的。（艺术家对他的观众们说：“你们二位请坐到前排来吧。”）

八九百名听众本来不能算少，可是在这样浩瀚的空间里，简直就像沧海一粟。究竟是怎么回事呢？原来，瓦格纳爷爷“给特拉普家唱诗团投进了相当一笔钱”，现在想把钱捞回来。正是由于这个缘故，他总是把演出安排在大礼堂，但他却忘了作宣传。通过与新闻界的短暂接触，我们记住了诸如此类的话：“要不厌其烦地常对人们讲。就是要反复讲，否则他们就会忘记。”对于康涅狄格州的哈特福德、宾夕法尼亚州的哈里斯堡、北卡罗来纳州的罗利或华盛顿特区这些地方的人们来说，这不是忘记不忘记的问题，而是要让他们认识到特拉普家唱诗团首次在他们镇上演出，需要他们光临。但是除了当地报纸的尾部有一则不起眼的消息外，就见不到任何橱窗广告或照片，墙上没有耀眼的大幅宣传画；没有采访，没有令人难受的摄影师。我们悄然无声地来了，又悄然无声地走了，瓦格纳先生越来越气愤。当时他爱用粉红色信封信纸。每到一家旅馆，每到一个音乐厅，总有这种粉红色的信封在等着我们，信中委婉地责怪我们上一场演出多么糟糕。演出前收到这样的信，可起不到什么激励作用。

我们越来越紧张，越来越丧失了信心。我们知道我们是下了工夫排练的。帕莱斯特里纳的这首“小弥撒曲”的确是一首杰作，我们又的确唱得不错。这种事是能感觉出来的。我们还知道来参加我们音乐会的人走的时候深受感动，他们的溢美之词是发自肺腑的。不过我们似乎真有点问题——什么问题呢？尽管已经很疲惫了，我们还是打起精神同听众见面，尽量装出兴高采烈的样子——以便取悦每一个人；可是粉红色信封还是源源不断地越来越多。

我们第一次去瓦格纳先生的办公室时，他对我们说到目前为止，原定的四十场音乐会他只能安排二十四场。这一次是由于战争的缘故。不过一旦我们开始演出，安排其余的场次应该没有什么问题。可现在，一封又一封的粉红色信件却威胁说：如果礼堂里总是这样空空荡荡，就不再安排新的音乐会了。这消息非常令人沮丧。

除此之外，我们的日子过得还算不错。还是那位司机开着那辆蓝色大轿车，他的态度依旧很友好：“让我给你们讲讲吧。”不过这一次我们的英语有了进步，他所讲的内容我们好多都能听明白了。

他欣喜地注意到，我们在另一件事上也大有进步：那就是我们的行李。他曾白费口舌地给我们讲过：他把“顿河哥萨克人”演出团从东海岸拉到西海岸时，那些成人每人也只拎一只箱子。

“可是这些孩子好像每天晚上没有三件行李就过不了夜。”他叹息道。

我没有跟他再争论这件事,原因很简单,我的英语词汇不够用。不然我真想跟他说明,我每天晚上都要打开三只箱子,把一叠叠睡衣、衬衫、短裤等整整齐齐地放进抽屉里,把一幅幅镶在相框里的照片、闹钟、《新约全书》、《弥撒书》、《玫瑰经》、烛台、插着花的花瓶(如有可能就用坐在汽车上采到的鲜花,否则只好用薄纸小心翼翼包着的褪色柳和常绿树枝条来代替)——放到床头柜上;把衣服挂在壁橱里,等等。我还不如不跟他讲这些。我敢肯定他永远也不会理解。不过现在借助克劳福德家的阁楼,很多东西都可以留在那里,我们每人每天只带一个大包和一个小包进出旅馆。大包甚至不一定每天晚上都腾空,除非在一个地方不止过一夜。咳,司机甚至都不知道:我过夜用的小包只有我在欧洲随身带的小包的四分之一大,那可是一只又贵又沉的皮包,皮包里有四十只带银盖的水晶瓶,里面装着五花八门的东西,从牙刷到擦鞋用具,还有沉重的银镜、玳瑁梳和珠宝盒。他也不知道我们在萨尔茨堡老家有一位老邻居,不带上自己的床和床头柜就无法出门旅行。她无法理解一个人换了床怎么能睡得着觉。那位到处旅行的某男爵夫人到印度猎虎时,所带的随身物品中居然包括三头自己的奶牛,免得让她硬去适应不同牛奶的味道,同时还得带上七十顶帽子,以便应付各种场合。与这一切相比,我们都快成了亚西西圣芳济[1]的门徒了。

这次我没有把照相机装进包里,而总是用右手拎着。

"劳驾——停一下!"每当司机在车水马龙的公路上赶超一辆大卡车时,我可能在最不恰当的时机大声喊道。等车子终于停下来,我就跑回去把路边巨幅广告这种激动人心的场面拍下来,那广告向世人大声

1 圣芳济(1182—1226):意大利亚西西镇的"小穷人",过着极其贫苦的生活,身穿粗布衣服,赤脚,甚至连拐杖也没有,四处呼吁大家要反省悔过。

疾呼：没有福特车就无法生活。我让家人在广告前摆好姿势拍照。我们把照片寄回欧洲，人们一看这玩意足有四个鲁珀特那么高，比特拉普一家人张开手臂拉起来站成一排还要宽些，准会倒抽一口气。

或许我会在路旁拍一张美国坟地的照片：只是草地上竖着一块块石碑——没有覆盖着鲜花的小土堆，没有神龛，也没有铁制的或木雕的十字架；这些坟地不像是经常有人来探望、来管理。墓边也没有椅子或凳子。墓地四周没有围墙，也没有情意绵绵的气氛，玛蒂娜不由得惊叫起来：

“我可不要葬在美国。”

还有那一排排的汽车。周末进城时，我一次又一次地把公路上的景象拍下来。那一条条四车道的公路上，密密麻麻地挤满了一排排的小汽车，车里坐着出去度假的人们；或者拍一拍工厂或学校附近的停车场。而在萨尔茨堡，有私家车的人家屈指可数，节日里的一大景观是外来人开着豪华轿车来看歌剧。可在这里，人们对这壮观场面似乎已习以为常，谁都不屑一顾。汽车在这儿已是日常必需品，但是我们还没达到这一步，因此我把它们拍了下来。

在葛底斯堡，我们拍了古战场。还拍了纪念碑和大炮。欧洲的每一座古城都有这样的纪念物，但在美国我们只记得这一处。

在南方，我们让西班牙苔藓和长在水里的柏树给迷住了。黑人也使我们着迷。起初我还有点胆怯和困窘，后来见他们总是那么热情好客，我的胆子渐渐大起来，便要求给那位抱着婴儿在阳台上摇来摇去的老奶奶拍照，还要求给一群正在摘棉花、收花生的壮实黑人小伙子拍照。

这是多么别具一格的观光啊！这一次不是参观教堂、画廊或博物馆。这一壮观景象是由上帝亲手安排的：这些高大的橡树，长着柏树的沼泽地，蓝岭山脉一望无垠的树林。这些都不是人工造成的，而天然桥、弗吉尼亚州的洞穴和尼亚加拉瀑布，也都不是人工造成的。

有一天，我们乘车穿过北卡罗来纳州漫无边际的松树林，欣赏着那色彩斑斓的红土地时，阿加特若有所思地说："一来到美国的大自然里，我就感到又舒适又平静，还很自在，这是怎么回事呀？然而，一出现人类的痕迹，比如这路边的广告、带鳞状结构（她指的是欧洲人没见过的护墙板）的丑陋木屋、小屋周围的垃圾堆、汽车坟地（她指的是废汽车堆）——唉，就让我感到扫兴！这破坏了乡村景色，看着很不协调；那时候我就不喜欢美国了。"

真有趣——我也是这种感觉，我们发现别人也有同感。这个国家令人陶醉的美景中，给人为地掺进了一些不和谐的因素。

"每当我想起欧洲的村庄，"鲁珀特插话了，"无论是阿尔卑斯山、法国、英国还是斯堪的纳维亚，那里的房屋和风景总是协调一致，人也是如此。人与风景融为一体。"

"是啊，"韦尔纳说，"真是这样；在老家，那些老农场看着那么美，那么舒适，管理得那么好，四周全是鲜花。你们瞧！"他指向窗外。我们正经过一座破落的农庄，一个个仓房东倒西歪。"这些人怎么不为子孙后代着想，把房子维修好呢？"

"啊，"司机一直在听着我们兴致勃勃的谈话，这时插嘴说，"这你们就搞错了。谁愿意让子孙后代住在农村呀？人家只想挣点钱，比方说，砍点木材，种上几茬庄稼，然后回到城里去过舒坦日子。"

"你的意思是说，"黑德维格大为惊愕地说，"这些农场上的人不打算在这儿久住啦？"

"当然不打算。"司机大笑起来，他那语气分明在说："你们这些傻欧洲佬。"

“要是在附近市镇工厂里能轻松地赚到更多的钱,谁还愿意起早贪黑地在地里做苦工呀?”

噢,当然啦,这就解开了许多房屋没有上漆的奥秘。

不管怎么说——我们对美国的这一面还是很生疏的。我们还得好好了解这个国家及其人民,才能形成一个全面的印象。目前,还让我们迷惑不解。

我们下一站要去北卡罗来纳州的哈茨维尔。我们将在那里了解更多情况。那地方没有天主教堂,但是礼拜日早晨,有牧师从邻近教区开车来,到私人家里做弥撒,我们去帮帮忙。事后我们一起吃早饭,立陶宛血统的普利库纳斯神父为人和善,想带我们去看看他的礼拜堂。

“上来吧,我们开车过去。一拐弯就到。”他执意要带我们去,把特拉普家的人尽可能塞进他的车里。车子以飞快的速度开跑了,奔向四十五英里外他的住所。

“可你刚才说……”

“是啊,一拐弯就到。噢——这不算什么。我的教区有……”他说出了一个令人难以置信的平方英里数,至少有欧洲三个教区那么大。

车子越往前开,我们对美国的一大特点——幅员辽阔,留下的印象就越深。

十二月的一天,我们乘车穿过最美丽的冬林,车子越朝北开,我们对越来越秀丽的景色越是赞叹不已,车里又听到了“让我给你们讲讲”的声音。

“现在我们正进入佛蒙特州。用不着往窗外看。这个州不怎么发达。他们只出墓碑。”

二十四场音乐会中的最后一场,是一天下午在费城的音乐学院举行的。还有两天就是圣诞节了。演出之后，我们应邀去德林克家吃晚饭。亨利·德林克喜气洋洋地接待了我们。

“我给你们在街对面找了一栋房子。”

晚饭后，我们全家都去看房子。房子设备齐全，而他也说话算数，我们可以立即搬进去住。

“不用付给我现金，付给我音乐就行了。”结果就这么办了：极其完美的物物交换。彼此互通有无；我们为他演唱，也跟他一起演唱了十六和十七世纪音乐大师的杰作，而这些歌他还不曾听到过，双方真是为之开心不已。

第八章　奇　迹

不可避免的事情终于发生了。圣诞节过后，我们又收到一封粉红色的信，内附一张把余款付给我们的支票，并且通知我们说，瓦格纳先生非常推崇我们这些一流艺术家，但他认为我们不合乎美国听众的口味，因此不打算和我们续签合同了，不过愿上帝保佑我们，祝我们前途光明。

这是一个致命的打击。

格奥尔格和我到纽约去找瓦格纳先生交涉，但他只是伤心地说了一个五位数，就是他在我们身上损失的金额。

"你们在美国永远不会引起轰动。回欧洲去吧。在那里你们是大有作为的。"

回欧洲去，地图上到处都是伸着黑色蜘蛛腿的卐字。

在中国餐馆吃了点晚餐，我们垂头丧气地回到惠灵顿旅馆。在门厅里，我们遇见了一个相识的艺术家的丈夫。他们也是不久前从奥地利来到美国的。也许他知道如何取悦美国公众的秘诀，我们向他倾吐了我们的烦恼。他一听眼睛突然一亮，多年后的今天，我明白了那是消除一个对手后所感到的由衷喜悦。他说起话来既很诚恳又很有说服力：

“瓦格纳先生说得完全正确。你们应该回欧洲去。我奉劝你们：趁着钱还没有花光赶紧回去。你们的艺术太高深了。这里的人们永远不会理解。这不是你们待的地方。回到你们原来的地方去过开心日子吧。‘诺曼底号’三天后就要启航了。让我帮你们买票吧。要我替你们订票吗？”

这可能是我们最阴暗的时刻。星光完全消失了。不过，令我深感欣慰的是，格奥尔格说了一声：“不，谢谢你，这我自己能办。”我们冷漠地分手了。

随后我们上楼坐在房里面面相觑。现在该怎么办呢？

“主教说我们来美国是上帝的旨意。那么多人跟我们说过，我们的音乐不仅仅是为了谋生，而是成了一种使命。我们得坚持唱下去。我们另找一位经理吧。”

大约是第一次在市政厅举行音乐会的时候，我们结识了几位剧团经理。有一位我仍然记忆犹新，就是哥伦比亚音乐会演出公司的 F.C.尚先生。我们当初遇见他时，他谈起过英国歌唱团，他曾担任过他们的经理。他说起歌唱团时的谈吐给我留下了深刻的印象。他并不是冷冰冰的公事公办，而是热情、亲切、谦恭。

“能跟一位对艺术家抱有这种态度的经理合作，一定令人愉快。”我当时就这么想。现在我又冒出了这个念头。

第二天早晨，我们给佩斯尔夫人打电话，想问问如何找一位经理。迄今为止，一直是经理来找我们，至于我们该如何去找经理，我们则一无所知。

“噢，这很简单，”佩斯尔夫人回答道，“你只需要求一次试演。”接着她向我们解释了试演是怎么回事。

我双手颤抖，第一次拨打尚先生的电话号码。

“我是特拉普家唱诗团的母亲，”我用结结巴巴的英语跟他说，“想要求试演。可以吗？什么时候？”

“格奥尔格，他听上去非常客气，”我高兴地说，“他立马说一个礼拜以后。”

我们大为欣慰地回到了梅里昂路252号，从此以后这就是我们的地址了。不再用“查尔斯·瓦格纳办事处转交”；我们有了真正属于我们自己的地址。

一张张焦灼的面孔在等待我们，等我们告诉大家“一个礼拜以后”时，全家一片欢腾。

我们从来没像现在这样卖力地排练过。上午三个小时，下午三个小时，晚饭后一个小时。我们选择了最难、最复杂的歌曲，一丝不苟、精益求精地进行排练。

重大的日子来到了，我们站在斯坦韦会堂的舞台上。我们的听众包括哥伦比亚音乐会演出公司所属大都会音乐社的两位经理尚先生和科皮克斯先生。科皮克斯先生曾在维也纳听过我们演唱。

我们尽最大努力，用最好的方式演唱最好的歌曲，还要尽可能庄严，以适应巴赫和帕莱斯特里纳的歌曲。我们唱了半个小时；这时两位先生起身走了。他们让人给我们回话说，他们实在感到遗憾，无法给特拉普家唱诗团安排演出。

一阵沉默。

在回家的火车上，我们在议论他们为什么会拒绝我们。

“也许我们应该唱若斯坎·德·普雷[1]的歌曲，而不是帕莱斯特里

---

1 若斯坎·德·普雷（1440—1521）：法国作曲家，被誉为“音符的主人”，其作品包括弥撒曲十八首，经文歌一百余首，对十六世纪音乐影响很大。

纳的。普雷的歌曲更难唱,也更能展现我们的水平。”

“也许我们应该多演奏直笛,尚先生似乎很喜欢直笛。”

“下一次我们就……”我说。

“下一次,你这是什么意思?”

格奥尔格疲惫的眼里流露出一线希望。

“你现在肯定不想放弃,”我不甘示弱地说,“还能怎么办呢?我们只能再学些歌曲,要求他们让我们再试演一次,下一次他们就会接受我们的!”

我连想都没想过给纽约的其他经理试演。两个礼拜过去了,我们排练了大约作于公元一千五百年的一支二重唱《圣诗曲》,若斯坎·德·普雷的经文歌《圣母颂》,杜费的一支歌曲,以及泰勒曼的一支供女低音直笛、男高音直笛和古钢琴演奏的难度很大的三重奏鸣曲。这时我们觉得足以应对局面了,便写信给哥伦比亚音乐会演出公司的尚先生,请求再给一次试演机会。我们焦急地等待回音,很快就收到了对方的即复回信:头一封信的信封上印着很有分量的字样“哥伦比亚音乐会演出公司”。答复极为客气:“随时可来。请提前二十四小时通知我们。”

我们定好了日子。头一天晚上,我们激动得睡不着觉。明天就将决定我们的命运。如果他们再次拒绝我们,我们就得向劳工部提出申请,让我们去当使女和厨师谋生。

我们又一次站在斯坦韦会堂的小舞台上。这一次到场的人比较多:有办事处的女秘书和其他人。如果说头一次试演时在节目之间还露出过腼腆的微笑的话,这一次却是万万使不得的。十六世纪古雅的和弦根本容不得如此世俗的表情。

看着女秘书们一个接一个地悄悄离开了,我的心开始往下沉。几位先生也走了。我们在等待。后来,科皮克斯先生的秘书把我叫了出去,通知我说:绝对“不行”。

我简直不敢相信,也不忍心把这残酷的消息告诉我的家人。

“请你们在惠灵顿等着我。”我含含糊糊对他们说了一声就跑开了。这是我最后的机会。我至少得弄清楚我们的问题究竟出在哪里。我一路打听去找刚才跟我谈话的那位态度和蔼的年轻小姐。

我找到了她,便问:“科皮克斯先生为什么不让我们演出?”

她看上去又和气又体谅人;把我带到窗前低声解释说:

“科皮克斯先生说男爵夫人一点都不性感。他们永远不可能吸引观众。”

“噢,”我说,脸上毫无表情,接着又满怀希望了,“非常感谢你。”

“性感”,我记住了这个字眼。看在上帝的分上,我一定要记住这个宝贵的字眼,也好查查它到底是什么意思。我自尊心太强,不敢向小姐招认我甚至不知道自己最缺的是什么,不过我会查清楚的。

可是如何搞清楚呢?噢,上书店去。圣诞节期间,我去过五马路的斯克里布纳书店,注意到里面有很大的音乐书部。当然,这个字眼一定和音乐有关。“性感。”我穿过一个个街区往书店走的时候,嘴里不停地念叨着这个字眼。现在圣诞节已过,书店里空荡荡的,一位英俊的小伙子立刻走过来问我需要什么。

“音乐。”我说,他便把我领到一个大凹室里,那里三面都是音乐书,一排排地从地板堆到天花板。我搜索了一会,发现书是按照字母顺序排列的。我很快找到了“S”:《肖斯塔科维奇》《西贝柳斯》《约翰·施特劳斯》《约瑟夫·施特劳斯》《理查德·施特劳斯》《弦乐四重奏》《交响乐》。我大声读着这些名字,可就是没见到那个字眼。

年轻人走过来了。

“我能帮你什么忙吗?”

“好吧,”我有些自负地说,“请帮我找一本有关性感的书。开音乐会要用。”

他怎么一撒腿就跑了,而且再也没回来?

斯克里布纳书店让我大失所望。我还以为他们会有一本“无所不包”的书。现在我只好深入虎穴,再到原处探个虚实。我又回到斯坦韦会堂。一路上我暗自纳闷,“性感”究竟是戴在头上的什么东西,还是抹在脸上的,究竟是按重量还是按尺寸买的。不一会工夫,我就来到了西五十七号街 113 号 15 楼,面对着尚先生。

他让我坐下,自己往后靠在转椅上,叼着一支大雪茄,对着我吞云吐雾。多紧要的关头啊!我突然意识到这是我最后仅有的一次机会了,而我英语又这么差。

“你为什么不让我们演出?”我发问了。

他没有立即回答。突然间他挺直了身子,拿掉嘴里的雪茄,开始解释。

“我想让你知道的是,这跟你们的音乐水平毫无关系。早在市政厅的演唱会上,我就发现你们是很好的艺术家。不过,这仍然是我所听过的最糟糕的节目。那个节目单。那个节目单啊!巴赫的那支曲子居然唱了四十五分钟!这只是唱给少数音乐爱好者听的,你以为全国各地的人愿意一坐一个钟头去听那些稀奇古怪的老歌曲吗?还有那些直笛!听上去就跟汽笛风琴[1]一样。但是,最糟糕的还是你们的舞台形象——严肃古板得要命,上台下台简直像是送殡的队伍。既没有迷人的微笑,也不给人好脸看,”他以憎恶的口吻继续说,“还有那些长裙

1 汽笛风琴:一种用于马戏团和集市场合演奏的风琴,声音喧嚣刺耳。

子、高领子、从中间分开的头发、扎在脑后的辫子、脚上穿着男孩的鞋子、长统棉袜！难道你们就不能买点像样的现成服装，让人看见你们穿尼龙袜的腿，穿上漂亮的高跟鞋，脸上嘴唇上涂点胭脂口红吗？”

“不能，”我一本正经地说，“我们办不到。”我有满腹的话想解释我们为什么办不到，可我嗓子里却哽住了，我知道要是让我用冗长的英文句子来说明，一定会搞得没头没尾，纠缠不清。

一阵沉默。

“这是——最后的决定吗？”我终于鼓起勇气问道。

“是的。”

这一仗打输了。突然间我感到浑身无力。实在是太紧张了：上礼拜的排练，上午的兴奋，最后关头的紧张。这就是美国，人人都这么说美国——说你可以随意讲话，随意做事，随意穿衣服。我心里冒出一个急切的愿望，想让眼前这位先生明白我的感受。一切都完蛋了；情况糟得不能再糟了。我即使无法用语言来表达，也得设法发泄出来。

我从他的办公桌上抓起一本厚厚的书，啪地往桌上一摔，两眼恶狠狠地瞪着他，说道：

“我还以为——美国是自由国家。才不是呢！”

说完这句恶狠狠的话，我就转身走了出去。可不能叫他看见我的眼泪。

我在等电梯时，那个待人和气的年轻秘书拍拍我的肩膀，要我回到尚先生的办公室。

“也许你们最终还是有办法的，”完全改变了态度的尚先生说，“我的意思是，把美国一般听众吸引过来。我想试它一年，”他听上去真来了兴趣，“但是这需要大量的宣传和广告，而这是很费钱的。你们能不能预付宣传费——比如说——五千美元呢？”

“可以试试。”我说，随即我们握了手。

回到惠灵顿旅馆，家人只从我嘴里挤出这句话：“尚先生几乎说定会为我们安排演出；不是完全肯定，但几乎是肯定的。”

然后我就陷入沉默，为了钱的问题而祈祷。我们银行里只有两百五十美元，我知道我们还有这么多。

这天晚上，我们去德林克家和他们一起唱了两个小时。后来喝了点姜汁酒，我就讲起我的经历。

“如果我们能预付五千美元，他会安排我们演出的。”我讲完了，不敢看我的家人，却用祈求的目光看着德林克先生。他会不会有办法呢？

索菲还在为我在斯克里布纳书店的事笑得流眼泪的时候，亨利·德林克先生说话了：

“如果有人借给你一半钱的话，我可以借给你另一半钱。”

我兴奋得把眼睛闭了起来，同时也为了好好想一想。

再次睁开眼睛时，我说：“P.太太。”

这是一位阔太太，我们在纽约大都会俱乐部的一场音乐会上遇见的，她曾非常真诚地说过：“如果你们需要帮助，请告诉我。”

德林克先生走到电话机前给P.太太打电话，P.太太说“没问题”。奇迹就这样出现了。

第二天早上——尚先生说过时间紧迫，季节快结束了——我站在他的办公室，递给他两张支票，每张两千五百美元。我简单地说：

“给，借期一年。”

屋里一片寂静，从深蓝色的烟团后面传来了热忱诚挚的声音：

“祝贺你们！”

我又一次急切地想“说点什么”。我紧紧握住他的手，我说话的时候，他一定能从我眼里看到我心里想说什么：

“你永远不要——永远不要后悔——我就——就是这个意思!”

他把我送到电梯前,说:

“你们作为音乐家我是相信你们的,但是现在我们得把你们的艺术金砖锻造成实用的货币,使每一个参加音乐会的听众都能有所收获。

“为此,我们先要改掉你们的名字。‘特拉普家唱诗团’[1]听起来宗教味太浓了。从现在起,我就是‘特拉普家歌唱团’的经理了。”

---

1 “特拉普家唱诗团”:英文原名为 The Trapp Family Choir,其中,Choir 的最初意思是“唱诗班、圣乐团”,因而带有浓厚的宗教意味。

第九章　梅里昂

我到了梅里昂车站后，没有直接回家，而是先去了德林克家。过去的二十四小时，我——以及我们大家——一直飘飘然的像是生活在云雾之中。事情顺利得令人难以置信，我们都还没有完全反应过来。等我们慢慢领会了这一切，我心里充满了深深的感激之情，不仅仅是感激，还滋生了新的责任感。有些人如P.太太、德林克先生和尚先生，是冒着一定风险信任我们的。我们不仅不能让他们感到失望，还应当有朝一日让他们有充分理由为我们感到自豪。现在，就是看在信任我们的这些人的分上，我们也必须在这一领域中成为最优秀的艺术家。

在回家之前，我必须把这一点告诉德林克夫妇。

我们亲身感受到别人的信任所发挥的作用。它能释放出新的能量；为你打开你自己都不知道的灵魂深处的奥秘。它磨砺你的意志，坚定你的意向——激发你完成不可能的事情。上帝就是这样指引我们的。他总是给我们额外机会。人们为什么很少使用这根魔杖呢？它能把人间变成天堂。联合国不需要。人类情同手足就会成为现实，而不再是侈谈。

我们搬进“街对面的房子”之后，便开始了新的生活。我们要求延长临时居住期的申请，这次由于欧洲的战争局势而被批准了。每六个月必须重新申请一次，但是战争期间不会强迫任何人离开美国。我们现在又有了新的经纪人，由他来经管我们感到很放心。往日的愁云不再笼罩今日的天空了。我们以新的力量和活力，重新安排生活。约翰娜接管了厨房；黑德维格负责洗衣服；阿加特动手做针线；玛丽亚负责缝缝补补；玛蒂娜打扫房屋；男孩子们擦全家的鞋子，并帮助洗刷碗碟；格奥尔格采购；我管书信来往，瓦斯纳神父管账。从我们离开奥地利的那天起，格奥尔格就让瓦斯纳神父把财务的事接管过去。在那些负债累累的艰难岁月里，我们觉得在还清每一分钱债务之前，个人是没有权利拥有任何东西的。因此，收入的款项和收进的账单全都交到瓦斯纳神父手里，每个人（包括格奥尔格和我）要用钱买什么东西，都得去找瓦斯纳神父。我们觉得这样就能保证把钱用在刀刃上。

这时，小姑娘们想要学乐器了，这似乎跟上学不相协调。恰在这当儿，我在费城碰巧遇见一个从前在维也纳教过我的老师。现在她也成为难民，来到了这里。这简直不可思议，我们都感到非常庆幸！她正在寻找安身之处，我在寻觅一位教师。于是，她就来跟我们住在一起，很快就作为莱内阿姨，成为这个家庭的一员。过了不久，我们就惊异地发现，尽管孩子们花了很多时间练钢琴、小提琴和直笛，但他们每天还能在户外活动几个钟头。

尚先生曾建议我们在市政厅举行两次圣诞节音乐会。这意味着要拿出一套全新的节目，我们便立即着手准备。瓦斯纳神父去几家大图书馆搜集圣诞节经文歌。他把经文歌拿回家来，很多内容需要抄写才能开始准备。我们还得熟悉英美的圣诞节歌曲，瓦斯纳神父为其中的许多支歌谱写了新曲。

就在圣诞节的前一天，我们搬进了新居，一所挂着蓝色百叶窗的小房子。一位非常和蔼的邻居过来看看能不能帮点什么忙。

“好啊，”我说，“请问你能不能告诉我们什么地方能买到一只鹅？你瞧，到了圣诞节，只要买得起，总得弄只鹅来吃吃。”

这位善良友好的太太名叫贝蒂，她亲自开车把我送到费城的雷丁车站市场，买了那只奥地利人过圣诞节必不可少的鹅。显然，她不想破坏我过圣诞节的兴致。不过，这也是我最后一天假日了。

圣诞节一过就开学了。这不再是由我们的司机充当老师的小学了，而是中学，课程如下：《美国的过去》《美国的现在》《美国的生活》《美国的思想》；贝蒂是我的老师。我们很快便成了好朋友。她听了我用结结巴巴的英语对她讲的话以后，危言耸听地说我在一个梦幻世界里游荡，在那个世界里，金钱及其所代表的东西是没有地位的。就美国化而言，贝蒂用敏锐的目光看出，我们都是刚刚孵化出来的小鸡雏，身上还粘着蛋壳，这蛋壳就是欧洲人的思想和信念，欧洲人的规章准则。她出于真诚相助之心，决计对此采取点措施。她先来关注我的英语，因为我的英语仍然带着我最初两位老师——约翰逊医生和那位司机——的深刻影响。

“贝蒂，那边那两个家伙是谁？”就在第一天早晨，我指着两位极其显贵的先生问道。

她差一点晕过去。

“玛丽亚！你不能那么说。那是很糟糕的英语。”

噢，我很抱歉，可我清清楚楚地记得约翰逊医生告诉过我：“家伙”是“先生”的另一个说法。

“别再说‘O.K.’啦。这很粗俗。”

“O.K.,贝蒂。”我说。

“玛丽亚——这个词儿太粗俗啦!”

现在我得学着抛弃以前的不正规用语。不再说“gee whiz”“go-lly Moses”“jeepers creepers”“gosh”“oh shucks”“boy oh boy”“jump in the lake”[1]——至少在贝蒂面前不能说。但是,可怜的贝蒂还有多少次差一点晕过去啊,比如她请人喝茶的那天下午,她神情有些低沉,我突然想到约翰逊医生教给我的最能逗人高兴的一句话:

“噢,贝蒂,别像一头快活的老公猪似的。”

不过这只是我所受教育的一部分,而且是微不足道的一部分。为了最终把我造就成一个好公民,她要培养我的金钱观念,教我珍惜镍币,二十个镍币合一美元。

“别说‘buck’[2],玛丽亚,那样太粗俗。”

她无可奈何地解释说:

“玛丽亚,你现在不再有钱了。你现在是穷人,懂吗?——穷人。”

多么可悲的现实,还要那么大声地说出来,岂不是越发残忍嘛!再引用一次约翰逊医生的话:“眼不见,心不烦!”我跑回房里,痛哭流涕地哀叹自己命苦。这些美国人个个铁石心肠,根本不通人情,不理解我们,永远也不会理解,这还不可怕吗!贝蒂是个心智健全的人,她连做梦都想不到:我这颗敏感的心一听到“穷”字就会为之一缩,每次都要哭得不成样子。

---

1 “gee whiz”“golly Moses”“jeepers creepers”“gosh”“oh shucks”“boy oh boy”“jump in the lake”:以上均属美语中的非正式用语,意义分别是,“哎哟”“天哪,摩西”“上帝耶稣”“糟糕”“胡说”“好家伙”“滚开”。

2 buck:美国俗语“美元”。

还有一样事我们得从头学起：只要是正当工作，干什么都不失体面。我们当时还带着欧洲人的偏见，不想让人看见我们在做体力活。一有客人来，我们要是在厨房、餐具室或地下室忙活，就会从后门溜出去，再打前门进来，不让人看出我们在干活。然而所幸的是，我们已是身无分文，毫无顾忌了。我记得在纽约有时碰到一些和我们一样可怜的难民。有一位难民在欧洲做过院长、督察员或教授什么的，如今当然要等待一个“领导职位”。他随身带来一小笔钱，靠它去死舍不得，靠它活命又嫌少；然而不幸的是，就是因为有了这点钱，他就不肯重新从底层开始。这种人就这样挤在破烂的公寓里，忍饥挨冻，却还穿着陈旧的皮大衣，戴着皮手套，为了等待那永远不会到来的“领导职位”，而白白浪费掉了宝贵的时光。我们没有遭遇这种厄运。我们被迫学会过苦日子，这是我们至今还为之庆幸不已的一件事。现在，当我们驾着肥料或石灰撒布机行驶在农场上，看见一辆高级凯迪拉克载着不速之客到来时，我们会挥挥手大声招呼：“我们就来陪你们！”双方丝毫也不觉得尴尬。

可是，梅里昂那天早上的情况却并非如此。头一天晚上，我们应邀去朋友家吃饭，坐在我左边的是一个穿着晚礼服、长得十分英俊的年轻小伙子。第二天早晨，有一辆煤车送来一车煤，当我看到那个浑身漆黑，动手往煤窖里铲煤的人，正是头天晚上坐在我旁边的漂亮小伙子时，我惊愕得简直无法形容。我给彻底弄糊涂了，便谨慎地扭过头去，免得使他难堪。使他难堪吗？怎么会呢？

“早上好，男爵夫人。难道你不记得我了吗？”他一边嚓嚓地铲着煤，一边大声地喊道。原来，他想做煤炭生意，现在就从最底层做起。这是一个多么截然不同，又多么充满生气的世界啊！

一天，我兴致勃勃地宣布：为了节省路费，我打算步行进城（十英里远哪!),贝蒂听了非常高兴,近乎体贴地告诫我不要过于克俭,可是等她听完我的话却大失所望,因为我想省钱买一卷彩色胶卷。

"可是你买不起呀,玛丽亚。别忘了,你穷啊。"

这时发生了一件有趣的事。我一定是为说我穷的事哭干了眼泪。眼下我丝毫没有生气,而是得意扬扬地望着她,惬意地说:

"不,我们不穷。只是没有钱而已。"

在这顷刻之间,我不知怎么竟从一年级升到了二年级。

约翰内斯长着一头棕色鬈发,看上去十分可爱,像只企鹅似的摇摇摆摆地满屋子乱跑。要是我想把他这副神态拍成彩色照片的话,那就得马上拍,不能等到某一天银行里真有了钱。到那时,约翰内斯说不定上大学了呢。我尽量用最动听的语言向贝蒂作解释,但是无济于事。我心想要是让她看看我的彩色幻灯片,也许我的话就会不言自明,可是——唉!

"你有投影仪呀,玛丽亚,还有个银幕?"

"银幕是别人送的,贝蒂,可是投影仪——"我一心想显示一下最近学到的知识,就变得伶牙俐齿起来——"投影仪是我们买的,还有缝纫机、留声机和洗衣机,没花一分钱。美国的分期付款买东西真是妙不可言。每月只付五美元——想想看啊!三年后,这些东西就真是我们自己的啦。"

贝蒂既为学生这么有出息感到骄傲,又为投影仪的事生气,弄得不知如何是好。缝纫机和洗衣机的事她就不管了。关于留声机,我得说明是我们这个行当必不可少的。我们必须听听别人是怎么唱的。那好吧。可是投影仪仍然是个令人头痛的话题。

但是,随着我慢慢升入高年级,我们师生之间又是泪水又是欢笑,一起度过了多少愉快的时光啊。

我们的生活不允许我们多参加社会活动，不过倒有几个实实在在的人，我们愿意和他们共度礼拜日和空闲的夜晚。街对面的德林克一家。能结识这些真诚的音乐爱好者，这是我们莫大的幸事。亨利那热情洋溢的“让我们再来一遍！”至今仍然回响在我们耳边，每当我们把新学的经文歌或歌曲第一次唱给他听时，他总是喜笑颜开，这笑容本身就是掌声。

最能表明他对音乐真诚热爱的，莫过于这样一个事实：他除了做过其他的翻译之外，还把约翰·塞巴斯蒂安·巴赫所有的声乐作品全都译成了新的英文本。这些译品更准确地展现了德文原作（特别是那些取自《圣经》的内容），也更容易演唱。

我们在那些日子遇到的另一位好朋友是梅里昂·弗雷索尔夫人，一位著名的声乐老师，对声部问题有着精湛的研究。在每位歌手一生中都会遇到的那种危机出现时，她总能赶来给我们提供卓有成效的帮助。

在这期间，我们还有幸结识了阿利克斯·威廉森小姐，此后她一直出色地承担着我们的宣传工作。

就在这时，在孩子的教养问题上出现了麻烦。相对来说，大孩子要好带一些。当然，要惩罚撒谎的小家伙，也免不了要大动肝火的。比如说，我和小玛蒂娜就交过一次锋，虽说是唯一的一次。事情发生在我婚后不久。我向三个最小的孩子玛蒂娜、约翰娜和黑德维格交代了，他们什么时候只要有空，都可以在大花园里任何地方玩耍，玩什么东西都可以，就是不许玩刀子、剪子和火柴。

“谁不听话就打屁股。”我说。

就在第二天，我发现小不点儿玛蒂娜拿着我们厨房里最大的那把刀，就像抱着一束鲜花似的。我从她手中夺过刀子，把她转过去打了一下屁股。她绷着脸走了。此后不久，我又撞见她用绳子拖着缝纫间的大剪刀往花园里走。我又一次二话没说，夺下了剪刀，把玛蒂娜转过来揍了屁股。这样一来，我就有提防了，果不其然，我在她的小围裙里发现了厨房里的全部火柴，据她坦白是想埋在树底下，留着以后再用。这一次，我把这小罪犯带到楼上，狠狠地打了一顿屁股。小家伙没掉一滴眼泪。当她真正舒了一口气，跟我说话时，那绷着的脸、紧锁的眉头豁然开朗了：

"从今以后，妈妈，你不用担心了。我再也不会不听话了。我只是想看看你是不是真的说到做到。"

她信守了诺言。

可是，在多年后的今天，还真出了麻烦：洛丽成了梅里昂、费城，也可能是全美国最顽皮的小女孩。上了那短短的几周学，却把她造就成一个印第安小野人。她调皮得像只猴子，什么事情都对答如流，不幸的是，她的话又往往奇妙得很，听的人若不提防，真会开怀大笑。可怜的罗斯玛丽跟着她这位妹妹可吃了不少苦头。罗斯玛丽是个心地最善良、性情最温顺、脾气最好的姑娘，她任由那小野丫头随意摆布和折腾。

我伤心地想起我自己上学时的一件事。我一直不敢在洛丽面前透露这件事，因为我比她淘气得多，总是调皮捣蛋，喜欢恶作剧，让老师伤透了脑筋。有一天，老师把我叫到全班前面，一本正经地诅咒我说：

"我希望你将来有一个跟你一模一样的女儿。坐下吧。"

我记得洛丽在萨尔茨堡上过一阵幼儿园。她在那里不幸地认识了剪刀，学会了用它把折叠起来的纸片剪成奇妙的图案。她试着剪的第一样东西，是她那条漂亮、崭新、松软的粉红色绒毯子。我严正地告诫她不准再这么干了。她答应了，想必一定是保证不再剪毛毯了，因为下一个牺牲品却是起居室里一块珍贵的锦缎窗帘。这一次她得到的警告是：在任何情况下，绝对不许用剪刀剪任何不属于她个人的东西。她答应了，而且瞧啊，她显得好正经啊！她抬起左手抓住额头上的一撮发卷，还没等我喊一声“别”，剪刀已经剪下了这个纯属她个人的东西。她倒是没有不听话呀。

她开始上学以后，就从不直接回家。每天放学后几个钟头都不见她人影，搞得我很担心。于是我跟她解释说，她得不停地走，可别停下来。就在第二天，我又左等右等，最后一路奔到城里，看见她和一个警察走来走去，两人谈得正欢，我一把抓住女儿时，警察对我说：

“你这姑娘陪着我好开心。她说我应该陪着她来回走，因为她不能停下来，她还把家里的事全跟我说了。”

这话我相信。

现在她又翻出了新花样。有一天，我发现她在镜子前面摆姿势，做媚脸。

“妈妈，”小天使说，“我的气色在哪儿？帕齐的妈妈夸我气色好。你真认为我漂亮吗？十二年级的一个女生说，我是学校里最漂亮的女孩。你能告诉我我眼里的光彩在哪儿吗？”

“噢，噢！”我心想。

那天晚上，我们在壁炉边补袜子，我似乎忘了洛丽就在屋里。

“真可惜，”我对阿加特说，“漂亮的小娃娃往往长成丑小鸭。可怜的洛丽啊！她现在的脸多像一张马脸呀，她在萨尔茨堡的时候有多漂亮啊！太糟糕了。”

这一招还真灵。

很久以后，洛丽要首次登台演出时，跑来对我说：

“说真的，妈妈，我很抱歉，我破坏了整个舞台形象，不过我要表演得格外出色,来弥补我容貌上的不足。”

多年来,她甚至躲着不照镜子,而去找哪个姐妹给她分理头发。

在那个艰难时期,她有一个不好的嗜好,就是不到吃饭时间看到可以吃的东西总往嘴里塞。不到圣诞节、复活节或生日的时候,家里什么糖果都没有,有一天晚上,我们到德林克家去唱歌,洛丽实在馋得受不了了,便寻找有什么可吃的。整个屋子都搜遍了,也没找出一颗糖来。最后,她闯进了瓦斯纳神父的房间,这屋子本来是严禁随便出入的,她在一个抽屉里找到一小盒做弥撒用的圣饼,她给吃了个精光！当天晚上,这小姑娘遭到了有生以来最可怕的一顿痛打,最后哭着睡着了,而且真是命苦啊,第二天的生日也没过成。有那么一阵,她差不多天天都要挨打,她挨打的时候,罗斯玛丽也跟着受罪,总是哭得很伤心,而那个傲慢的小罪人却装作满不在乎。在以后的岁月里,洛丽有多少次用双臂搂住妈妈的脖子,发自内心地感激妈妈在遵守纪律和自制上给她的宝贵教益。

有一天,又发生了一件事。约翰内斯在起居室里把他的玩具扔得满地都是,到吃午饭的时候,我随口说了一声:

“喂,约翰内斯,把你的玩具收起来。”

唉,真想不到,这十五个月的小家伙居然笔挺挺地站起来,直盯着我的眼睛,说:

“不。”

“哎,收。”我明确地说。

“哎,不收。”他答道。

这样“收”与“不收”地来回说了好几次,这下只能采取行动了。

这小家伙头一次挨了几下屁股,跺着胖乎乎的小脚丫生气地说:

“不收,不收,不收!”

于是，我只好又打了他一顿屁股，接着是第三次。突然，那洒满泪水的小脸蛋喜笑颜开。他爬到我的腿上，用软软的小胳膊搂住我的脖子，在我耳边柔声细气地说了声“我收”，就蜷起身子睡着了。这次教训让他受益了许多年。

我想这是教育孩子最微妙的时刻：什么时候该打孩子，什么时候不该打。有些亲爱的小家伙的确需要打，别的办法不管用。而对另外一些孩子却绝对不能动粗。对洛丽的姐姐，只要用责备的口气说一句：“可是，伊丽！”（这是罗斯玛丽的爱称）这敏感的小姑娘就泪流成河了。俗话说“吝惜棍子，惯坏孩子”，好像出自《圣经》的“爱子者不惜棍子”。真希望这个世界能趁早结束它在进步教育领域所做的实验，在那种教育里，可怜不幸的孩子们总是可以随心所欲，而他们幼稚的意志就这样被他们自己的胡思乱想摧毁了。

五月初的一个早晨，瓦斯纳神父作为账房，在吃早饭时说：

“我们在银行里的存款剩下不到五十美元了。”

离下一次巡回演出还有四个月，有一点是肯定的：靠五十美元维持不到九月份。下一件事是召开家庭会议。最近我们在宾夕法尼亚看了一场荷兰手工艺品展销会。这展销会很有意思，我们注意到展品卖得很快。既然眼下没有歌唱，也没有听众，我们唯一能想到的替代办法是：“让我们也办一个手工艺品展销会吧。”

过去那些各式各样的圣诞节和生日礼品说明我们这家人似乎还有点制作工艺品的才能。让我们试试看吧。随后的两周，大家集中精力用皮革、黏土、木头、漆布、油彩和银料制作手工艺品。我们在德林克家的一次演唱会上，结识了史密斯姐妹，其中一位是雕刻师。埃莉诺和梅都成了最忠实可靠的帮手。城里什么地方可以买到原料；什么地方烘烤黏土;怎样给展销会找会址;怎样做广告;她们在这些最实际的问题上帮了我们的忙。展销会非常成功,订单源源而来,有人郑重其事地建议我们在纽约再办一次。

雷文希尔修女院院长借给我们一辆客货两用车,把特拉普家手工艺品展销会的全部展品运到了纽约。儿童家具是格奥尔格做的木工,玛蒂娜油漆得相当成功,表现出高超的民间艺术技巧(她还制作了漂亮的托盘、木碗和盒子);约翰娜的泥塑堪称真正的艺术品;韦尔纳的首饰颇为新颖;黑德维格做了各种各样的皮革制品;玛丽亚的木雕;阿加特剪出的漆布品;这一切加起来,我们觉得我们已经有一批不同寻常的东西可以出售了。鲁珀特和我一无所长,就专门负责展出。

很快又来了许多订单,展品供不应求了。一直到九月份,我们没有再欠下新的债务。

现在我们已经取得了很大的进展。我们认识到做什么工作都光荣,都让你感到自由自在。而且我们发现只要你肯干,美国还是一个提供无限机会的国家。机会靠你来利用。我们还发现,要想成为美国人,置身于这个开拓者的民族,唯一的途径就是:你自己先做一个开拓者。

第十章　苍　蝇

九月来了。一天，一辆大汽车停在梅里昂路的家门前。这次来的是一辆红色的最新式汽车，引擎装在尾部。先前那位汽车司机，我们忠实的老相识又来了，招呼大家上车。让他感到万分高兴的是，我们决定带上约翰内斯。他可喜欢这小家伙了，专门为他把车里重新安排了一番。

莱内阿姨、玛塔和几个小姑娘留在家里。玛塔从萨尔茨堡那时候起，就是玛丽亚的亲密同学。她在瑞典时就为我们看孩子，在我们漫长的排练期间，负责照看小约翰内斯。战争爆发后，她回不了家，便跟着我们来到了美国。

这时我们才发现，孩子也可以在家里上学，不过仍然觉得还得关在屋里学习。后来我们才明白，在车上也能念书。

我们家的一个朋友主动提出过来帮忙，愿在我们排练和演出期间帮助照看约翰内斯。

这次的道别和往年是多么截然不同啊！第一次，我们不得不把孩子们寄放在一所陌生的寄宿学校，拖着所有的行装到处奔波；第二年，我们可以把孩子们留在朋友家里，把我们的一部分东西存放在朋友家阁楼的一角；而这一次，我们把孩子们留在自己家里，让周围的朋友为我们照看一切。一棵有十个树杈的大树被连根拔起，远渡重洋移植到新的土壤里，慢慢地、慢慢地重新扎下根来。移植一棵已经成材的大树，总是没把握的事。谁也说不准树根能不能适应新的土壤。一旦显示能适应时，那多令人宽慰啊！

挥泪告别后，我们首先来到纽约——当然是惠灵顿旅馆！今年铺的是红地毯，制服也换成了鲜绿色。第二天我们将在纽约一所学校演出，尚先生届时也会到场。这是他给我们安排的第一场音乐会，也是这次横跨美国的六十五场巡回演出的第一场。这是一个多么重要、多么激动人心的时刻啊！

F.C.尚先生和我们已经不再陌生了。我们在他办公室里见过他几次，他也来梅里昂看望过我们。他对举办音乐会有极为丰富的经验，为我们编排新节目提出了最宝贵的建议，要给各种人安排一点爱听的内容：有密歇根的家庭妇女爱听的，有堪萨斯州的农夫爱听的，有西部的牧场主爱听的，还有音乐专家爱听的。以前我们的节目大多用拉丁语和德语演唱。这次加上了英语歌曲。在英国牧歌和民谣里，我们找来了几首精彩的歌曲，如《偷蜜吃的小蜜蜂》《一天清晨》《潮水正在上涨》；还从古老的美国民歌中挖掘了不少珍宝。我们的节目这次分为五个部分：第一部分，圣乐，选自十六和十七世纪经典大师的作品；第二部分，用直笛、大提琴、古钢琴等古乐器演奏的乐曲；第三部分，牧歌和民谣；第四部分，奥地利民歌和山歌；第五部分，英美民歌。

我曾多次赞叹过尚先生驾驭各种局势的独特能力。他总能在恰当的时机说出恰如其分的话，真是太不可思议了。他能因人而异、因时而异，精细入微地选择微妙的措辞。不论是对社会名流，对我和姑娘们，还是对亨利·德林克先生，他在各种场合表现的高超手段总让我惊叹不已。

现在，我们来到了那所学校。玛丽·罗斯是一位圣洁的修女，音乐会就由她来负责。我心里不由得感到很好奇：尚先生有什么办法讨玛丽·罗斯修女高兴呢？他不能吻她的手，也不能恭维她的教服——他会说什么呢？这是他头一次会见一位修女。

他来了。

"玛丽·罗斯修女，我可以介绍一下我们的经理尚先生吗？"寒暄几句之后，瞧——又来劲了！

F.C.尚先生说出了一番极有分量的话，由于出自真诚的赞美，声音都在颤抖：

"玛丽·罗斯修女，我有生以来还从未听过这么高雅的谈吐啊！"

我们得到了回演的预约。

这场音乐会是一次全新的经历。我们竭力落实新经理在演出前给我们提出的非常有益的忠告：

"不要一本正经；要微笑，放松，忘记听众。就当是唱着玩的。要自由自在；别显得挺痛苦的；放松，不要担心。"

不过，你要是硬要装作很随便，不得不强迫自己显得轻松些，这首先就不真实了。最糟糕的是，他就在听众中间；而在所有的美国人中，我们最想取悦、最想满足的一个人，恰恰就是他。尽管如此，音乐会还是开得非常成功。尚先生满面春风，一再向我们表示祝贺，特别是祝贺我们舞台形象的巨大改观。

可是第二天，尚先生到惠灵顿旅馆来为我们送行，汽车停在外面准备把我们送往西海岸，这时他又对我们说：

"你们还缺少点什么，具体缺什么我也说不上来。你们和听众之间还有点那个;不过我相信,也知道,你们只要努力,就能找到这点不足。”

我们念念不忘“缺少点什么”这个说法。从此以后,我们密切注视自己的一举一动,几乎到了吹毛求疵的地步。每次音乐会过后,我们都坐在一起讨论。是上下场吗,是站姿吗,是微笑和鞠躬吗?格奥尔格,我们演出事务最忠实的助手与伙伴,每天晚上都坐在第一排,给出他的评价。但是我们始终没有找到缺少点什么。音乐会开得很好,非常好;人们都很喜欢,也都这么说;可是……

我们正在奔向洛杉矶,汽车行驶在六十六号公路上。这次巡回演出中最重要的事是我们第一次见到了印第安人,真正的印第安人,我们在欧洲经常从书本上读到的印第安人。我们都受过德国人卡尔·梅[1]的熏陶。他写过很多书,讲述西部那些伟大的英雄的故事。男孩个个都如饥似渴地读他的书,不少女孩也跟着读,我们每个人都为阿帕切族[2]的大头目温尼陶痛哭过。现在我们就要见到他的同胞们了。我们虽然离新墨西哥州还很远,可是心却怦怦地跳起来了;不过,地图上最终标的是“普韦布洛·拉古纳”,我已准备好了相机,既拍影片又拍照片。

最后,我问司机:“什么时候到‘普韦布洛·拉古纳’?”

他随口回了一句:“噢,我们过了那里足足有十分钟了。怎么啦?”

“过了?印第安人?我们遇到的第一批印第安人?就这么过去啦?”

我真是太失望了,恨不得哭一场。为了掩饰自己的情绪,我跑到了车子后面。可是司机座位上方有一面镜子,他可以轻易地看到我的情绪波动。他真感到抱歉。他生平从没想到有人愿意给那么落后的印第安人拍照;不过,她不是给黑人拍过照吗?他调转车头,我们回到了普

1 卡尔·梅(1842—1912):德国作家,善写探险故事。他所撰写的北美探险故事,表现了印第安人与白人移民之间的冲突,深受各国读者喜爱。

2 阿帕切族:美国西南部一印第安部族名。

韦布洛·拉古纳,见到了第一批印第安人,那些善良友好的人们,我们好奇地看着他们,他们也好奇地望着我们。他们也从没见过穿着民族服装的奥地利人。我们称赞他们美丽的教堂,买了几样他们古怪的陶器,还为他们演唱了几首奥地利民歌,我获准可以拍照时,激动得两手直发抖。有一张照片是淡金黄色鬈发的小约翰内斯在拥抱一个与他年龄相仿的蓝黑色直发的印第安小男孩。我们跟印第安人的这第一次相见,以及以后每一次相见,他们身上都有一种深深感动我们的东西,一种既有尊严又很悲凉的东西。我们之间在体恤怜惜中,有一种奇异的情愫相通。难道是因为我们也有过他们那样的命运,曾从自己的家园被放逐出来吗?从那以后,我们总是想方设法去看望这些印第安人,尽量和他们多待些时间。

这次旅途中,我们领略了一些令人惊艳的自然景致:佩恩蒂德沙漠、石化林、科罗拉多大峡谷、加利福尼亚大沙漠。尽管在每一处待的时间都不长,我们却日甚一日地越来越赞叹这个国家的奇异景观。

然后我们来到洛杉矶,这个“好莱坞的郊区”,不禁非常失望。不知为什么,这个电影世界囊括了好莱坞的整个周边地带,到处是人工雕琢、矫揉造作的痕迹。我们觉得很不适应。

接着,我们沿海岸北上西雅图时,第一次见到了太平洋。在圣巴巴拉,我们和洛蒂·莱曼度过了美妙的一天。印第安人教堂、红杉树林、约塞米蒂谷、红杉国家公园、金门桥、卡梅尔海滨小镇,又是红杉树林,最后是俄勒冈的环礁湖、雪峰以及西雅图的美丽海湾——这一切宛如梦境;这个国家的辽阔、富有、粗犷之美和自豪精神——啊,美丽的亚美利加!

我们又演唱了许多场,但仍在寻觅那缺失的环节。

随即我们绕道返回,最后来到科罗拉多州的丹佛。事先有人告诫我们说,这次音乐会的主办方音乐素养很高,他们期待的是一组非常典雅的节目。这倒可以满足他们。我们撤下了民歌和民谣,以最严肃的音乐演唱我们最拿手的曲目。演出结束后,我突然可怜起听众中那些品位没有那么高的人来。

出来谢幕时,我对瓦斯纳神父悄声说道:

"我现在想唱一首《约德尔曲》。"

因为节目单上没有这个曲目,需要报一下幕。报幕总是一种额外的受罪,每次都要脸红。

我上前一步,说道:"现在我们想加唱一首奥地利阿尔卑斯山的山中号子,名叫《约德尔曲》。"然后我们就唱了起来。

唱约德尔这种曲子,你必须深吸一口气,然后才能一口气唱完较长的歌词。我们刚唱到半截,哇,糟了!一只苍蝇开始绕着我的脸盘旋。我瞅着它,眼珠转来转去,不由得慌张起来。我知道我马上又得深呼吸了,万一……我只要手一挥,就能把它轰走,可是那就完了。在舞台上可以不拘时间、不拘地点地随便动一动手,可是不能因为怯场而搞得浑身僵硬、汗流浃背。我们深吸了一口气,这下可出事了。那苍蝇忽地钻进去了,当然是钻进了我的"金嗓子",卡在了里面。我觉得自己快要窒息了。不过,只要得法地咳嗽一下就能解决问题。可是在舞台上咳嗽得法,那比唱好歌不知要困难多少倍。我竭力忍住不咳嗽,可是我禁不住脸都憋紫了。我恰好是这首约德尔曲调的领唱;但这次只能在没有领唱的情况下结束,因为我正处在生死的关头。我勇敢的孩子们尽量不去注意他们被噎住的母亲,等他们唱完歌时,我也摆脱了那只苍蝇。我觉得太对不起大家了,特别是大多数听众,加唱对他们来说是名不副实的。我忘记了自己是在舞台上,忘记了难为情,忘记了正面对许多人。我只觉得我必须道歉,加以补偿。

出于这样的动机,我走上前用日常语言极其自然地说道:

“刚才发生了一件从未发生过的事：我吞下了一只苍蝇。”

这一句朴实无华的话所带来的良好效果让我惊讶不已。人们笑啊笑啊笑。等大家平静下来，我说我们想再唱一首，以弥补刚才唱坏了的那首歌：这次是一首奥地利民歌。我解释说：

“歌中描述一个年轻的猎人，在山岩上攀援了好几个小时，就是为了寻找，最后发现并开枪打死了一只……”我想说“大羚羊”，可是只知道“岩羚羊”这个字眼；可是不知道怎么搞的，我把两个字眼弄混淆了，说成了“女衬衫”。

我完全惊呆了。在美国这是个笑话吗？我看不出有什么好笑的，我疑惑地看着我的孩子们——你们肯相信吗？——他们也笑得前仰后合的。最后，等最糟糕的情况过去后，我带头唱了起来。我一个人唱了整整一句，其他人才加入进来。当我独自用圆润的声音高唱着约德尔调时，鲁珀特这个捣蛋鬼把我刚才说的话向我低声重复了一遍。这时要想一本正经地接着唱下去，简直比咳不出那只苍蝇还要难受。我真恨不得当着全场听众的面剥下鲁珀特的皮。

但是——不可思议的事情发生了。那个缺失的环节终于找到了：在那宝贵的几分钟内，我们和听众融为了一体。魔障被打破了。现在我们找到了桥梁。我们马上可以真诚地对听众说：

“我们不把这次演出看成一场音乐会；我们倒觉得像是我们家那间大起居室的一面墙给拆除了，你们大家都是我们家庭音乐会上的客人。”

我们很随意地讲解了我们将要演唱的歌曲的有趣细节，人们事后对我们说，他们当时全然忘记了自己是在音乐厅里。

“你们使我们觉得像在家里一样。”

为那只苍蝇喝彩三声吧！

第十一章 佛蒙特州斯托镇

我们必须赶回东部参加圣诞节音乐会。尚先生又一次在市政厅听了我们的演唱后,满脸堆满了笑容。

“现在,你们明白了——你们明白啦! 我就知道你们会明白的,”他嚷道,“听上去给人一种全新的感受,看上去也焕然一新。”他犀利地补充说。他终于说服了我们,舞台上人为的刺眼灯光需要一些人为的手段,才能使人看起来显得自然,而不像面目模糊的幽灵。

“你们有些姑娘看着病怏怏的,脸色青得像菠菜。你们不会想要观众为你们的健康担忧吧?”

我们是不想,因此有几个气色不够红润的人就化了妆,以便显得自然一些。这几场圣诞节音乐会获得了真正的成功。大家都很满意,在哥伦比亚音乐会演出公司的安排下,第一个演出季节结束后,我们的目标就达到了。他们把我们列入音乐家名单,我们并没有让他们失望。我们没有让任何人失望。要我们开音乐会的请求越来越多,第二次巡回演出已经安排了九十六场,第三次安排了一百多场。

“……你们还要做所有这些事情。”

现在我们正在实践这句祷词的后半部分。这些事情是：朋友、工作能力和机会。我们能如期偿还债务了。

从九月到次年四月，我们都在不停地巡回演出，只在圣诞节才歇息了一阵。

第一年巡回演出的时候，由于钱不够用，我们不得不找最便宜的旅店住。这种旅店光是环境就让人沮丧：肮脏、污秽，还有那些常来的人。你进进出出总有一种偷偷摸摸的感觉。到了第二年，我们再也不能由着自己那么做了。我们虽说仍然没有钱，但却听说有野营小屋和旅游客店。当然，这些住所都不大，容不下一大帮人，所以，我们每晚都得分开住，这为汽车接送我们带来很大不便。有时，附近没有吃饭的地方——虽然比起低级旅馆来已经强多了，但是事情相当复杂。尚先生制止了这种旅行法。

他坚持说：“你们要想在舞台上唱好歌，就必须吃好住好。”他说得对。在路边小餐馆花三角五分买一顿午餐，只是暂时填饱肚子，却不产生热量。正是由于这个原因，我们结束了第一轮十八场巡回演出之后，就感到精疲力竭了。比一百多场的那次巡回演出结束后，还要疲惫得多。

一切顺利，唯一令人不快的是，一年的大部分时间里我们跟两个小女儿分居两地。在此期间，她们的乐器演奏水平已有了长足的进步，有一天就提出了这个问题：她们现在是否可以参加演出了呢？可以，那太好了。但是学业怎么办？我们难道不能请一位老师，在汽车和旅馆里上课吗？噢，什么事都可以试试看。莱内阿姨有个年轻的朋友叫贝特西，她愿意试一试，于是在下一次的横跨美国的巡回演出中，贝特西跟罗斯玛丽和洛丽一道来了，莱内阿姨接受了在雷文希尔教书的差事，只留下玛塔在家里带约翰内斯。玛塔按说最应该跟我们一起走的，但是试了一次结果太惨，便只好作罢，因为她晕起车来一塌糊涂，让人简直要抱怨当初何必发明汽车。

现在，除了最小的娃娃外，全家人再度团聚了——在车上团聚。我们结束了在美国的第五次巡回演出后，在家里举行了一个盛大的宴会：短短的五年内，我们不仅还清了所有的债务，而且银行里还存了一点钱。

这就意味着今年夏天我们不必再待在梅里昂了。吃中饭宣布这一消息时，全家爆发出一片欢呼声。

在费城度过的这几个夏天，对我们这些北方人来说真是活受罪。阿尔卑斯山来的人都不知道又热又潮是什么滋味；因为湿气太大，连糊墙纸都掉下来了，床下的鞋子一夜就发霉。至少男孩子们是这么说的，因为他们每天早晨负责擦鞋。我们那带紧身围腰的笨重的羊毛服装、鞋和袜子制作时都没考虑到这种天气，可是我们现在也只有这些衣物。在此之前，这一直都不成为问题，因为钱的问题最为突出。我们仍然穿着从欧洲带来的衣服，但是已经开始破旧了。所以，有一天我们去费城商业区采购，在一家批发市场找到一批棉布，质地和花色跟我们从家里带来的服装完全相同。我们的裁缝阿加特开了一个作坊，大家都跟着帮忙，大约总共花了二十美元，就给每人做了两件棉布夏装。每件衣服都得在家里做。裙子、衬衫、围裙，甚至男人穿的袜子，都是在家里制作的。至于我们穿的红袜子，倒是时尚救了急。突然间，女大学生都盛行起了穿红色或绿色的长统袜，式样跟我们穿的完全一样。后来又流行起了平底鞋，我们就更没问题了。虽然黑德维格已经着手试着做鞋子，但是真要在家做鞋子可是很难的。

每年大约到了五月这个时节，我们的朋友们就会谈论起他们的度夏计划，到底是去海滨还是去山区，到六月中旬，就会跟我们道别了。对我们这些乡下人来说，因为不习惯沥青马路，住在郊区觉得越来越难了，哪怕是住在梅里昂这样的好地方。凡是步行能到达的地方，绝对找不到一条泥路。我们习惯了徒步旅行，那是我们在家时的主要消遣方式。我们试着到公路上徒步旅行。一般美国人出于真挚的友爱，每两辆车中就有一辆会停下来，问我们要不要搭车。当我们离开大路上了旁路，想找个地方坐下吃野餐时，树上总有块牌子写着："私人土地——请勿进入——请勿侵犯"。试过几次之后，我们便放弃徒步旅行了。

这时，出现了一件大事。尚先生当初就说过："你们不觉得坐着自己的车巡回演出可以省钱吗？"我们用了两年时间来领悟这一建议，现在突然间，我们面前出现了两辆价钱十分合理的大卡车：一辆是一九三五年产的七个座位的林肯大陆牌，四百美元；另一辆是凯迪拉克，五百美元。我们有十二个人，加上演出和个人行装，还正需要重型卡车。既然车来了，我们也就买了。我们丝毫不知道福特车和凯迪拉克车的修理费用差价有多少，可是不久就懂了。一开始，我们觉得自己发展挺神速的，居然有了自己的汽车，心里不禁乐滋滋的。格奥尔格和男孩子们弄到了驾照，下次巡回演出就会轻松了。

德林克家曾邀请我们到新泽西州兰柯卡斯河畔他们林中的小木屋去住。我们去过那里一次，那是一个极好玩的地方，那宽敞的小屋坐落在静谧的河边，河水湍急，水中长着低矮的黑色雪松。我们觉得自己像是丛林中的人猿泰山。不过，总是存在运输问题。而现在我们有了车，整个世界都向我们敞开了。我们首先不胜感激地接受了再次邀请，在兰柯卡斯待了两个礼拜。在这里，我们开展了各种各样的活动：徒步旅行、游泳、划船、伐木。

这真是理想的两个礼拜，不过差一点要了约翰内斯的小命。有一天，他穿着大红色游戏装，径直走下河里，那地方有八英尺深，他当即就沉了下去，静静地待在水底，就像一个小红蘑菇。瓦斯纳神父正好看见，连衣服鞋子都没来得及脱，便纵身跳下水，把“红蘑菇”捞了上来，那小家伙咯咯直笑，觉得非常好玩。如果不是那鲜艳的大红色，我们永远也不会在黑暗的水里找到他。从此以后，他就有了个保镖。

回到梅里昂后，问题就给郑重地提了出来：我们想到哪里去消夏？得去个凉爽的地方，这我们都明白——可是去哪儿呢？起居室的墙上挂着一幅美国的大地图，上面点满了小点，表示我们在那些地方举行过音乐会。现在这幅地图成了关注的中心，各人有各人的想法，谁都想回到自己特别喜欢的地方。格奥尔格想去海滨，去洗海水澡，对此谁也不感到奇怪。特别吸引我的是新墨西哥州和普韦布洛的印第安人，我们不能去普韦布洛搭帐篷野营吗？瓦斯纳神父喜欢他一见钟情的肯塔基。男孩子们想去落基山爬山——人人都有自己的想法，并为之力争。

这时，有一天收到一位 R.先生从佛蒙特州斯托镇寄来的一封信，说他听说我们正在寻找一个可以消夏的地方。他有一座旅游客店，可以住二十个人，保证我们会喜欢。价格也很合理，恰好是我们出得起的。这样一来，去海滨、肯塔基和新墨西哥州的计划只能推迟到以后。

我们的两辆车都装好了，房子要毫不可惜地关闭一个夏天，我们要北上进入佛蒙特州，我们的司机曾跟我们介绍说，在这个州不值得向窗外张望，因为这里只出墓碑。

我们越往北走，路上的乡间风光越使我们想起奥地利。最后，我们终于来到了斯托，汽车穿过一个有着漂亮尖塔的白色教堂的村庄，直向曼斯菲尔德峰奔去，那家被称为“斯托-阿威”的旅游客店就在那里。从我们进门的那一刻起，似乎一切东西都在等候我们了：二十间舒适的、阳光充足的房间，房子周围的草坪，后面的小木屋，还有那风景——

多美的风景啊！多少年来，我们所看到的不是市郊的公路、奔驰的轿车，就是别人的窗户；而现在，这里就像家一样；有山、空地、天空、草地、田野和树林。

大路对面是一条可供游泳的宽阔溪流，周围是树林和牧场，这是一个极其理想的徒步旅行的去处。现在，我们又可以散步了。我们需要什么东西的时候，就步行三英里到村子里去；我们多次登上曼斯菲尔德峰，穿过走私者峡谷，下到宾厄姆瀑布，来到圆顶附近的莫斯格林瀑布，最后进入斯托山谷。

这是个极其美好的夏天。

我们待的时间越久，就越喜欢这地方，也越难以想象有一天又得收拾行装驱车而去，回到城市生活中。

一天，一位赴加拿大讲学的朋友，在回美国的途中顺路来访。他也是一位难民，不过他在美国待的时间比我们长，更熟悉美国的情况。我们跟他说，回到城里是多么可怕的事。

"那你们为什么不在佛蒙特州买幢房子住下来呢？"他问。

"因为我们没有钱。"我们答道。

"可你们要是买农场，就不必要钱。"见我们如此天真，他似乎感到有点可笑。"你们只需要交一笔订金，然后慢慢支付。"

从这一刻起，我们的生活发生了变化。

我们又开了一个短会，关于这个话题的最后一次会议。我们是买衣服呢，还是买一个农场？

"现在干吗要买衣服呢？"大家都很不耐烦地说，"人们已经习惯了我们现在这副样子——好像谁也不在意——美国是一个自由国家——再说那到底要花多少钱？"

我们发现轻便鞋、出门穿的鞋、晚会穿的鞋、尼龙长袜、内衣、六套夏装、四套冬装、一件下午茶会服、晚礼服、西服、配几件罩衫和套衫的裙装、夏季大衣、冬季大衣、各种相配的帽子、手提包和雨伞,加起来每人得花五百美元,这就意味我们大家总共要花四千美元——这样一来,问题就解决了。反正我们没有那么多钱,再把钱浪费在买衣服上就太不像话了。

因此,我们决定在佛蒙特州买一个农场。

我曾经在书上看到,蜜蜂能隔着山丘和山谷闻到花朵盛开时发出的芬芳;雄蝶能在六七十英里之外发现与它同类的雌蝶;丛林里的消息能以神奇的速度传遍广袤的地区。有不动产的人一定也有类似的能耐。我们没有跟一个外人说过此事,可是广告单却纷至沓来,房前停满了代理商的汽车,他们已经听说我们要在佛蒙特州买一座农场。我们在草坪上玩槌球,在树荫下悠闲自得地呷着咖啡的清静日子,现在是一去不复返了。全家人都狂热起来,唯一的正事就是去观看别人为了这样那样的理由想脱手的房地产。

我们以前听人说过,而我也已经察觉到:英语和美语是有显著差异的两种语言;现在我们发现还有另一种行话,是搞房地产的人专用的。“好——很好——好极了”,对你来说是一回事,对房地产代理商来说却是另外一回事。我们是看过第二十家农场后,凭经验搞明白的。如果某处的房屋被称为“状况极佳”,那还值得一看。如果说“修葺甚好”,你去看看房子也不至于有多大风险。但如果只称“好”,那你最好待在家里。也许最近一场风暴让它们不复存在了。另外,免不了要说那儿有一条“鳟鱼穿梭的小河”。如果幸运的话,你会在石头缝里看到一股小小的细流;不过,通常你连这个运气都没有。你看到的只是些石头,干巴巴的石头。某位史密斯先生或琼斯先生定会大吃一惊,向你担保说他上次来这里还看见一条溪水在咆哮呢,它如今变成这样一定跟牧场的状况有关系。

我们在佛蒙特州跑来跑去。我们看了一位代理商极力推荐的“自家山谷”；不过到了冬天我们准得变成印第安人或爱斯基摩人，因为整个山谷长满了茂密的树木，却连一座小屋都没有。后来我们被带去看“梦堡”，那是个旧石基建筑，旁边有一栋小农舍。由于它“梦”的成分太多，“堡”的成分太少，我们谢绝了。有人向我们推荐了“掩映在林中的宽敞木屋”，却原来是一个破旧的小棚屋，荒废了十年之久，离最近的大路至少有一英里远。我们看了一座“迷人的山顶农场”，可以纵览“全部山景”。乍看还不错，后来我们偶然发现一年中有三个月完全断水，要用水得亲手去提，而最近的水泵在半英里以外。有一位代理商诚心诚意地推荐了一座“外观奇特的百年老屋”，说是运用“想象外加一点油漆和修整”，就会成为我们理想的家。“来看看你能拿它怎么办吧！”广告上鼓动说。除了取暖设备只有厨房里的一只烧木头的炉子以外，最奇特的就数地板了。那老掉牙的木板，到处都是凹陷，我在饭厅里踩塌了，白跑了半天不说，还严重扭伤了脚脖子。

真令人惊奇，一个满是石头的牧场能给说得天花乱坠，让你觉得不为子孙后代把它买下来，是件很没面子的事。

我们差一点就买下了布莱特尔博罗[1]附近的一处地产，面积大得吓人，大约两千八百英亩的林地，一条道路穿过一个咽喉状的山谷，谷中有几所房子，以及大概只在六月十日到三十日之间才能见到的阳光。我们甚至付了一百美元来敲定这笔生意。当我们失去了这些林地，放弃了这笔交易时，我们觉得这一百美元丢得再值不过了。那块林地尽管有三十英亩的湖区，可格奥尔格一想到那个阴暗无光的地带就不寒

1 布莱特尔博罗：美国佛蒙特州东南部城市，位于新罕布什尔州边界康涅狄格河上，于1753年获得特许权，现在是冬季旅游胜地。

而栗。

“我需要阳光,充足的阳光!”他叹息说。

这不就结了。

最后,当我们看完了大多数可以考虑的“合算买卖”,却找不到想要的地方时,我们开始讨厌“房地产”这个字眼了。那些房屋讲究、地段又好的农场都太贵了,而我们买得起的农场又都破败不堪。后来,我们十分反感那些歪歪斜斜的谷仓、残破的栅栏和布满树桩的牧场。我们放弃了这个打算。

八月的一天,一辆汽车停在“斯托-阿威”外面,走进来一位先生。他脱下草帽,自我介绍说他是斯托的伯特先生,然后坐下了。家里人都出去了,就我一个人跟他交谈。

“天气不错。”伯特先生开腔了。

“很好,”我赞同说,“晒干草的大好天气。草晒得好吗?”

“我想挺好。”

沉默。

“斯托的游人多吗?”我并不是真想知道,可是总得找点话说。

“不太多。”

沉默。

“这儿冬天一定很美吧。”

“是的,”伯特赞同说,“是很美。”

这时,他一直把胳膊支在膝上,朝一个方向转动他的帽子,转个不停。我们俩都专注地看着那顶帽子。后来他把帽子换了个方向,朝另一个方向旋转,随即说:

“这些天你们还常常演唱吗?”

“不演唱了,”我说,“我们正在休息。这是我们来美国后的第一次休假。”

“噢。”

沉默。

下面我还能说什么呢?

这时,我突然想起一个话题。

“你想让我们在哪里演唱,伯特先生?”

帽子停止了旋转。

“对,”他说,“就是这事儿呀。”他听上去真舒了口气。“我就是为此而来的。你知道,上礼拜军队接管了斯托外面的一个前民卫队营地,要求我们慰劳那些士兵;于是我们就想到了你们,不知道你们能不能为他们表演一次。”

“当然乐意。什么时候?”

日期定在下礼拜六,到时候部队派吉普车来接我们。

“你说的是那种无所不能的崭新汽车吗?我们在《读者文摘》上看到过。”

到了下个礼拜六,两辆军队吉普车停在房前,一位亨特上尉和另一名军官开车带着我们驶过巴罗斯大路,穿过一个迷人的小山谷,奔向营地。营地占了一个多好的地方啊!一排排的营房坐落在山顶的平地上,下方还有几座营房,看上去像一个圆形露天剧场。到处是士兵。我们在圆形剧场的底部演唱,这里原是个砾石坑,现在长满了青草,士兵全都坐在坡上。星星出来了,音乐听起来比世界上任何音乐厅里的都动听。

演出结束后,他们问我们能不能给士兵们唱一首弥撒曲。下个礼拜天是我们在佛蒙特的最后一个礼拜天。我们欣然答应再来。吉普车又来接我们,带着我们穿过山谷。这一次是早晨,景致显得更美。这是秋天少有的好天气，气候和暖，天空蓝得出奇。回家的路上，格奥尔格要求司机停一下。

然后他指着刚过去的那片洒满阳光的山坡，一字一顿地说：

“要是有这样一个地方，我就会感到很快乐了。”

五天后，那块属于一家大农场的、洒满阳光的山坡，就归我们所有了。

就在第二天的早晨，一个人来敲我们的门。

“我听说你们想买一个农场，”他说，“我想把我的卖掉。你们干吗不去看看？”

尽管我们已经偃旗息鼓，打消了买农场的念头，可是再多看一个地方也没什么害处，于是当天下午，我们便驱车跟着那农场主去了。我们一直把车开到一座白色的小校舍，那里有块牌子上面写着“卢斯山”。路就从这里岔开。车往山上开去，越往上走，风景就越美。后来到了山顶，走下车才知道：这正是我们要找的地方。整个美景尽收眼底呀！三个山谷在我们眼前展开，九座山峰一直延绵到蓝色的天际。我们到过美国的全部四十八个州；登临过绿山、白山、蓝山、烟山、石山的无数山巅；我们走遍了佛蒙特州，见过许多山峦和峡谷，但却从未见过这么好的地方。

我们默默地欣赏了一阵，格奥尔格对我耳语：

“天哪，你看那些房子啊！”

我瞥了一眼，发现那是些“修葺尚好”的房屋，但情绪丝毫没起波动。

“噢，格奥尔格，”我叫道，双臂搂住他的脖子，也顾不得农场主和他一大家人就在跟前，“我们可以盖房子和谷仓，但这样的风景是绝对盖不出来的！”

“我们三天后给你答复吧。”格奥尔格对农场主说，我们回到了斯托-阿威。

对我们大家来说,这是一见钟情的事,格奥尔格有关房子的说法,我们还不能太认真了。毕竟,不是他首先喜欢上这个地方的吗?这是他“洒满阳光的山坡”呀。然而,我非常理解他,他认为这一步事关重大,因为我们要安顿下来。这地方将成为我们的家,一旦签了字就永远不能后悔。

唯一可做的事就是祈祷;只有通过祈祷,才能理解上帝的旨意。我们把一间空房改成了小礼拜堂。在墙上挂上十字架,点燃两支蜡烛,家里一个人在那里一次守一个小时。全家人轮流守了三天三夜。然后,我们又开了一次家庭会议,全家人加上瓦斯纳神父,大家十分平静而众口一致地说出了同样的话:我们没有找到这块地方,是这块地方找到了我们。

礼拜四,我们在市政厅办事处庄重地接受了房地产契约证书,确认为我们大家共同拥有的一份财产。然后我们就上了自己的山。鲁珀特和韦尔纳从我们林子里砍下两棵树,做了一个十二英尺高的十字架。他们把十字架抬到房子后面山上的制高点,我们都跟在后面,唱着歌,念着祷词。在山顶,我们唱着感恩歌,十字架给竖立起来。我们在加利福尼亚时听说,西班牙传教士就是这样把沿海的每一块新地盘据为己有的。

只有失去过家园的人,才会理解和领悟“家,甜蜜的家”的含义。

第十二章 新的一章

我们再次动身去西海岸做巡回演出，但这次跟以前大不相同，我们有了一座农场！现在我们有了一个可作归属的地方；我们还随身带着照片，抑制不住内心的喜悦，到处拿给人看。这些照片我至今还保留着，现在一看到它们，就能明白我们中西部的一位好友在仔细端详之后，为什么会慢条斯理而小心谨慎地说：

“但愿你们喜欢这地方。”

我们确实买的是那农场的景色，而那景色在照片上并没充分显现出来，拍出来的景致不那么惹人注目。可是这景致在我们看来，就像做父母的对新生婴儿一样，在自豪和狂喜中，到处向人炫耀：“瞧他多漂亮啊！”其实并不漂亮。那个红脸小矮人一点也不漂亮，可是作为朋友的谁也不忍心说出来。我们的朋友也是这种情形，他们没在九月阳光灿烂的那天登上卢斯山，他们看到的只是一栋破破烂烂的小屋和几座歪歪斜斜的谷仓的照片。但是他们都愿意分享我们的欢乐，便鼓起勇气说出了那些我们愿听的赞美之词。

人生最了不起的事情之一，就是能做计划。即使计划永远不能实现——你总会感受到期待的喜悦。这样一来，你就不仅仅只享受一次人生。

在乘车前往西部的途中，这是我们最津津乐道的事。相邻的农场因为卖给我们的价钱实在便宜，我们也把它“买”了下来，这样我们就拥有了将近七百英亩土地。我们拿这些地干什么呢？

佛蒙特州盛产奶牛。显然我们应该从事牛奶生意，最终建一个大牛棚，可以养一百五十头奶牛，别人跟我们说，我们这地方完全可以喂养这么多牛。不过，首先要决定养哪一种奶牛。

“山脚下相邻的牧场养的是泽西乳牛，”黑德维格说，“真逗人喜欢，长得像鹿一样；斯托镇几家最好的农场也是养泽西牛。他们说那牛奶有浓浓的乳脂，颜色发黄，看上去简直像橘子汁。”

“不错，可我听说泽西牛太容易生病了。埃尔夏牛[1]就壮实多了，特别适合山区牧场养。”阿加特说。

“为什么不养霍斯坦牛？[2]”玛蒂娜插进来说，“比你那逗人喜欢的泽西牛大一倍。H.先生跟我说，他家的奶牛平均每天能挤五十到六十磅奶，这就能值大约两美元，乘上一百五十，一天就是三百美元，一个月就是九千美元，一年就是十万八千美元啊！”

“可是像大象的奶牛要吃多少东西啊？”玛丽亚问，“我刚刚看到这里，”她指着美国政府出的一本农业小册子，“美国新近引进的棕色瑞士牛几乎不生什么病，比霍斯坦牛吃得少，但出的奶却一样多，还很强健……”

“可是价格贵一倍。”父亲说。

---

1 埃尔夏牛：著名乳牛品种之一，原产于苏格兰埃尔郡。
2 霍斯坦牛：一种黑白花牛，原产荷兰北部，体大，产奶量高。

“去年你们从西部给我们寄来的明信片，上面有一大群奶牛，那脸长得真有趣——鼻子上有一道白条纹。干吗不养那种牛？”洛丽想知道。

“还有那另一种，”伊丽说，“那种深黑色的。”

“赫里福德牛和安格斯牛好像西部才有。我在斯托镇一带没看见过。”格奥尔格说。

这番谈话是在凯迪拉克车上进行的。在林肯车里，他们发现佛蒙特在五十年前就是东部的小麦粮仓，同时也是绵羊产地。政府出的小册子在人们手中传来传去，大家讨论的主题是该养哪一种羊。

当两辆车上的人碰到一起，如在吃饭时，或演出后，大家总要兴致勃勃地交换意见，谈论的是那个唯一重要的话题：农场。

“我们需要多少人干活？”

一天，这个重要的问题提出来了。瓦斯纳神父生在农场长在农场，比我们谁都更了解农场上的事。

“我们那是个很大的农场，”他说，“大约有一百二十英亩。除了我父亲和我兄弟外，一年到头有七个人和三组牲畜干活。在割草和收割季节，要用十五个人。”

“那依我看，”我沉思道，“我们要是有二十五到三十个人手加五组牲畜，就好办了。”

“不，我觉得美国人不是这么做事的，”格奥尔格说，他比我们看的书多，“瞧瞧这个。”

他也有几本农业部出的小册子——是有关农业机械的。这一来我们又增加了许多词汇，如“侧传送耙”“干草装运机”“播种机”“玉米种植机”“鼓风机”“撒肥机”“拖拉机”等。

“这样一来，也许只需要三个人和一组牲畜就够了。”

这些词仅仅“增加了我们的词汇量”。当时，我们还根本不知道它们是怎么回事，因为在我们那个时代，奥地利还没有这些东西。说真的，奥地利也很少有人拥有七百英亩土地。我们周围一带只有一个简仓，还给改装成了观光点。拖拉机是个稀罕之物，只是人们谈论得较多。

穿过中西部时，我们怀着全新的兴致，观看着乡间景色；看的时间越长，就越不喜欢。也不知延绵了多少英里，地上种的不是玉米，就是小麦——总是同一种庄稼。后来我们来到了牧场区域，那里有数千英亩的牧草地；等再次进入加利福尼亚州的时候，看到路旁一片片果园里有成千上万的苹果树，或樱桃树，或橘子树。不过，总是“或”什么树，而不是“和”什么树。现在我们清楚地看出差别来了。在奥地利，农场是一个自给自足的独立单位。你会试着什么东西都种一点：为人种的，为牲畜种的，只比实际需要稍微多种一点，好拿去卖钱买那几样自己不能种的东西，比如咖啡、烟草和棉布。自家的羊毛自家纺织，自家养的猪为自家提供全年吃的熏肉，还有猪油。要吃甜的，有自己的蜂蜜。地里种的亚麻可以织成亚麻布。最终，想丰富菜谱，就宰一头牛、一只羊、几只鹅、鸭或鸡。屋后的果园里种着樱桃、苹果和梨树，在有篱笆围住的角落里，还能种几棵桃树和葡萄。菜园里有一个莓子角，种的是草莓、树莓、黑莓、醋栗和红醋栗。那美味的黑面包是用自家的裸麦烤出来的，总得留下足够的种子供来年播种用。这样一来，每个农民都是他那个天地里的独立小国王。在拿奶牛业和种麦、养羊和种水果作了权衡之后，我们大家都赞同不搞单一经营，而要每样都搞一点，就像在老家一样。每个人当即就选定了自己最喜欢干的活：玛蒂娜养猪，约翰娜养羊，黑德维格养牛，玛丽亚种菜园，阿加特养蜜蜂，格奥尔格负责农机，瓦斯纳神父管理果园，我负责养马。

我们是进入加利福尼亚，在死亡谷的沙漠边缘上出这一决定的。当时我们正在一家雅致的西部模式的小客店里吃饭，一个个都兴致勃勃。突然我停下来，看着男孩子们。

“你们怎么办?”我嚷道，“怎么回事？你们选择什么?”

鲁珀特稍微犹豫了一下，随即说道：

“妈妈，我们得告诉你：韦尔纳和我今天收到征兵局的通知。我们得准备去当兵。”

一听这话，大家都沉默不语。我们人人暗中担心的事，终于发生了。我朝格奥尔格看去，他在怔怔地打量桌布的图案。

一朵乌云遮住了我们幸福的阳光。在这段时间里，我们一度忘记了正在进行的这场有史以来最残酷的战争。我们在精神上已经变成农民了，农民的工作意味着养殖和生产，而不是破坏和毁灭。现在我们又被无情地带回到现实之中。

在洛杉矶，我们不得不作为敌对国国民登记，还得留下手印。在我们的头脑中，手印一直是同侦探小说联系在一起的，这让我们觉得自己像是半个罪犯分子。

回家的路上，我们在大峡谷停留时，听见背后有人在窃窃私语：

“这是东印度群岛来的荷兰人。”

“格奥尔格，”我说，“请看看报纸。东印度群岛肯定被侵占了。”果然不错。

这件事让我们想起了希特勒势如破竹地入侵一个个国家的那段时间。我们穿着与众不同的服装，走到哪里都很引人注目。一听说我们是难民，人们就立即把我们同昔日的入侵联系起来。我们分别给当成过丹麦人、挪威人、波兰人、克罗地亚人、法国人。

有一天在纽约，我到一家拥挤不堪的自助饭馆吃饭，因为找不到座位，只好小心翼翼地端着盘子站着吃。突然一位女士站起来，一声不吭地把我手中的碟子拿过去，指了指她空出的位子，还为我切肉，仍然一声不吭地示意让我吃。我感到十分窘迫，便狼吞虎咽地吃下食物。两腮还塞得满满的时候，我就慌忙站起来说：

“非常感谢。”

“噢，别客气，”我的女恩人眉开眼笑地答道，“能为可怜的芬兰人做点事，实在感到荣幸。”

我们的车还没开到北美大陆分水岭[1]，就开始实行汽油定量配给了。我们这两辆老爷车每加仑汽油只能跑十英里。而按所有的私家车来配备，只配给我们最低限度的汽油。靠这点汽油，我们连科罗拉多州都跑不出去。从这时起，我们每到一处都要到汽油配给站，说明我们的处境，请他们帮助我们回家。

我们到了芝加哥，征兵局传召了鲁珀特和韦尔纳。

这两个人虽然极不愿意在这关键时刻离开家人，但仍然表现得极有勇气。

“妈妈，记住那句老话：‘如果上帝关上一扇门，他必定会打开一扇窗。’你会发现一切都会重新好起来的。我们这一去，似乎也是上帝的旨意。”

“上帝的旨意不容置疑。”这句话又在我脑海闪过。

我们回到东部，结束了这次巡回演出。格奥尔格和我带着两个女孩和两个男孩，到斯托镇为搬家作准备。两个男孩一到那里就开始劈柴，想赶在军训前把活干完。当时是三月初，天气还很冷。到处是厚厚的积雪，没有别的事可做。

三月九日，格奥尔格和我开车送两个男孩到县城的海德公园，新兵

---

1 北美大陆分水岭：指落基山脉。

都在那里集结。一路上大家没怎么说话。每个人心里只满怀着一个愿望：愿上帝保佑你们！

人在不许哭的时候，要费多大的劲，才能不让眼泪流出来！在默默送行的人群里，有年迈的父母、新娘和孩子。我们望着小小的地方列车在拐弯处消失，挥手祝愿他们"一路平安"，尽量无所畏惧地面对未来。

不雨则已，一雨倾盆！几个月以来，F.C.尚先生也在拼命地想方设法去当兵。一天，我心情沉重地跑到他办公室，想跟他商量男孩子走后我们该怎么办，只见他身穿上尉制服，满面春风地接待我；这是他最后一天上班。我的腿都软了。在我们歌唱事业处于最紧要的关头时，又要失去这样一位有力的支持者，他相信我们，并凭着他的信任、他的个人经验和技能，帮我们建造了全国范围的声誉。我跑到花店买回了十二朵红玫瑰。

"弗雷迪，我们每人送你一朵花。"我说。从现在起，我不仅是在和一位了不起的经理说话，我曾在他面前颤抖过——我也是在和一个热心、机智、开朗、能发出富有感染力笑声的人说话，你会自豪地把这样的人称为自己的朋友。我们仍然保留着浓厚的欧洲气息，尽管在美国各地认识了许多人，但只有屈指可数的几个人被我们称作朋友，弗雷迪·尚就是其中的一个。

当他意识到我们的处境多么艰难时，他神色变严肃了，从办公桌后面走过来。

"谢谢你，玛丽亚，"他握着我的手，"特拉普家歌唱团已经经历了这么多风雨，我想一定也能渡过这个难关。"

经理办公室收到一封信，要求十天后在宾夕法尼亚州伯利恒举办一场已被延期的音乐会。办公室的人说这是一个机会，看看我们在没有男孩子的情况下是否还能演唱。

当然，我们只能一试。困难似乎难以克服：首先，要找到专门为女声合唱的曲子；其次，要在时间紧迫的情况下把曲子背下来。瓦斯纳神父完成了不可能完成的事情。他到音乐图书馆翻了个遍，带回了维多利亚和帕莱斯特里纳的男女声皆可演唱的圣歌，同时还弄来了莫扎特、海顿及贝多芬的非常珍贵的轮唱曲，还有舒伯特和布拉姆斯的女声合唱曲。除此之外，他还把几个老节目改编了一下，以适合女声来演唱。从那以后，我们简直都顾不得吃饭和洗碟子了。梅里昂路的那所房子里又回荡起了歌声。距离演出的日子越近，我们也就越没有信心。我们多么想念男孩子们；不只是练歌的时候，在家里随时随地都想念他们。排练不像以前那么欢快了，变得压抑、严肃、尽职尽责。到了演出那天，我们坐车去伯利恒，大家心里都明白，如果这次音乐会失败了，我们的歌唱生涯也就结束了。哥伦比亚音乐会演出公司也不会再需要我们；我们那块地盘还有一万两千美元的抵押款，那个破败的农场还有待重建，这需要花更多的钱。

当时我们熟记了两百多首歌曲，可每一首都是男女声合唱的——现在，这些曲子都派不上用场了。这时使我们越发激动和紧张的是，我们在观众中发现了几张熟悉的面孔，他们是从纽约办事处专程赶来的，自然也明白这次演出的重要意义。再说，这在美国可不是很少举行音乐会的偏僻角落，不管我们演唱什么，人们都喜欢听；不，这里是伯利恒，一年前我们在这里演唱过，这里的听众中有不少歌手和音乐爱好者。由于受到举世闻名的巴赫音乐节的熏陶，这里的听众有着很高的音乐鉴赏水平。如果我们能受到他们的欢迎，我们就会一帆风顺。

靠上帝保佑，我们的演唱大获成功。人们告诉我们，这不是一般意义上的成功演出；这是一场优秀的、美妙的音乐会，就是过了多少年，演唱了几百遍之后，人们仍然会记忆犹新。当我们唱起布拉姆斯的《你和我，亲爱的，说再见的那一天终于来到了》时，听众们都热泪盈眶；最后我们唱《管弦乐之歌》时，听众都站起来，长时间不停地鼓掌。这就是音乐会成功的标志：让听众时而哭泣，时而欢笑。音乐艺术必须感人肺腑，充满震撼力，才能使听众忘记自己，从日常的心态中解脱出来。他们哭泣，他们欢笑，一遍又一遍地让我们加唱，我们准备的节目都不够用。这次演出非常成功，哥伦比亚音乐会演出公司十分满意。当晚我们回到梅里昂路，累得半死，心情却很舒畅，给男孩子们发了封电报说：

"伯利恒一战大获全胜！"

西部联合电报公司的工作人员问我们这是不是暗语。

不，这是事实。它标志着新的一章的开始。啊，上帝关上了门，又开了一扇窗。

第十三章　告别居留地

随后的几天里充满了动荡不安：一家人都在忙着收拾行李，准备搬离梅里昂。在这栋房子里，我们愉快地生活了三年，房子外面看上去不算大，但里面却觉得很宽敞。从最初的艰难起步到后来的舒适时光，每个人都在这里留下了自己的回忆。这是非同寻常的三年。在这期间，我们发生了重要的变化，从百分之百的欧洲人，虽然还没转变成美国人——这是需要时间的增长和发展过程——但却转变成了希望成为这个国家成员的人。我们全然无法理解那些难民，他们似乎在船上就脱胎换骨了，上船时还是欧洲人，下船时已经是地道的美国人了，觉得留在身后的什么都不好，而在美国这里一切都"好"，都"棒"。而对我们来说，这是个缓慢甚至是痛苦的过程。人不能热爱自己不理解的事物。我们越了解美国，越了解这个国家及其人民，就越感到心中油然生起一种强烈、温馨的爱。比如说，眼下正在打仗，我们被登记为敌对国国民；可是我们不仅没被关进集中营，而且可以不受打扰地做自己的事，穿着自己的民族服装，说着自己的家乡话，随便上街、坐火车、乘电梯。我们的节目单里总要保留几首德语歌曲,听众从不介意。跟欧洲人截然不同,这种不带任何偏见的态度让人感到温馨。美国人好像从来不问:“你是什么人?”而是问:“你干得怎么样?让我们来看看。”他们给你充分的机会,让你尽力发挥自己的聪明才智,然后根据你的表现来接受你,不管你是来自波兰、俄国、英国,还是来自奥地利。他们甚至不顾忌语言的差异。我们用音乐,这超越一切语言之上的语言,打开了他们的心灵之门,就在两个男孩离开的那一天,我们感觉到:他们为之战斗,或许会为之牺牲的这个国家,就是我们向往的国家。我们公开表示愿意成为美国公民。我们获许去加拿大的多伦多,然后进入美国,这次不是以游客的身份,而是作为移民。这样我们就有了移民名额,再等上五年就可以成为美国公民。

我们初来美国时,只带了几只箱子和四美元现金,可现在,这座小房子里塞满了我们自己的家具。

事情是这样的:有一次我们遇见了出版商希德和沃德。弗兰克·希德夫妇是英国人,在费城附近度过了战争岁月。我们发现彼此有许多相似之处,此后有过多次愉快的交往。

我第一次去他们家时,就惊叹道:

“噢,多漂亮的地毯啊!”

我们在梅里昂的小房子里可没有这家什。

“噢,”梅茜·希德说,“是在拍卖行买的。这块花了八美元,这块花了五美元,这儿这块最贵,花了十二美元。”

这都是些漂亮的东方旧地毯,有一块甚至是布哈拉地毯[1],跟我们

1 布哈拉地毯:俄罗斯土库曼民族手织的铺地用品,以红色为主。

在萨尔茨堡起居室里铺的一样。梅茜·希德告诉我,费城栗子街有一个名叫塞缪尔·T.弗雷曼的商场,每个礼拜三都有东西拍卖。在那里可以买到物美价廉的物品。

"我总是在礼拜二先去看看有什么要拍卖的,记下我感兴趣的物品的标号,第二天就带着要花的钱去参加拍卖会,因为得付现金,这样就不会受到诱惑。"

我简直急不可待了,好不容易等到礼拜二,我去探查弗雷曼的底细。那里分成截然不同的三个天地:地下室、一楼和二楼。地下室堆满了乌七八糟的东西,好像专门收集别人阁楼里的废物。这儿有许多脸盆、水壶、枕头、床垫和床垫弹簧,还有好多装在老式画框里的大型油画,即使论分量卖,也能卖不少钱;没有什么比这更令我心动的东西了。二楼可就完全不同了!这儿全是专为趣味高雅的顾客准备的高价商品。女顾客都戴着最时髦的帽子和手套。家具价格昂贵,商品目录上标明其国外的产地,其中有韦奇伍德陶瓷[1]、晶质玻璃、珠宝以及大量的地毯,件件闪闪发光、富丽堂皇。接着是一楼,这是地下室和二楼的杂合。这里出售的商品大多是中档货,不过偶尔也有一两件高档货,不知怎么没被人们注意到。我在这大屋里仔细看了看。

第二天我带着五美元现金到了拍卖场。我很快就进入兴奋状态,凡是亲临拍卖现场的人都会有这种特殊的感受。拍卖商是一个名叫比尔的高个子年轻人。他声音圆润洪亮,众人听着为之着迷。这声音变化多端,有时听上去实际而恳切,有时又在恳求,有时又怒气冲冲:"什么,这张安乐椅只值四美元?太不像话了!"而且他准能威吓得有人加到四元五角。他的声音有时又像是在抱怨,然后变成喃喃细语,眼下正

1 韦奇伍德陶瓷:英国的一种有白色浮雕的蓝底精致陶瓷。

是如此。

“这个餐具柜，真正的梨木，里面还衬着绿毛毡，才卖四美元。没人多出点吗？这样一件奇妙的工艺品，难道就没人比四美元多出一点吗？女士们，先生们，到木材厂光是买木料就得花三倍的价钱呀！有人肯多出点吗？”

“我。”我说，声音大可不必那么高。全场的人都扭头来看我，我恨不得钻到那个餐具柜里躲起来。

比尔向我投来了仁慈的目光，喊了声：“五美元，卖出！”这样一来，我就成了这个真正梨木餐具柜的主人。这件事还使我们之间产生了一种心照不宣的友谊。比尔似乎永远忘记不了我意识到那个餐具柜可能蒙受的耻辱，从而拯救了它。

这只是以后多少个礼拜三的第一个。比尔得知我是个难民，家里连张桌子椅子都没有，便借助他那风琴般的嗓门全力帮助我。显然，我是来参加拍卖会的唯一难民。我的竞买对手大多是旧货商（古董商一般上二楼），我似乎理应比那些行家更受优待。刚开始时我很胆小，看到中意的床、沙发、椅子、桌子、地毯等，就举手示意，比尔的声音顿时变成了鄙夷不屑：

“女士们，先生们，这里还有这么一件……”

“还有这么一件……”那口气似乎在说：“谁把这破烂东西买回家就是个不折不扣的大傻瓜”，谁也不愿意显示自己如此没有眼力。所以，我几乎次次都能买到想要的东西，价钱都很便宜，总是不超过十美元。别人去看赛马，看球赛或去听礼拜五的交响音乐会，我就去弗雷曼商场，那个一楼真是购物的天堂。在这里转来转去真有点寻珍觅宝的意味。爬到家具后面，钻到床或桌子底下，看看那些小画，最后终于找到了隐藏在深处的宝贝：一只上面刻着“一七三八年”字样的柜子，由于尺寸不合适，所以一直没人要；或者是一块漂亮的地毯，只是因为中间有个洞，就从二楼拿了下来；或是一张来自蒂罗尔的通身雕花床。渐渐地，梅里昂小屋里的家具越来越多，最后连放的地方都没有了。那时我们还没有买农场，我丈夫开始发愁了。弗雷曼有一条不成文的规定，买地毯得和窗帘搭配，于是我带回家大批的窗帘，各种料子的都有，其中有非常漂亮的旧织锦、丝绸和丝绒布。

“我们永远不会有这么多窗子。”格奥尔格抱怨说。礼拜二或礼拜三，他总要十分巧妙地安排种种约会，让我非去不可。即便如此，他也常常只能单身赴约。

后来家里人的叹息声越来越高涨，诸如“一个人不可能同时睡两张床”的抱怨越来越频繁，这时我决定找一个同盟军，于是有一次就诱劝瓦斯纳神父同去弗雷曼商场，他马上就被这儿的魅力所吸引。那次我们简直没花什么钱，就买到六个旧的木雕使徒像、一对大水晶花瓶和一大捆银匙。那晚我回到家解释说，完全是出于必需，也由于缺少空间，以后只得买些小东西；迄今为止，我一直严守一条原则：首先买必需品（桌子、椅子和床）；然后买实用品（地毯和窗帘）；最后买奢侈品（画、花瓶和银匙）。

买了农场之后，我在家里的处境没有得到丝毫的改善，因为农场的住房只有梅里昂的一半大，这些东西往哪儿，究竟该往哪儿放呢？

农场上边有个大奶牛棚，我们准备把家具暂时放在那里。现在先得把它们装上一辆大搬运车，准备运到佛蒙特州的斯托镇。这些天我们从早到晚地收拾行李，只在中午停下来匆匆吃顿午饭。我们从不用准备晚饭，因为每天晚上都有告别宴会：在史密斯家、克劳福德家和其他许多朋友家。

最后是德林克家。我们又一次围坐在餐厅的大餐桌边，亨利和索菲分坐在两头，我坐在亨利旁边，格奥尔格和瓦斯纳神父坐在索菲旁边，家里其他人坐在我们中间。上来一只大火鸡，亨利切火鸡的动作非常高雅，看上去至少像吃火鸡一样令人高兴。我们又一次围坐在大音乐房的壁炉前，没完没了地唱着。这一次用不着说"让我们再来一遍"。我们想把以前一起唱过的歌都唱一遍，这可为数不少啊。埃米莉又端着盘子进来了，盘子上放着姜汁酒、啤酒和椒盐饼。然后就出现了那个尴尬的局面：心里百感交集却无法言传。我们非常感激德林克家，这是发自难民的感激之情——我们找到了名副其实的避难所——因此要感谢他们的信任和帮助。可以感觉出来，德林克家为我们立住了脚而感到高兴，以后还会想念我们这些只隔一条街的邻居。而这正是依依惜别的宴会上必不可少的因素：我们会互相想念的。时值宾夕法尼亚州的早春季节，连翘花四处盛开，所有的树木都长出了新芽，胖得像鸭子似的知更鸟正忙着筑巢。

"春天是开始新生活的好时节。"索菲说。

随后我们又聚在瓦斯纳神父周围，唱起了巴赫的感恩歌。这次我们没有邀请德林克夫妇和我们一起唱，而是我们专门为他们而唱。

当我穿过马路，抬头望着清空上的一轮明月时，心里不禁在想：

"就算亨利和索菲不像我们那样字字地相信，但是有一天上帝会对他们说：'我是个陌生人，可你们接纳了我。你对我的小兄弟所做的，也就是对我所做的。来吧，请进入永恒的快乐吧！'这时他们会有多高兴啊！"

第十四章　新　居

第二天一早，我们动身前往佛蒙特——我们的家。拉特兰[1]北部已经下雪了；当我们经过伯灵顿进入山区时，雪下得更大了。等到了斯托镇，正遇上一场暴风雪。

我们的新家由于门窗都关不紧，在起居室昏暗的地板上，有些地方积了一层薄薄的雪，用约翰内斯的话说，"就像蛋糕上的白糖"。

"这下子打扫起来可方便啦。"黑德维格嚷道，一边拿起扫帚给大家示范这样扫灰尘有多方便。

我们买下的下面那座农场上的那户农民还和家人住在那里，现在便成了我们的佃户。工人们搬家具的时候，他也来帮过忙。眼下我们得架起足够的床铺，度过第一个夜晚。格奥尔格到小地下室去把单管道热气炉的火生起来，我们则往牛棚那里来回奔跑，把床、垫子、枕头一件件搬进房里。床真够大的，而房子又实在太小，气温只有华氏零上二

1　拉特兰：美国佛蒙特州中部城市，位于蒙彼利埃西南部。

十度[1]，觉得冷飕飕的。约翰内斯在起居室的地板上发现一个调气阀。他趴在地板上，一拉链子炉门就打开了，他正好能看见里面的火苗。他一放下链子，炉门又砰的一声关上了。多有趣的取暖设备；不像城里人家的那样，又没有趣，还让人看不见。这时，玛蒂娜提着一盏煤油灯进来了。我心里一高兴，就感叹不已地说：这屋里多么舒适，多么富有家庭气息，就像以前一样，可是格奥尔格完全无动于衷，依然板着面孔，一声不吭。可怜的格奥尔格，他丝毫察觉不出这里有什么浪漫色彩。其实，他根本看不到整个炸面圈——他看到的只是中间的那个窟窿。我知道，他正在为这座小破房子犯愁，这样的房子只能凑合过一个周末。"我指的还是夏天周末，在外边吃野餐。"他这样说过。牲口棚东倒西歪，男孩子们又都走了，家里没有多少钱，要挣钱还得等上半年，在没有男孩子的情况下，我们还能举办多少场音乐会呢——这谁也说不上来。这第一天晚上，我们吃了一顿野餐式的晚饭，用的是纸杯和纸盘，吃完后约翰内斯拉起炉门，把它们丢进炉子里烧掉了。晚饭后有人敲门，那个农夫进来了。

"出糖汁了，"西奥菲尔说，"开始出糖汁了。"

我们都面面相觑，最后格奥尔格问：

"出什么了？"

于是，西奥菲尔只得向我们这些初来乍到的人详细解释槭糖汁是怎么回事，以及是如何制作的。槭糖汁和臭鼬一样，也是美国特产。我们在欧洲从来没有听说过，现在却不知不觉地亲自制作起来了。

我们又学会了一些新词，比如"采糖汁"、"出糖汁"、"提桶"、"蒸馏器"和"糖屋"。

---

1 华氏零上二十度：相当于摄氏零下六度左右。

第二天一早，我们就开始了在美国迄今为止最快乐的一段时光，就连“斯托-阿威”的那段时光也没有这么快乐过：我们的第一个采糖季节。西奥菲尔和他的大儿子赶着牲口，用雪橇把糖汁桶运回来。我们的姑娘帮忙把糖汁收集到一起，西奥菲尔向格奥尔格传授更为重要而又相当复杂的熬糖程序。格奥尔格和我待在糖屋里，我们喜欢这里，喜欢这整个气氛。

这时佛蒙特刚刚开春，到处都是积雪，去采糖汁的路上，积雪没到马的胸脯，马走起来步履维艰。可是到了中午，太阳变得暖和些了。糖房上的雪开始融化，从槭糖林周围流出一条条小溪。山坡上一些没有遮掩的地方，雪已经化光了，一朵早春的小花仰着娇艳的小脑瓜。早来的鸟儿在林中啁啾鸣叫；到处弥漫着春天的气息，使人充满了新的力量和美好的希望。白天要把又大又重的木柴架到火上，还要搬弄装槭糖汁的大桶，到了晚上回家时都累得腰酸背痛，尽管身体很疲惫，心里却很高兴。槭糖是很赚钱的作物。这是我们从农场得到的第一笔收入。地下室的槭糖桶越堆越高，格奥尔格数了数，已有一百多桶了，每桶能卖三元六角。我也很高兴，因为格奥尔格光顾得在槭糖林里干活，也就回不了家，用不着为房子的事操心，干活使他的情绪越来越好。

天气又重新变冷了，头一阵农忙过去了；一场大暴风雪把我们困在了家里。西奥菲尔跟我说，这几天不会出糖汁了。一旦大家都待在家里，问题不用说也都能看个明白：我们这房子实在太小了。斯托镇有一个姓阿尔弗雷德的建筑师，我们在买下农场之前，曾就房子的状况向他作过咨询。他对我们保证说，这房子状况不错，可以根据我们的需求加以修缮。这位建筑师简直就是上帝专为我们派来的，因为他大半辈子生活在欧洲，特别是在我们奥地利的阿尔卑斯山区，可以流利地说我们的家乡话，对我们老家那一带非常熟悉。我们两家很快就变得亲密无间了，大家彼此都以教名相称。

就在这样一个暴风雪天里，我们给阿尔弗雷德打了个电话。我们虽说没有电灯，电话机倒有一部，到现在还不曾用过。电话机给固定在墙上，至今一直没发现。你得踮着脚尖，才能对准话筒讲话，不过好歹是一部电话机。我还像在梅里昂那样提起话筒，大为惊讶地听到有人在说话：

"爷爷的新牙齿还合适吗？"

我之前从没打过同线电话，不知道是怎么回事，只好痴迷地听着一个令人难过的故事，说新配的牙齿不合适，爷爷总是丢在一边找不着。约翰内斯把它称作"说话机"，沉默了好一阵之后，我拍打着听筒想接通它，可是无济于事——直到我发现了那个摇柄。又费了一番工夫，才明白要把听筒挂上摇才拨得通，这时我感觉真有点像哥伦布发现了美洲新大陆。我打通了阿尔弗雷德的电话，跟他说我们的屋子太小了，他有没有什么办法。

"噢，这很容易，"我听到他那快活、令人宽慰的声音，"把屋顶抬高，再加一层。这就有足够的房间了。"

他还建议我们去找村里的好木匠西尔斯先生。我们给西尔斯先生打了电话，他答应暴风雪一过就来看看。第二天他来了。我们向他说明了我们的需要和阿尔弗雷德的建议，问他能不能马上动工。他看上去有点犹豫，因为天气还很冷，可是一看到我们恳求的目光，他就同意了，当天下午我们就揭开了屋顶，准备按阿尔弗雷德的方案把它抬高。

格奥尔格、玛丽亚和黑德维格全身心地投入到木匠活之中，没过多久大部分屋顶都给掀掉了，一座新的小楼建筑显出了轮廓。第四天又来了一场暴风雪，西尔斯先生给困在了家里。到了中午，我们都挤在厢房里吃午饭，突然听到一声可怕的巨响。我们都惊跳起来，打开起居室的门,来到了露天里。房子大部分不见了,连烟囱带别的全都塌进了地下室。几堵断垣残壁还立在那里,但是屋顶全没了。暴风雪往整个废墟上洒了一层薄雪之后,仿佛达到了目的似的,便立即停止了。就在这时电话铃响了。这是打给我们的。我走到没顶的屋里。电话还挂在墙上。阿尔弗雷德那愉快的声音问我们事情怎么样了。

"我想告诉你们,别一次把屋顶掀掉太多,"他警告说,"在暴风雪天气,那样做不大稳妥。"

"我们不用再担心了,阿尔弗雷德。"我说。

"噢,"他似乎喜笑颜开,"祝贺呀!已经进展到这一步了吗?真够快的。"

"你干吗不亲自来瞧瞧。"我说罢就挂上了电话。接着就给西尔斯先生打电话。

"西尔斯先生,你能告诉我房子塌了该怎么办吗?"

"我这就去。"他声音急促地说。

一小时后,建筑师和木匠站在计划中的废墟前,试图抚慰我们这些无家可归的人。整个情景实在奇特,真有点洪水泛滥和战乱期间漂洋过海的意味——有点像酒后神经受到刺激的感觉。下一步又会出什么事?我那可怜的丈夫像是完全垮了。

"好了,格奥尔格,"我说,"我真替你高兴。你最讨厌的事情,用你的话说,是在旧衣服上打新补丁。你觉得根基不牢,不喜欢这整个计划。现在我们就盖一所新房子,完全照我们的意思来。"

"盖一所新房子——请问你钱在哪儿?"

"钱——钱呀!不是有人说过,一个国家想做多少工作,就有多少钱吗?国家如此,家庭同样如此,这样一来,我们的钱可就多得很啦。可喜可贺呀!"

建筑师和木匠都表示，下一步该把房子还没塌的那一点点也推倒。

“现在么，阿尔弗雷德，请为我们设计一个奥地利式的农舍，只要大家齐心协力，我们很快就会拥有一个漂亮的新家！”

让我吃惊的是，这位说话总是很快活、很动听的人，这次只说了一声“好的”，而这“好的”听起来又像“好——的”。然后又说：“现在正在打仗，军工生产部禁止盖新房子。我们得按规定办事。”

采糖继续进行，家里部分人在槭糖林里干活，其余的人学着用撬棍把墙推倒，把木板清理出来。在糊墙纸下面，我们发现了一八三二年的报纸。钉子是手工制作的，木板都很宽，房梁也是手工砍削成的。有些上好的旧材料我们尽量保留下来，以备盖新房时使用。阿尔弗雷德发现战时建筑规定允许在原有房子的基础上建房，只要我们能把剩下的厢房称作房子的话，那我们的情况就合乎规定。我们楼下有一间厨房，厨房后面有一个柴棚，楼上还有两间屋子，一间给瓦斯纳神父住，另一间由格奥尔格、我和小约翰内斯住。这些屋子都不能生火。一旦外面风雪肆虐，因为屋顶是漏的，地板上就会形成一个个小金字塔式的雪堆。如果仅仅是下雪倒没有什么关系。等天气转暖下起雨来，每间屋子都得撑上伞，还得用几只桶。好在采糖季节已经过去，有的是桶可用。

我们必须提出申请，军工生产部派人来调查我们计划建房的必要性。我们只需领着他们四处看看：先让他们看那兼作十二个人餐厅和起居室的小厨房，再看剩下的两间卧室，然后看女孩们的宿舍，也就是马棚上面的干草棚，最后是马厩下面的临时用来顶替一英里内外村民们公用的厕所间，原来的厕所，与房子的其余部分一起陷进了地下室。调查人员打心眼里认为急需盖一所新房子，于是我们的申请被批准了。

采糖季节结束了，我们颇为自豪地收了三百六十三加仑槭糖。为了清理废墟，就得把糖汁桶搬进牛棚里。阿加特在忙碌之余抽空做了一块漂亮的木牌，上面写着："特拉普家庭农场的纯正佛蒙特槭糖汁"。我们第一次看到这块牌子时，心里激动不已。

现在得把桶洗干净，储存起来明年用。蒸馏器得倒过来放好，大烟囱也收回屋里，跟西奥菲尔家举行了一次"采糖结束宴会"以后，糖屋就封了起来。这是一段美好的时光。当天下午，西奥菲尔向我们报告了一个不好的消息：他买了自己的农场，就要离开我们，不过他推荐自己的兄弟来顶替他的职务。西奥菲尔找到了他喜欢的地方，我们替他高兴，可是我们又为他的离去感到惋惜。几天后，奥维拉带着一家七个孩子来了，最大的孩子十一岁。

那是一个礼拜日的下午，全家人都去农舍帮助新来的人搬家。我坐在屋外悠然自得，打算过一会再下去。后来觉得有点冷，就上楼去拿外套。走过厨房的时候，听见楼上有脚步声。我心里很清楚全家人都出去了。那会是谁呢？这时那家伙来到了楼梯口，我简直不敢相信自己的眼睛，一只大臭鼬摇摇摆摆地走下楼来。我以前听到过许多关于臭鼬的故事，所以便很客气地甚至有点抱歉地让到一旁。它慢慢走进厨房，可是，真吓人啊！它没有从敞开的门走出去，却钻到了冰箱底下。我赶紧跑到农舍，把这事告诉了大家，等我们都回到家时，它那条黑白相间的尾巴仍然从冰箱底下伸出来。我们都踮着脚走路，说话也很小声，唯恐惊动了这位危险的客人。

它显然很喜欢这里，几天来一直来来去去，后来跟我们混熟了，喝碗里的牛奶，从垃圾桶里找吃的。有一天还带来了它那一家子。由于冰箱不够大，它们就住到房子底下。可是你走路说话不可能总是不出声，有时难免不把东西掉在地板上，那可正好是臭鼬们的天花板啊。这时臭鼬妈妈会平静地发出防御信号："我们喷射臭气吧！"于是，我们大家全都恨死了那个把叉子或不管什么东西掉到地上的人。

佛蒙特真正的春天来了。最后的积雪也融化了，下了几天的细雨，又出了几天的骄阳，整个乡间在一个礼拜之内就变了样。万物都披上了绿色的新装，各种色调的绿，从新叶柔嫩的黄绿，到山坡上野草的浓绿，再到云杉松柏的深绿。空中回荡着闻所未闻的旋律。每天都有激动人心的发现。在背阴处发现了第一株延龄草，还有兜状荷包牡丹、狗齿紫罗兰、矢车菊，对我们来说，一切既新奇，又令人激动。

郊区的春天是人工培育的，收拾得整整齐齐，凡是受到精心管理的市郊，样样东西都如此。一天，从园林管理处开来一辆卡车，从车上走下几个手持各种工具的工人。他们急急忙忙地修好篱笆、草坪，在花坛里种上三色紫罗兰，然后匆匆离去。然而乡村野外的自然美景，最能让人心醉。大自然多么丰裕，多么慷慨啊！一切都美不胜收：野花，树蕾，蜜蜂和小虫，无数条小溪流下山坡，在山谷中汇成小河，发出欢快的吼叫，天空万里无云，阳光灿烂地照耀着人间。你会觉得自己在和万物一起更新。你的胸腔开阔了，心地也开阔了。你充满了新的计划、新的活力。你想以新的热情去爱一切，爱每一个人。我们的居住环境使我们有足够机会过户外生活，这样一来，我们就可以最大限度地享受我们在山上的第一个春天。每天早晨，当我们看着太阳从埃尔莫尔山后升起照亮我们的小山，而下面的山谷还淹没在厚厚的白雾之中；每天晚上，太阳又沉落到内布拉斯加山口后面；这时我们的心里充满了狂喜和感恩之情，庆幸我们买了这块地方，这座小山，这片景致。

现在只要有一个像样的地方来做礼拜，我们的幸福就圆满了。礼拜堂不属于必需的建筑，所以我们现在还不能盖；但是旧马厩旁边是我们最新的房子，那是一个鸡舍，里面还空着。经过擦洗粉刷之后，这里看起来倒也干干净净，闻起来又没有什么味道，而且，真要感谢弗雷曼拍卖行！——我们有的是窗帘。层层叠叠的帘子一挂，墙壁全给遮住了。格奥尔格做了个圣坛，玛丽亚做了个神龛；我们在边上放了两条长凳，地上铺着从弗雷曼买来的地毯，然后就去找主教，请他允许我们保留圣餐。自从伯利恒[1]之后，我们的主一定暗中喜欢上了马厩。我们的请求马上被批准了，我们就在山顶热烈而隆重地庆祝了圣体节。为这开头一次，主教仁慈地把法衣和圣器借给了我们。两位教友从华盛顿赶来，帮助我们庆祝这件大事。自从创世以来，这座山第一次举行了圣餐礼。瓦斯纳神父举起圣器祈祷时，把佛蒙特这地方指给主看，像上帝才创世时所说的那样："上帝看到了它所创造的一切，而这一切都很美好。"

从此以后，早上做弥撒，晚上做祈祷，天天都这么安排，日子过得多么充实啊！

积雪融化之后，我们先开始清理房屋周围。结果清出了二十四卡车的废旧锈铁丝、机器零件、啤酒和威士忌酒瓶，还有三辆破车，以及无数的罐头盒——我们都运到了城里的垃圾站，直到送完最后一车，才发现我们无权使用那个垃圾站。我们应该在自己的地盘上处理垃圾。不过那些好心人没有让我们把二十四车垃圾再拉回去，真是谢天谢地！把乱七八糟的旧栅栏和旧铁丝从屋子周围清理干净后，房子立刻显得清爽多了，特别是在那些老苹果树开出绚丽花朵的时候。只有那旧厢房看着仍然像一颗坏牙齿。西尔斯先生用主宅的剩余材料在外面草坪上盖了一所漂亮宽敞的小木屋，整个夏天我们都把它当作餐厅和起居室。我们甚至可以在那里很方便地招待客人。

西尔斯先生早已从木匠变成了我们的家务总管。他是个万事通，知道这个或那个东西该在哪儿买，知道怎样用接骨木花酿接骨木酒，还

1 伯利恒：指耶稣诞生在伯利恒的马厩中。

知道如何采集蕨类植物，晾干后塞在垫子里防治风湿病。

在梅里昂的最后一年，因为需要更多的时间排练，我们便想找一个钟点工帮忙做饭，找来了一个名叫贝亚姨的黑人妇女。她性情随和，人也非常可爱，我们都很喜欢她。我们从梅里昂搬走的时候，贝亚姨哭了，她说："不管什么时候需要我，尽管跟我说。我会搭下一班火车来。"说到帮手问题，我们还真需要贝亚姨。这样可以腾出一个人去盖房子。可是让她住哪儿呢？还是西尔斯先生一如既往地解决了问题。他把厨房后面的柴棚改成三间小巧玲珑的斗室。我们还缺一样东西：一张比我们以前买的稍窄一点的床。

"干吗不去拍卖会看看呢?"西尔斯先生说，随即让我看《伯灵顿自由报》，在报纸背面每天都有拍卖广告；有时还有两处、三处甚至四处举行拍卖。对我来说，"拍卖"是个很悦耳的字眼，我选择了最近的一家拍卖行，动身去买床。格奥尔格很反感买别人用过的二手货，自然不肯陪我去。即使没人指点，就凭着路旁停着一英里长的汽车，我也能轻易地找到那地方。那不就是拍卖地吗，场上摆着各种农业机械，拍卖员站在施肥机上，手里拿着根棍子，指点着要拍卖的东西。我到的时候，牛已经被卖完了。我刚在人群的外围找了个地方坐下来，拍卖员就看见了我，隔着许多人向我亲切地打招呼：

"请问这位夫人，你想要什么？我们什么都有。"

突然成为众人注目的焦点，我觉得有些尴尬。

"一张床。"我说，脸红了起来。

他一脸悲哀的神情。

"噢，我们可没有床。不过我有你要的东西，夫人，我有一匹马。"

"可我不要马，"我说，简直吓坏了，"我需要一张床！"

"夫人，"他的声音变得严厉起来，"我跟你说过一次了，我没有床。

看看这匹马吧。”他走下宝座，把一匹棕色马牵到我跟前。这马有些认生，瘦骨伶仃，却很高大。“这马是为你准备的，夫人，”那口气不容分辩，“托普西十二岁了，正是你所需要的。你这辈子都没撞上这么划算的买卖。”他俯在我耳边低声说道：“出四十块钱就卖给你。”

我对马价一无所知，不过四十块钱在我看来也算不了什么。我正在犹豫——脑子里拼命在想怎么跟他说明我根本不需要马，而又不伤他的感情——他却把我的犹豫当作默许，他快活的声音响彻全场：

“棕马卖了——四十美元！”

完全为了寻求平衡，我又买了几样东西：花两毛五买了几根链条，用一毛钱买了一包盐，用五分钱买了一堆绳子，又用一毛钱买了两根撬棍。我慢慢地开着车回到家。一家人都在吃晚饭。

“买到床了吗？”格奥尔格问我。

“没——没有。”

“买到别的什么了吗——古色古香的家具？”

“是的——我的意思是，没有。”我当时有点过于紧张，又有些小题大做地讲了我如何买下绳子、链子和盐等便宜货。

格奥尔格一听起了疑心；他放下刀叉，直瞪瞪地盯着我问道：

“还买什么了？”

“一匹马。”

“一匹什么？”

“一匹马，托普西。市场上最好的马，四十块钱。十二岁。”

“那贝亚姨呢？不管它叫托普西还是什么名字，难道你想让她睡在它身上吗？”

大家都笑了，我感觉好多了。

“贝亚姨可以睡我的床，”玛蒂娜帮我解围了，“我愿意睡帆布床。”

几天后，我们到沃特伯里车站把贝亚姨接来了。

我们也把托普西弄来了，把它养在“公主”和“夫人”隔壁的马厩里。我接管了马厩，对“我的”那匹马呵护有加，给它吃双份燕麦，早晨晚上都要对它比对双套马多照料一点，不久托普西就变得又肥又圆又壮。

旧房子的废墟清理完了，一个晴朗的夏天早晨，我们开始动手盖新房子。阿尔弗雷德设计了一座瑞士式农舍，那图案非常漂亮，我们为之欣喜若狂。

首先得挖地下室。原来的地下室太小了。西尔斯先生又教我们怎么挖。我们需要一台铲土机，还得找一个能驾驭马进行操作的人。我们在隔壁农场花十美元搞来一台铲土机，能操作的人也找到了，他叫克利夫。他在农场上帮老父亲干活，不过他有空闲时间。克利夫对马很在行，见我对马也感兴趣，就教我如何给马上挽具，给我讲解马具和缰绳不同部分的作用。过了几天，他就鼓励我给托普西套上挽具，再拉一台铲土机。从此以后，克利夫赶着双套马干活，我赶着托普西干。托普西生性好强，爱嫉妒，想和双套马比试比试。开始一阵子，一切进展顺利。铲土机铲进松土中，就像铲进奶油里，房前的山坡很快就消失了，表土也不见了。然后到了硬土层，硬邦邦的硬土层。铲土机只能抓出些痕迹来。西尔斯连叹了两三次气，第二天拿来了几只镐头，从此大家都得用镐头来干活，把土刨松后再用铲土机铲走。这种活计可真是又慢又累人。天气渐渐变热起来了，时常有暴风雨袭来，我们只能停下来。附近没有推土机，我和格奥尔格、瓦斯纳神父、姑娘们、西尔斯先生及克利夫冒着炎热，一点一点地挖了八个礼拜，才把地下室挖好。

我们又从一次拍卖会上买来三只可爱的小猪，因为贝亚姨老是抱怨要扔掉那么多有用的食物下脚。这些小猪很快就成了我们的宠物。它们有了名字：佩图尼亚、紫罗兰和苏齐。贝亚姨和玛蒂娜十分喜爱它们,我们眼看着它们长大。房子周围太吵闹了,那窝臭鼬已经搬走了,不过我们养了两只猫和一条狗,下边农场里还有一套马和五十二头牛。

除了臭鼬和槭糖外,我们又认识了美国的另一种特产:平底橇。我们在欧洲从没见过这种东西;谁也不知为什么,反正你住在农场就不能没有平底橇。你用它运什么东西都行。我们需要拿它来运老地下室地基里的石头。

铲完土之后,就到了晒干草的季节,奥维拉很想再要几匹马帮他干活。我赶着托普西去拉单马搂草机或干草翻晒机,在马厩后面的这一大片草地上,托普生表现得很聪明。从马厩这边到另一边路很长,它走起来慢慢吞吞,可是一转过身来,它几乎是飞也似的奔向马厩,非得吆喝才肯转弯,闷闷不乐地朝另一方向磨蹭。我架着搂草机,周围弥漫着干草的芳香,前面是"我的"那匹油光发亮的马,手里握着缰绳,快乐得像只云雀,比女王还要自由自在,这是何等的享受啊!

在这期间,特拉普家完全退出了报纸杂志的视线,人们开始纳闷了。夏天一个明媚的日子里,一男一女两名记者来到了卢斯山。女的是记者,男的是摄影师。他们想报道一下特拉普家目前的情况。

"来看看吧,"我说,"我们没有时间摆样子,你们看到什么就照什么吧。"于是他们拍了我们盖房子,拍了玛蒂娜养猪,阿加特养蜂,玛丽亚在菜园里,黑德维格在苹果树下的露天洗衣房,约翰娜开拖拉机,还有我遛马。我们在大热天里收了一天草,他们不厌其烦地跟着我们在山坡上爬上爬下,最后大家都钻到树荫下休息,喝着苹果汁。

这时女记者问:"男爵夫人,你是怎么搞来这么多干草的?"

我以为她是在逗我,便说:"噢,我们总是到西尔斯·罗列克[1]去买。"

---

1 西尔斯·罗列克:美国一家著名的百货公司。

“不，不会吧！你们是怎么弄上山的？”

“噢，”我咯咯笑了，“买的是粉状的。晚上撒在草地上，第二天早晨就长成了最好的干草。”

她若有所思地望着苹果汁，我开始疑心她——可是不，不可能啊！

“你下一步拿它做什么？”她问。

我如实地回答说：“拿它喂牛。”

“噢，多有意思啊！那牛怎么吃它呢？”

我实在受不住了。

“你知道，”我说，“这是牛的麦片。拌上糖和奶油吃啊！”

大家都笑了，她这才明白我是在开玩笑。

“好了，”她自我辩解说，“你知道，动物园里能看到各种动物，大象、狮子、袋鼠、天竺鼠，但是见不到牛。”

几年后的一月份，又是这两位来拍摄采槭糖的照片，这次是摆好姿势拍摄的。

我们坐上雪橇去拍照的时候，我想起了以前那个奶牛的故事，心里忍不住想知道她究竟会相信到什么程度。

“你知道，”我说，“现在还拍这种老式的照片实在太愚蠢了。难道你不知道如今人们已经不用老办法采槭糖了吗？”

“不知道，”她很天真地说，“我真不知道。现在是怎么采的呢？”

“噢，”我说，“现在他们把树嫁接成各种糖果的形状——枫叶形、小熊形、鸡心形；然后就到树上去摘，就像摘苹果和樱桃一样。”

“那你干吗不……”她本想说，“早点告诉我。”但是一见我们在咧着嘴笑，她就明白是怎么回事了，差点没把我们推下雪橇去。

除了格奥尔格、玛丽亚和黑德维格以外,西尔斯先生还给自己找了两个帮手,他们正在做他们所谓的“模板”。在我看来,那像是些高高的木墙。然后把这些模具放进了地下室,用一大堆 2×4 的木头正压反压扣得紧紧的。

有一天,西尔斯先生没有来。他觉得不舒服。他再也没能来。他躺在病床上,还叮嘱我们下一步怎么做。他去世的时候,我们停下了所有的活,来哀悼我们在斯托镇的第一个也是最好的朋友,他怀着近乎慈父般的爱,指导我们迈出了农村生活的第一步。我们穿着礼拜服,把他送到他的安息之地,再一次唱起他最喜爱的歌:布拉姆斯的《摇篮曲》。

事情变得艰难起来。少了西尔斯先生,什么事情都不好办。好像是为了填补西尔斯先生的空缺,阿尔弗雷德比以前来得更勤了,有一天模具都做好了。

还修了一条通道,阿尔弗雷德说:

“现在需要一台水泥搅拌机。”

我们从沃特伯里中心的一个人那里租来一台搅拌机。还需要几辆手推车,便从城里借来了几辆。然后打电话要来了沙子、碎石和水泥。后来发现还得再找一位木匠,懂得用什么、何时及如何搅拌这些东西。最难的就是找木匠,最后我们说服了 R.先生。起初他要等干完别的活,晚上才来我们这里;后来他一个礼拜来几天,最后就全部接手了。一辆辆卡车运来了碎石、沙子和上百袋水泥,水泥都堆在马厩里。水泥搅拌机立在这些东西中间。八月一个阳光灿烂的早晨,克利夫开动了马达,搅拌机运转起来。R.先生给了我们配方:一铲水泥,两铲碎石,三铲沙子,再加上足量的水——他示范了一下多少水算足量;然后转动轮子,混凝土就倒进了手推车,然后又重新开始。一份水泥,两份碎石,三份沙子。我操纵搅拌机,不知为什么,我有个挥之不去的观念,觉得水泥放得越多,地下室的墙就会越结实越好。所以我就偷偷地多加了些水泥。如今我一看到地下室墙上的裂缝,就明白谁该对这件事负责。每个来访的客人都穿上了工装裤,手持一把铁铲,告诉他们:“两份碎石,三份沙子”,我则负责放水泥。

还真来了些客人,他们都成了很好的帮手。如果不是水泥搅拌机出了问题,一切都会很顺利。等大家都排好了队:四辆手推车、三个手持铁铲的男子(或姑娘)准备大干一番的时候,突然听见马达突突乱响起来,接着是一片寂静。有人叫:“克利夫!”克利夫就赶来,想让这反复无常的机器重新运转;他把机器拆开,又装上,用脚后跟踢两下,突然间,不知怎么它又转开了。就这样它每天要走走停停好多次,谁也拿它没办法,因为当时只有这一台搅拌机。我们恨不得这台机器不得好死,真想吊死它、枪毙它、淹死它、毒死它。尽管如此,墙壁还是慢慢砌起来了,终于有一天,瓦斯纳神父郑重其事地放下了新房的墙角石,把它砌进墙里,同时还放进了一张写着拉丁文题词的羊皮纸和一瓶圣水。

在此期间,我们和两个男孩经常通信。他们第一次回来休假时,已是两名二等兵,穿着军装,显得非常英俊,我们开心得不得了。他们回来时混凝土墙基本干了,可以取下模具,拆开来,再用来做粗糙地板。全家人在那粗糙地板上敲敲打打,很快就把活干完了。我们在新居的新地板上开了一个盛大的庆祝会,又是唱歌又是跳民间舞。我们又可以唱四声部了。从这时起,我们开始惊叹美国建房的速度。转眼间,壁骨立起来了,二楼的粗糙地板铺好了,三楼的壁骨也立起来了;两个男孩离开之前,房顶的骨架也搭好了,因此他们对房子最终的模样也就有了个概念。他们自愿报名参加山地作战部队,要回到科罗拉多的黑尔营地。看着他们再次离去,心里真不是滋味。

我们全都成了工作狂。一个个不是钉钉敲敲,给墙上板子,就是铺地板,或是晒干草,或是在山那边采浆果。那年夏天的浆果真是空前绝后的多。我们找出一口煮糖用的旧锅,把它支在房子旁边的老苹果树下,每个礼拜一用它来烧热水;那是老苹果树下的洗衣日。其余的日子就用它来做浆果罐头。客人们现在可以选择是帮我们盖房子、晒干草、采浆果还是做罐头。除此之外,大菜园里也需要人帮忙采摘豌豆和蚕豆;第一批美味的"公爵夫人"苹果也成熟了。

我们虽然尽力找人,可还是找不到更多的帮手。年轻人似乎都走光了,年长的都有事情做。但真正的原因,我们很久以后才知道。这个偏僻山谷里的人们在报纸上看到一些消息,说第五纵队的特务冒充游客进入荷兰或丹麦,开始盖房子,其实什么都建,比方说网球场。一旦德国入侵,这些表面看来无辜的建筑都给配备上了枪炮,而表面看来无辜的游客也变成了希特勒的帮凶。斯托山谷也来了这么一批外国人,衣着奇特,言谈怪异,也在盖房子。当然他们说是盖房子,可是谁知道有一天他们会不会开起枪来,朝下面的山谷里射击。我们总是感到很庆幸,在人们都相信这传说的时候,我们却没听说过,不然一定会为之伤心。多年之后,我们从一个乐哈哈的邻居那里得知此事时,我们就想象我们可能朝什么地方开枪,直到今天也没想出来。

我们找不到更多的帮手倒也好,因为我们实在没有多少钱了。随身带来的那点钱早就买了木料和水泥。现在要应付的是每个礼拜六得给几个工人开工钱。在这段时间里,从礼拜四开始,我们就不停地祈祷:"亲爱的主,请帮助我们吧!"主总是帮助我们,我们从来没有付不出工钱。不过有时候,差一点出现奇迹。比如有一个礼拜,有人跟我们说一位艺术家病了,问我们能否尽快——尽快——替他在礼拜五举行一场音乐会。没问题,可以办到。这就可以打发三个礼拜六的工钱。又有一个礼拜,想投资的人问我们想不想用四分利借几千美元,可把我们高兴坏了。这笔钱解决了其余礼拜六的问题。

突然,光阴似箭。九月来了,白天越来越短。我们每天还得挤出几个小时进行排练。几个礼拜后,音乐会又将开始,可是屋顶还没有上板,更不用说上瓦了。

一天早上,R.先生说斯托镇的人有麻烦了。学校的屋顶漏雨,没有资金修理。

“你认为我们开一场音乐会能不能凑够钱?”

他面露喜色。

“我想可以。”

现在我才知道,真正的佛蒙特人很少直截了当地说“行”或“不行”。他们会说:“为什么不呢?”或“我感觉行吧”,或“我想可以”。这事得抓紧办,因为得在学校开学前把屋顶修好。几天之后,我们站在了市政厅的舞台上,演唱我们的那套新节目——没有男孩子参加的节目。音乐会的消息一经宣布,头一天晚上票就卖光了。旅游季节结束了,听众都是本市的市民和附近的农民。这时发生了一件事让我们永生难忘。最后一次加唱后,一位坐在第一排的市行政委员站起来走上舞台,其余的人也跟着上来了。所有的听众都上来了。他们一个个从我们面前走过,真挚而热情地跟我们握手,好像在说:“现在你是我们中的一员了。欢迎回家!”

那是礼拜三的事。到了礼拜六,两辆小卡车开到我们农场,满载着年轻小伙子,人人手里拿着把锤子,领队的是高中木工和手工老师佩吉先生。

“我们是来给你们帮忙的。”佩吉先生说,他也就说明了这一句。

接着他和他的孩子们都爬上屋顶,锤声叮叮当当地响了几个小时。礼拜天他们又来了,还有一些市民,也拿着锤子坐着车来了,下一个礼拜六和礼拜天也是如此。每次干完活，我们都用咖啡、可可和炸面圈招待他们，我们开始相信那个古老的童话了：一群小矮人在一夜之间偷偷完成了一项没有完成的工程。在我们启程去演出的前三天，房子就上好了瓦，安装好了门窗，屋外墙上贴上了焦油纸——为过冬作好了准备。

正当这场最残酷的战争给人类带来越来越深的创伤时，住在荒凉山角里的一群人发现了能保证世界和平的善意是如何创造的：通过给予和不计较得失；每个人都贡献出自己的一切；他的时间、技术、精力，只留下一种感觉的记忆，这种感觉已被人们用语言和文字广为谈论，但却很少体验过，这就是：情同手足的感觉。

第十五章　战时音乐会

我们要动身去巡回演出的前几天，我跑了一趟斯托镇的杂货店。我随意翻开了最新一期的《生活》杂志——居然和我自己打了个照面。那确实是我，跟"王子"和"夫人"在一起，此外还有格奥尔格，还有玛蒂娜在用鲜花装饰圣母马利亚的神龛；还有晒干草的照片，让我想起在一个炎热的夏天，从纽约来了一对夫妇，又热又累，跟着我们到处转；当时我们没有想到，那是为《生活》杂志准备的。

我们到达纽约的宾夕法尼亚车站时，一个搬运工跑过来说：

"约翰内斯还好吧？我在《生活》杂志上看到他的照片了。"

在整个巡回演出中，这种情况总是不时出现。有一次在俄亥俄州，我们不知怎么搞的把火车票弄丢了，不过我们随身携带的那本《生活》杂志，却充当了我们的身份证。

到了纽约，我们在办事处收到一只厚厚的马尼拉纸信封，装着些长条的绿色和红色火车票，还有一本小册子大小的《旅行指南》，上面写着：

离开宾夕法尼亚州纽约车站……
到达哈维福德……

离开哈维福德……
到达匹兹堡……

乘汽车离开匹兹堡……
到达代顿……

如此等等。在“离开”与“到达”之间，有几个钟头的时间。有时用一场音乐会来填补；有时我们只能在汽车站或火车站等车。这对我们来说是全新的体验，因为我们对美国铁路只了解费城到纽约这段情况。当时是一九四三年，我们在美国作第六次巡回演出，战争正打得如火如荼。整个国家似乎都处于战备状态；在大街上、餐厅里、旅馆中、火车上，只看见身着军装的男男女女；很少有平民百姓。

几个礼拜后，我们觉得自己——穿不穿军装都一样——都成了大后方的成员。举行音乐会成为鼓舞士气计划的一部分，而我们这种类型的音乐——既令人心旷神怡，又能催人向上——因此成为鼓舞士气计划颇为重要的组成部分，陆军、海军兵营及形形色色听众的许许多多来信都证实了这一点。为了完成这项使命——我指的仅仅是在全国到处奔波这件事，每天都像是一场小小的战斗，这场战斗的成败取决于你是否能使火车和汽车之间顺利衔接，是否能把全家成员弄上同一趟火车，是否能把同样重要的全部行李也弄上同一趟火车。每天的战斗是从旅馆里争夺出租车开始的。我们十个人就需要两辆车，还需要一辆拉行李。虽然我们每人只带一个中等大小的行李包，可还得带一架古钢琴和三只装音乐会行装的大箱子，再加上做弥撒的全套用具；总共十五件。我们叫到出租车抵达车站后，通常得自己拎着行李，边走边打听，直至找到我们那趟车的站台。尽管离开车时间还早得很，站台上已经集结了一大群旅客。

只要一看我们的服装，有人势必会问：

“我不是个爱打听的人，但你是否能告诉我你们这是个什么组织呢？”

我们一提到特拉普家，那人通常会说：

“噢，想起来了。我不是在《生活》杂志上看到过你们的照片吗！”

别人也会围拢过来，于是我们会友好地交谈上半小时、一小时甚至更长时间，直至听见火车隆隆地从远处驶来。骤然间，一切友好的交往全部中断了。大家都全神贯注地盯着正前方，心里只有一个念头：无论如何也要挤上这趟火车。火车缓缓进站时，一节节车厢地驶过去，我们一见车厢过道里也站着人，心都凉了。

“别忘了下车的地点是……”格奥尔格会说出我们目的地的站名。

一个做父亲的，在拿不准能否很快再见到家人时，临别时常说这句话。随后的几分钟一片混乱。每人拿着一两个包挤进一节车厢，期待着能否出现一个小小的奇迹，侥幸地找到一个空位。火车离站几分钟后，大家都把行李安顿好了，这时就一次次地开始侦察找人了，特拉普家一个个孤零零的成员在过道里会合了，兴致勃勃地交流着都看见了什么人。

“爸爸带着约翰内斯在后面的第二节车厢里。玛蒂娜和约翰娜带着伊丽和洛丽站在女厕所里，那里挤满了人。瓦斯纳神父在前面的第四节车厢里，就是餐车后面，其他人我们就不知道了。”没有人问起行李的事。只能希望没事。我们就这样一天天期盼着，从火车转到汽车，又从汽车转到火车;经过遍及加拿大和美国的两次长时间巡回演出,似乎令人不可思议的是,我们全家人和行李总能在同一时间到达目的地。

罗斯玛丽和洛丽两人的直笛都吹得很出色,现在在乐器演奏中担当了重要角色;小约翰内斯也参加了进来。他刚开始学吹直笛,这项重要的音乐训练每年要不间断地学上六个月。他每天跟着玛丽亚上课。他现在四岁半了。火车一坐就是好多个钟头,你不能老是给他讲故事,所以约翰内斯就得学会自娱自乐。他就这样靠问来问去学会了算术和字母。有一次我们到加拿大东北部沿海省份某地的一所女修道院举办了一场音乐会。一位和蔼可亲的院长嬷嬷跟这小家伙谈了好半天,后来直截了当地说:

“这是个很有天赋的孩子,你应该把他说的和做的每件事都记下来。谁知道他哪一天会出落成什么人啊! 比方说,注意他先学会的是哪个字。有时候,就是这些小事能显示出一个人的天资。”

几天后我把约翰内斯抱在膝上,我俩都看着窗外。火车停在了一个小乡镇,我们这节车厢正好停在人行横道上。这时已是黄昏时分,霓虹灯广告牌开始闪烁起来。

约翰内斯的注意力被吸引住了,这个有出息的小家伙慢慢地、一本正经地拼出了他的第一个词:

“T-A-V-E-R-N。”[1]

我没敢把这件事告诉那个院长嬷嬷。

这种旅途奔波是特别劳累的,对儿童来说尤其如此。比如说,一场音乐会之后要赶火车到某个城镇进行下一场演出,那就要站在寒冷、透

1 Tavern:英文,意思是“小酒店、客栈”。

风的站台上等候晚点的火车，有时甚至等到午夜以后。在伊利诺伊州就有这么一次，等火车终于到来时，已经是夜里一点钟。我们每人的火车票都带有预订好的卧铺铺位，我们道过晚安进入各自的卧铺，谁都想尽可能多睡一会。我的是八号下铺。我拉开帘子，抓起沉重的手提包，上下悠了悠，瞄准了朝卧铺上一扔。这时我听见一声低沉的呻吟，一个男人忽地直起上半身，眼睛骨碌碌乱转。他的车票上也写着同一车厢的“八号下铺”。这张票卖出了两次。

还有一次我们到内布拉斯加州斯科特的布拉夫去，时间很晚了，早已过了午夜时分。大家都很疲惫。后来，除了瓦斯纳神父外，我们全都找到了座位坐下来。车到一站，我旁边的人突然下车了，瓦斯纳神父一屁股坐到这个座位上，立即闭上了眼睛。到了下一站，上来一小伙人，是四个士兵和一位姑娘，一定是在一起玩得很痛快，全都兴高采烈。他们叽叽咯咯地笑，想让我们大家分享他们的快乐；车厢里回荡着他们欢闹的笑声，我们其余的人一心只想睡觉，压根儿不喜欢他们这样嬉闹。真是活该倒霉，两个士兵在瓦斯纳神父和我的背后找到一个座位，瓦斯纳神父后面的那个士兵邀请那姑娘坐在他的腿上。我几次转过身盯着那年轻姑娘，恳请她能克制一下她的放荡不羁，却无济于事。最后我只得作罢，啪的一声把我原来斜放的椅子直立起来，心里越想越生气。

“我得让她知道我是怎么想的，”我心里暗想，“可我该怎么说呢？”我伤心地发现我所掌握的英语语言里，还没有一个强有力的字眼能向她略微表达一下我的情绪。

正当我决计找到一些有用的字眼时，我从眼角发现她动手玩弄起瓦斯纳神父的长头发，像是要编条小辫子似的。这可太过分了。我想也没想就站了起来,挺起五英尺七英寸高的身子,转过脸盯着她;噢,瞧啊——这时,我们的旅伴开始意识到,他们正在见证一个具有历史意义的时刻。大家都全神贯注地望着我们俩。

我在搜索枯肠,从我的词汇中来回寻找那最恶毒、最致命的字眼,说道:

"你……你……你……臭虫!"

这个字眼用得好。真是卓有成效。

俄克拉荷马州的音乐会结束后,一位上校来到后台,感动得几乎落泪。他伸出双臂祝贺我们演出成功。他出生在匈牙利,觉得跟我们近似同胞。他把我们大家请到家里,一起度过了一个愉快的夜晚。他和格奥尔格发现彼此有共同的朋友和熟人,当我们终于在很晚很晚的时候互道晚安时,他已成了"费迪南德叔叔"。第二天他到火车站送我们,最后告别之前,他从军装上取下一枚鹰徽[1],别在小约翰内斯的士兵帽上,那士兵帽是哥哥鲁珀特送给他的礼物。半小时后,几名士兵路过我们的车厢到餐车去。走在前头的是一个看上去特别友好的人,想逗逗这小家伙,便走到约翰内斯跟前,敬了个礼说:

"上校,我可以要求休假吗?"

约翰内斯瞪着蓝色的大眼睛盯着那士兵说:

"可以,三十天。"

这个好运的士兵在口袋里摸了摸,数出三十枚分币送给了慷慨大方的小上校。我接着看我的书;随即突然发现约翰内斯不在我身边了。我惊恐地站起来,在整节车厢、男女卫生间和隔壁车厢里到处找,终于

1 鹰徽:美国上校军官肩章上的银鹰标识。

在第三节车厢里找到了他，他正忙着向一群兴高采烈的士兵兜售假期，小口袋里装满了分币。

火车驶进了堪萨斯州的一座小镇，当天晚上我们在这里举行一场音乐会。当地的经理萨利文先生带着一群身强力壮的男中学生来接站。旅馆就在街对面，他们帮我们把行李提过去。音乐会结束后，萨利文先生随口问了一句：

“下一站计划去哪儿？”

“我们计划乘明天十点半的汽车去威奇塔，从那里转乘去科罗拉多州的特别快车。”

“根本没有什么十点半的汽车。”萨利文打断我说。

“噢，有的，肯定有的。我们的日程表上是这么写的。”

“没有了，战争开始后就不开了。”

“但是我们得赶上威奇塔的火车呀。”我脑子里只有这一个念头。“那么我们只得乘出租汽车了。”

“这镇上没有出租汽车。所以我们才自己帮你们把行李搬到旅馆去。”

“萨利文先生，”我说，“我不在乎我们坐什么车去，不过请你务必在明天十点半随便弄一辆什么车到旅馆来。不管花多少钱，我们都得赶上那班火车。”

萨利文先生是个典型的热衷社区音乐会的人——乐于助人，性情开朗，还很讲义气，说他一定办到。

第二天早晨，阿加特和我去买东西。我们从大街上一回来，就看见旅馆前停了一辆车。当然不可能是这辆车，不过快十点半了，一看那边——旅馆服务员正在往外搬古钢琴，准备装进那辆决不会被误认的灵车上。一个接一个的手提包给放进去了，接着又放上去九把椅子。

萨利文先生用抱歉的语调说：“我只能找到这辆车子，敞篷卡车可就太冷了。”

我坐上了司机旁边那个最好的座位，全家人都上了车，双扇车门从外面关上了，小镇上的人来了一半。我们一边欢笑一边挥手，启程开往威奇塔。这异乎寻常的处境使每个人产生了异乎寻常的快活心情。我们开始唱歌，用真假嗓音变换地唱，四十分钟的路程一直唱个不停。车子到了威奇塔郊区时，在红灯前停下来，我们灵车的左右都停着车辆。转眼间，那些车都拉下了窗户，探出一个个脑袋，显然谁也没遇到灵车上歌声嘹亮这种怪事。我竭力正视着前方，不理睬他们的问题。就在他们按捺不住好奇心的时候，红灯变了，我们继续往前开，到了下一个红灯，又出现同样的情形。我们就这样绕着路穿过威奇塔，终于来到了火车站。车站大门两侧立着两个身材高大的黑人搬运工，两手插在口袋里，懒懒散散地说不上往哪儿看。司机在广场上优雅地转了个弯，正好停在他们脚跟前。他走下车，打开双扇车门，我有些忐忑不安地望着两个搬运工的脸。他们一定在想，灵车里除了棺材以外，还能有什么呢；现在可好，从车里呼呼啦啦接连蹦出一个，两个，三个，六个，七个女孩子，搬运工几乎吓得目瞪口呆。

音乐会的确非常成功。不是我们不惦记男孩子们，也不是观众们不惦记他们，而是我们必须在没有汽油、没有轮胎、没有白糖的情况下，设法应付下去——也还必须在没有男孩子们的情况下，照常干下去。这是一种不可避免的短缺，有助于我们获得最终的胜利。假如男孩子跟我们在一起，那倒可能令人尴尬，你可能要对其他的母亲进行解释或表示歉意。在给黑尔营地的士兵去信时，我们倒能庆幸地也倒一倒苦水。当男孩子们参加军事演习,在华氏零下三十多度睡在露天,他们在想念我们,我们也在想念他们时,这时候我们并不想过得快快活活,没有艰难困苦,也不缺吃少穿。现在这样比较公平;虽然我们在劳累中也会唉声叹气,但我们并不想要改变这种状况。

第十六章　特拉普家音乐营

第一次乘火车巡回演出时，我们在圣诞节期间休息了几个礼拜，这是很有必要的，因为此后我们要到西海岸去，五月份才能回来。

回家的滋味多好啊！我们在沃特伯里下火车的时候，气温是华氏零下三十六度，第二天早晨降到了华氏零下四十五度。出租车把我们送到了山上，我们从车里走出来时，脚下的积雪被踩得咯吱咯吱作响。通往前门的台阶还没修好，临时用了一种宽阔的木梯；前门也没建起来，而是铺了一块厚厚的地毯。由于房子里面还没有内墙，从弗雷曼买来的那些宝贵窗帘倒派上了用场。阿尔弗雷德把这些窗帘挂满了大起居室。壁炉里炉火熊熊。两张带天鹅绒靠垫的沙发，每张价值三十五美元，放在粗糙的地板上，那地板也铺着从弗雷曼买来的地毯。壁炉架上还摆着基督使徒的雕像——噢，这一切多么奇妙啊！样样东西似乎与这新家都很协调。登着梯子上到二楼，那像是一个张着大口的洞——一间大宿舍，在屋角隔出了一个准备今冬用的临时小礼拜堂。我们就在这新家快快乐乐地庆祝了圣诞节；唯一感到美中不足的是，我们实在太想念两个男孩。这是头一个我们一家人没有团聚在一起的圣诞节。

过了不久,我们重又拿起锤子和钉子,帮着竖隔板,钉墙板和铺地板。天气好的时候,别人都去滑雪。随着年龄的增长,我的背有点不舒服,只好永远打消了滑雪的念头。一天早晨,R.先生带来了村里的消息:

“他们打算拆掉民卫队营地。”

那年夏天在斯托镇,我们就是在这个营地为士兵们演唱的。这个营地跟我们以前去过的其他陆军营地全然不同,我一听说这座营地要拆掉时,真感到心痛。这件事搅得我整天心神不安。男人们还没回去,我对 R.先生说:

“拆掉那个营地岂不可惜吗?有什么办法能把它保住吗?”

“噢,谁都不喜欢那地方。你若是想要的话,”他笑了,“给州政府写份申请就行了。”

滑雪的人回来时带来了一位客人:斯托镇的伯特先生,一个戴草帽的人。他们在税务所碰上他的,他已经和他们待了一整天,为他们带路;后来在奥克塔冈喝茶时,玛蒂娜对他说:“伯特先生,你待我们就像个叔叔一样”——他听了很开心,就问他能不能保住这个头衔。于是,他从此就成了“克雷格叔叔”。我留他吃晚饭,要求他也以“叔叔”的身份对待我,因为我心里有了一个主意。吃晚饭时,我说照我的想法,一个好好的营地明明还能用,拆掉了简直是个罪过。

克雷格叔叔忙于吃盘里的东西,看来又像在琢磨。然后他抬起头来,平静地说:

“州里的林务官明天要来斯托镇。他是负责那营地的。我把他带来,你们可以商谈一下。”

听他那语气,看他那眼神,他有一种让人宽慰和放心的气质,你在人生的旅程中,会意识到这是一种真正的友谊:一种真诚的、无私的乐于为他人着想、乐于助人。克雷格叔叔很快成了我们的百科全书。如果我们想知道：哪里有好石匠？买一吨干草要多少钱？槭糖汁卖什么价格？好像谁也没有铁丝网，那怎样才能买到呢？我们农场里出的圣诞树应该卖给谁？本地区的最后一批印第安人生活在什么时候？范妮·艾伦是伊桑·艾伦的妻子还是姐妹？在推土机出现之前，农民是如何清除田里的大石块的？冬天如何识别软槭树和硬槭树？短夹克衫是什么样的？我们昨天听到的那个字眼“tickled silly[1]”是什么意思？——只要问问克雷格叔叔就行了！他总能从容不迫地给你个答复，保管叫你满意。作为一种交换，他经常走进来一动不动地坐在某个角落，有时一坐就是几个小时，听我们练歌。他走的时候，眼睛里总是闪闪发光。

“多谢了，我觉得自己比刚来的时候好一些了。”

第二天克雷格叔叔又来了，带来了州林务官佩里·梅里尔先生。

我们先谈的是冬天、滑雪和新房，等到上甜点煎蛋饼时，克雷格叔叔说：

“梅里尔先生，男爵夫人想跟你谈谈营地的事。她有些想法。”

这时餐厅里一片沉默。梅里尔先生发出了一些鼓励性的声音，一边看着我；岂止是他，我全家人都兴致勃勃而又非常好奇地盯着我；如果我能看到自己的话，我也会这样做。

“我会听到什么反应呢？”我暗中思忖。

一个好端端的营地就要被拆掉，一直让我深感遗憾和惋惜，一想到这件事我就为之痛心。但是现在，我得拿出明确的主意。好吧，咱们试试看。

1 tickled silly：非正式美国英语，意思是“高兴得傻了”。

“你知道,梅里尔先生……我的意思是说……我想说的是……”

就在我结结巴巴说话的时候,我脑子里发疯似的转着一个问题:你能拿一个营地怎么办,怎么办,怎么办呀?答案有了:歌唱周。我听着自己在向梅里尔先生作解释:

“我还是个年轻姑娘的时候,参加过几次所谓的‘歌唱周’。大家相会在乡间什么地方,聚上五十到一百人,花上八到十天的时间,专门用来歌唱和跳民间舞蹈。在美国我还没见到有这么做的。我们能不能在那块营地开展这样的活动呢?”

我说完了话,放下叉子,擦了擦脸。梅里尔先生立刻喜欢上了这个主意。

“听上去是一项很有益于身心健康的娱乐,我们就是想在本州推进这样的活动。能来参加这种活动的人,正是我们想要吸引到佛蒙特州来的人。”

现在轮到我低头望着自己的盘子,避开我家人的眼睛。我是不是惹什么事了?是的,我是惹事了。老毛病又犯了!

“只要没有别人对保留营地感兴趣,”梅里尔先生接着说,“我敢保证你将得到佛蒙特州的一份租约。你得递交一份申请,然后开给你一份由我起草和签署,并由州长和五名其他官员批准的租约。你可以立即着手作计划;午饭后下山去看看营地怎么样?”

是啊,是啊!那块营地就像一个孤儿,紧紧拽住那个唯一为他说好话的人,再也不想松手。

我们都往山下去,格奥尔格、瓦斯纳神父和我随梅里尔先乘着克雷格叔叔的车;其余的人滑雪下去。大家在营地会面。在一派冬日景色中,营地看上去惹人喜欢。山顶上有八个大营房,山坡上有一处,山脚下还有两处。尽管营房内空无一物,看着一模一样,梅里尔先生还是一座座地打开给我们看。里面又宽敞,又明亮,又通风。

“看起来状况不错。”格奥尔格最后说。

我听出了他话音里的得意劲儿,不由得万分高兴。

“这是厨房和餐厅,营房对面的这栋房子是娱乐厅。所有的营房都用作宿舍,只有那边那座小的是医务室,还有山坡上特别狭长的那座是警卫室。”

“过去的那间警卫室可以当小礼拜堂用,”瓦斯纳神父说,“能容下所有的人。”

“我们给你修个带钟的小尖塔。”黑德维格很实际地承诺道。

“我们为什么不能维持原貌呢,宿舍、娱乐厅、厨房和餐厅都照原样安排。”我说。

其他人已经滑着雪围着营房转悠去了。现在都转回来了。

“梅里尔先生,”伊丽问,“整个营地没见着一个卫生间。士兵在什么地方盥洗呢?”

“也许像童子军一样在小河里洗。”约翰内斯说。

“是呀,可是……”伊丽接着说。

“噢,我发现了,”小洛丽满不在乎地说,“在营房后面,有十七个位置哪!”

梅里尔先生和克雷格叔叔忍住了没有笑,我忍住了没脸红,随即梅里尔先生说:

“当然,你们得根据自己的需要作些调整。但我相信我们能在州里什么地方弄到一些卫生设备。只要我们能办到的,一定乐于帮忙。”

看到我们全家人都很兴奋,他笑了笑说:

“现在我等着你们提申请,反正我这儿已经批准了。”

“那营地就是你们的了。”克雷格叔叔悄声说道。

“瞧啊,瞧啊!”小约翰内斯说。

好壮观的景象啊!一道美丽的、完整的彩虹从我们的山顶上伸展过来越过营地。真是奇怪——那天整天都没下过雨,也没下过雪。我们站在那里凝望:白雪覆盖的树木在阳光下闪闪发光,依偎在群山之间的营地显得如此舒适安逸,而横越营地上空的那道彩虹,这是和平的悠久象征。我挽住格奥尔格的胳膊,夹得紧紧的。

“让我们把这道彩虹看成好兆头吧。”

我们很快又踏上了西去的旅程。在纽约,我们向宣传代理人大致说了说,准备在今年夏天举办一次音乐营,是否请她向外界宣布一下。过了不久,就向各处发出了十万份绿色的小传单,上面写着:“邀请您今年夏天到佛蒙特州斯托镇,与特拉普家歌唱团共享一次音乐假期。”白纸黑字总有一种神奇的魅力。

在乘火车、坐汽车的长途旅行中,我有足够的时间来反思我所做过的事,我对自己的所作所为并非总是很满意。你瞧——我们山上的房子还只完成了三分之一。每个门把手和每寸管道都要找物价管理局和军工生产部磋商。这项新方案有必要吗?我还要再惹麻烦吗?搞得到处都是令人头痛的事?我看着丈夫,不禁觉得愧疚起来。他没有抱怨过一句,但他以为没人注意他的时候,看起来就又疲惫又灰心。两个男孩刚被送到国外。因为替他们担心,也搞得他形容憔悴。我们又负债累累了,虽说我也不在乎,可他最讨厌借人家钱。现在我又往他肩上添加了一重负担。我们的日子将更加捉摸不定,更加焦灼不安,还得借更多的钱。这些都沉重地压在他的心头。

但是传单已经散发出去,广告也上了报纸,像我们策划的那样,描写了“特拉普家音乐营典型的一天”。现在已没有退路,只能硬着头皮干下去。

迄今为止，我们白天都是乘普通旅客车厢旅行，但是从菲尼克斯到洛杉矶这段火车只有普尔曼卧铺车厢，有一天半的时间我们一家人都快活地聚在一个车厢里。我们拿起笔和纸开始筹划：我们的营地还需要什么？最重要的是：营房的卫生间得有热水和冷水。这就意味要有多少英尺的管道——也许要说多少英里的管道更恰当些，因为要从旁边的山顶把水引过来。我们打算建八间宿舍，每间宿舍有三个淋浴器，四个洗脸盆，四个抽水马桶。总共一百二十个人，每人需要一张床，床上得有床垫、枕头和两床毯子；光是床上用品，就得花上一大笔钱。还需要多少碟子、杯子、玻璃杯、叉子和调羹呢？还需要做些隔板——木料从哪儿来呢？任何金属材料都极度匮乏。管道装置如何配备？营房里里外外都得粉刷，另外……

这时我暗自庆幸我们已到了洛杉矶，就要下车了。不管怎样，除了就营地的事向军工生产部再送一份申请外，我们也就无能为力了。

这次巡回演出的时间格外漫长。离人们到特拉普家音乐营欢度假期的日期越来越近了。我们已经收到一百零四人的房间预订，这些人计划今年夏天来，每人还预付了十美元的订金。

最后我们回到了东部。我们奔回家，又跑到了蒙特利尔，梅里尔先生把那份由六位要人批准的租约交给我们，并预祝我们好运。那天是五月二十四日。由于我们邀请人们七月十日到，要把一座废弃的民卫队营地改造成像家一样舒适的音乐营，那留给我们的期限可就太短了。

梅里尔先生告诉了我们一条好消息：他找到了一些洗脸盆和抽水马桶，还有两车木料。其他的设备他相信我们一定能搞到。其他的——

一定要抓紧时间。让我们大失所望的是，军工生产部通知我们，不得使用任何新材料，甚至连木料也必须用旧的。这真是个打击。我们在报上登了一则广告，关注每一次拍卖活动，别人家阁楼里能找到的2×4木料，我们全都如获至宝地拿回家。与此同时，我们有几个人跑遍了波士顿和纽约的旧货店，为了买洗脸盆和抽水马桶，买热水锅炉和电器设备，但是管子还是买不到旧的。申请报告又一次被否决。宝贵的时光在流逝。终于来了一个调查委员会，看看这项建设是否有益于战争的需要。我们试图解释说，这就像举行有益的音乐会一样有必要，一切都有助于鼓舞士气，整个营地就是为了增强家庭观念。这样，买管子的申请得以批准。

电话每天忙个不停。

“克雷格叔叔——我到哪儿能搞到……”电话另一端沉默的时间越来越长。终于我们找到了必要的人手；但是木工没干完活，油漆工就不能动工，管子工还在干活，木工就不能收工，而管子没从波士顿和纽约运来之前，管子工什么也干不成。

但是还有多少要操心的事啊！我们的宣传册向参加音乐营的人承诺，我们将和他们在户外小树林古老绿荫树下的小溪边一起唱歌，即使是七八月份，那里也总是很凉爽。但就需要长板凳。

“克雷格叔叔——你能想象得到我们从哪儿能弄到长板凳，我是说，供很多人坐的那种长板凳吗？”

这位忠心耿耿的人想象得到。莫斯格伦瀑布拍卖会的清单上就有长凳。我们买到了。

我和各种各样的人对营地的事谈论得越多，就越了解到这种娱乐场所在美国各地并不少见；人们告诉我说，有两个重要因素能给一个营地带来生机：营地管理员和厨师。我们谁也没进过一个美国营地，也从未实地考察过，因此听到什么全都信以为真，于是我便又跑了一趟波士顿。这次不是去找拆房公司，而是去找职业介绍所。三天之内我就接到通知，说我可以算是极其走运，已经找到了一位营地管理员，据说十分能干而又经验丰富。不过他要先看看地方，才能接受这个职务。他几天后就到。

他们还帮我找了一个厨子，据说她很擅长做维也纳菜、法国菜、美国菜和中国菜。她要求一百美元周薪，还想把丈夫带来。我觉得这都好办。

我既然到了波士顿，就接着搜寻锅、盘、椅子和毯子。我一家一家地逛商店，这儿买一打毯子，那儿买半打枕头，再到第三家买一捆汤匙，指望能买到配对的刀叉，不管在哪儿买到都行。

接着到了我永远不会忘记的一天。我从波士顿回来了，正站在一座营房前跟管子工斯蒂尔先生说话。玛蒂娜带来了两个来访者。

"这两位先生是军工生产部的。"她说。

我当即发现这两位的确是军工生产部的，他们一点也不喜欢我们——凡是和特拉普这个姓氏有关的事，不管是特拉普家农场，还是特拉普家音乐营，他们都不喜欢——我们的申请书太多了。

他们神情严厉地四处查看，然后指着几块最新的隔板说：

"这是新木料啊。"

是呀，这可以说是新的，又不是新的；我试图跟他们解释说，这些木料是我们半年前为农场买的，现在却为营地把它们作为二手货从农场转手买过来。但是这于事无补。其中的一人拿着一本六页长的小字材料在我眼前晃着说：

"难道你没研究过这个材料吗？难道你不知道你已经犯法了吗？"

我以前看见过这种小册子，不过那是用陈旧的英语写的，什么"之前"呀，"以其"啊，有关日程或规定，什么"被……取代"呀，"更进一步的修改……"啊，我从未弄明白这些词语说的什么。

两位先生神情非常严厉，其中一位断然说道：

“你要停止这儿和农场上的一切活动，并传你礼拜二到蒙特利尔总办事处听候审讯。”

那个管子工斯蒂尔先生耷拉着脸，满怀同情地悄悄溜走了。那天是礼拜六，到礼拜二还有好几天的时间；这么长的时间来得及去思考、去后悔，但愿自己有生以来从没听到过特拉普家音乐营这个名目。

在蒙特利尔总办事处，我被告知：由于故意触犯法律某某条，我被处以一万元罚款，还要被监禁一年，我有什么为自己辩护的吗？

尽管照我自己的估计，我的英语已经足以应付大多数场合，然而不幸的是，只要我一激动，我的英语就变得越来越糟糕，现在我就激动起来。谁肯借我一万元让我去交付罚款呢？坐了一年牢之后，哥伦比亚音乐会演出公司还会要我们吗？我的家人会怎么说，弗雷迪・尚、德林克夫妇以及其他的朋友们会怎么说？我胡思乱想起来。我越想镇定自若地说话，就越是结结巴巴。我竭力想辩解说，我不是蓄意犯法。

“先生们，”我说，“我不能马上交出全部罚款。能不能让我分期付款呢？我必须用半年时间赚钱交付罚金。剩下的半年我可以去坐牢。我想我有两年的时间就完成了。”

慷慨激昂地讲完这番话之后，我彻底崩溃了。一颗泪珠从右眼偷偷地流出，顺着鼻梁缓缓地滚下去，而我实在无能为力了。

两位先生不知是看见了这颗泪珠，还是对我的善良无辜产生了良好的印象？他们退出了一会，等重新回到屋里时，态度大不一样了。我应该放松些，不要激动，事情会解决的。他们看得出来我并不想欺骗政府，因此准备在当天下午晚些时候到卢斯山再作一次调查。我可以先回去。

他们来了，表现得很通人情。我们带着他们到处看了看，包括房子和营地，说明了各处的用途。随后到了晚饭时间，我们请他们留下来吃一顿奥地利晚餐：菜炖牛肉和啤酒，然后是苹果煎饼。他们确信我们确实没有任何欺骗行为后，就不再是可怕的官员了，态度变得非常友好。真是意想不到啊，在我们的故国，每设立一个机构似乎都是为了给人添麻烦，而每个官员似乎都是超人！第二天早晨，我们可以继续干活了，我不用去坐牢，也不必付罚款了；不过两位先生还跟我们一起研究了军工生产部的规定，以免将来再发生误会。

两个男孩已平安抵达欧洲。他们不能写得太多，但是从信中的整个语气看，可以领会他们是在意大利，而且很喜欢那地方。

在紧锣密鼓地筹备音乐营之际，我们迎来了一次非常美好的家庭节日：约翰内斯第一次领受圣餐。他才五岁，可从婴儿时代起，早晨一直跟我们一起做弥撒，然而一天天地过去，每天都会遇上一个令人为难的时刻，约翰内斯是唯一不曾吃过那小白饼的人。他三岁时就开始嚷着要吃。当我们告诉他，他得等到能作出真正的牺牲以表现真正的爱时，才能吃那小白饼，他就想知道什么叫牺牲。

“做你不愿意做的事，比如说，吃菠菜时不要大声嚷嚷，”洛丽马上解释说，“或者别做你想做的事；比如说，把那些糖果留给我吃。”

小家伙开始走上了成熟的道路，试图控制自己喜欢和不喜欢做的事。农场的小礼拜堂布置好了，这就增加了一个新的难题。每到礼拜六晚上，家人都坐在小礼拜堂外面的长凳上，一个接一个地去做忏悔，大家总让约翰内斯安静点、别碍事，因为他太小了。现在这个重大的日子来到了。他懂得了他该知道的一切，在很长的时间里表现得很乖巧，因此主教同意在耶稣圣体节让他领受第一次圣餐。头一天晚上，约翰内斯到小礼拜堂做了第一次忏悔。这时他就有些抑制不住了。

“现在轮到我啦，”说到“我”时，他拍了拍小胸脯，“现在轮到我啦；

现在我要变啦!”他到处喊叫。

第二天早晨,他穿着红色祭坛童子长袍和白色法衣跪在祭坛的台阶上,手持一支点燃的蜡烛,把我主耶稣基督接入他年幼的心灵。当天吃早餐时,一个喜气洋洋的孩子坐在荣誉席上,他的盘子里装饰着鲜花,还堆满了小礼物。

离音乐营开幕只有两个礼拜了,可是房子一处也没完工。我们一家人都在拼命地干活,人人都恨不得长出三双手、三双脚。波士顿一家商场承诺供应床,纽约一家商场答应供给厨房设备,可迄今为止没送来一样东西。我们还得继续期盼。

一天早晨下着雨,我们大家都聚集在营地厨房里召开家庭会议,商量如何处理那些生了锈的军用火炉和多处已有裂缝的油腻污秽的水泥地板。厨房是营地上最令人头痛的地方。钉了褐色铁皮的墙壁上,油漆已经剥落。除了几只大火炉和几个我们当凳子坐的锯木架以外,房里空荡荡的什么也没有。那天早晨我们也没抱什么希望。大家都忙着油漆,一眼就能看出谁在油漆小礼拜堂的红地板,谁在厅里给窗台上白漆,谁在漆绿色的花坛。因为在雨里来回奔跑,大家的头发都淋湿了,干油漆这种活,我们都不得不穿上劳动服。大家都坐在厨房里,兴味索然地望来望去,就在这时门开了,一个工人说:

“有人想见你。”

一位衣冠楚楚、相貌英俊的中年男子举了举帽子,欢快地道了声“诸位早安”之后,说道:“你们能给我向男爵夫人通报一声吗?”

天啊——是营地管理员呀!我最不想在营地厨房里见到他,可他偏偏来到这厨房,而我也在这厨房里,还是这样一身打扮!太晚了。有人跟我说过,我们的营地能否获得成功,全要仰仗这位宝贝先生。不过让我们往好里想,相信他有想象力,相信他有幽默感——毕竟还在打仗,营地要在十天内完工,非得完工不可。

我鼓起勇气走上前跟他打招呼,给他做介绍。他宽宏大度地接受了我的歉意,说:

"没关系,没关系。现在能领我看看营地吗?"

"可这就是营地呀!"女孩子们乐了,异口同声地说。

"这是营地厨房啊!"五岁的小约翰内斯扯着嗓门嚷道。"还没完全搞好呢。"他接着说。

"还没——完全——搞好——你的意思——是说——"

我心里很清楚他需要换个环境,于是提议说:

"我们到娱乐厅去看看吧。"

黑德维格拦住了我。

"别,妈妈,对不起,我在那儿上油漆呢。"

我们还能去哪儿呢?宿舍是不能去的,未来的小礼拜堂里外看着都像个小木屋,至于树丛下和小溪边的许多宜人的地方——那可下着大雨啊。出租车还在外面等着。我很快就知道原因了。司机想知道如何处理那两只漂亮的猪皮手提包、网球拍和那一套高尔夫球棍。

我提议他把车开到农场去喝杯茶。一到农场,我就以猴子似的速度换上了最好的衣服,想显现出我这辈子从未有过的妩媚模样,用令人陶醉的色彩描绘出未来营地的美景。

他彬彬有礼地听着,忽然发现由于某个重要原因——他先前竟然稀里糊涂地没有想到,他必须乘下一班火车赶回波士顿!

"可你在营地开放前几天会来的吧?"这个问题我至少是重复问第五次了。

"要是办得到的话,我当然是要来的。我一到波士顿就给你写信。"

两天后我收到了他的信。我至今还留着这封信,他在信中写道:

“我没有想到你们还没做好开放的准备。只是想想七月十日前要搞到厨房设备，并且加以装运、安装和检验——这是绝对不可能的。我切实地建议你们退回订金，等到下个季度一切‘准备就绪’再说。坦率地说，夫人，我很怀疑你经营营地是否在行……”

退订金？这不可能，先生；钱早就花得分文不剩了。

多大的打击啊！可是我没有真的伤心，因为没有时间伤心：厨师已经到了沃特伯里！这一天风和日丽。比起那位衣冠楚楚的管理员，这位厨娘表现得更能体谅人，也更有想象力。厨房刚刚油漆过，火炉刚用煤油擦过。我领她转了一圈，不断地说明八天以后这里那里该会变成什么样，最后坐在小溪边树丛下的新凳子上，结束了我们的事务交谈。这个和蔼的女人答应来干活，周薪为七十五美元，还有一些其他条件：她和丈夫要占用厨房旁边的一套三间屋子，她要有一台大型电动揉面机，一台电动切肉机，一把不锈钢的咖啡壶，一个不锈钢的洗涤槽，一只煤气烤箱，以及多少铝制盆盆罐罐……

她肯来我就感激不尽了，她那张单子我看也没看，就答应一切照办。我连夜赶往纽约，第二天花了一整天时间围着库伯广场转，这可是出售厨房设备的天堂。我不再问价格，最重要的是——我得买齐全部设备。我搞得脚酸力竭，当晚就乘火车回到佛蒙特，当时就觉得我应该得到紫心勋章[1]和国会奖章。

我一天天越来越为我的家人感到自豪。姑娘们从早晨五点就开始刷油漆和钉东西，一直干到晚上十点甚至更晚。我要是不在纽约、波士顿、蒙彼利埃的哪个办事处，或不在火车上，就焦急地在营地四处察看，

1 紫心勋章：美国军队授予在战斗中受伤的军人的勋章。

数数还有什么东西没有到位。就剩下五天时间了，可是床还没有到；枕头和毯子已经到了，可是没有床可以摆放。瓷器都摆在四处，因为橱柜还没有做好。

格奥尔格在农场上忙活；眼下正是晒干草的大忙季节，管道工和电工都在房里干活。格奥尔格帮不了我多少忙，至少他是这么想的；但是他时不时地紧握一下我的手，向我投来慰藉的目光，对我就是最大的帮助。

瓦斯纳神父也忙得不可开交，布置小礼拜堂和圣器室，订购和抄写乐谱，给一百份歌谱编号，为每天的演唱制作节目单，还得设法弄些竖笛来。

营地里的每间房屋都要取个名字。姑娘们建议用作曲家、音乐大师的名字命名。约翰娜字写得漂亮，便用白漆在绿色木板上写下指示牌："莫扎特厅""帕莱斯特里纳厅""舒伯特厅""贝多芬厅""斯蒂芬·福斯特厅""海顿厅""布拉姆斯厅"。接着轮到给餐厅起名。瓦斯纳神父强烈反对我们称之为"约翰·塞巴斯蒂安·巴赫厅"；在他看来这是亵渎。不过餐厅总得有个名字。一天的活干完后，姑娘们查阅了音乐百科全书，发现《塞尔维亚理发师》的作曲家罗西尼当过面包师和厨师，禁不住发出一声声得意的叫声。就连瓦斯纳神父也没法反对把餐厅命名为"罗西尼厅"了。

营地开放前两天，半数的床到位了。来了两位先期的客人，我们赶忙把他们安顿到农场上。

七月十日，客人们将乘晚班的火车到达。佛蒙特州州长，斯托镇管理委员会成员，我们的朋友州林务官，以及村里所有愿意赏脸的人，都被邀请参加晚上七点的开幕典礼，可是还有半数的床没有到位。这可不是闹着玩的。当晚八十四人要住下，我们还缺好多床。

白天乘公共汽车早到的客人中,有一个人注意到我让什么事搅得心神不定。我在营地奔波时,他拦住了我,把手搭在我肩头,用温和的语调说:

“现在最要紧的,是你们的儿子和我们的儿子都平安回家。难道不是吗?”

这话真管用,当天我就没事了。不仅是当天,后来我一遇到麻烦,就会想起这句话,每次都挺管用。

管道工走了,木工走了,电工和油漆工也都走了。宿舍和个人房间看起来很舒适,干净明亮。小礼拜堂完工了,它甚至还有个小尖塔。娱乐厅里设了个营地小卖部,里面摆着牙刷、铅笔、邮票和明信片。最后但并非最不重要的是那个厨房,它已从一只难看的毛毛虫变成了一只漂亮的蝴蝶。锃亮的厨房地板上倒映出无数不锈钢的锅、盘和长柄勺。咖啡壶、烤箱、大号揉面机、电动切肉机和一张七英尺见方的新餐桌,还有一个新橱柜。大冰箱里堆满了火腿、鸭肉、鸡肉和小牛肉,食品室像个中型的乡镇商店。地下室里堆得满满的,连进都进不去了。居于厨房中心的是那位最显赫的人物——女厨师,戴着一顶高高的雪白的帽子,一派皇太后的神气。她丈夫正在新建起的那套三间屋里清理行李,这几间屋子根据他们的意愿,摆上了槭木家具。四位姑娘给皇太后打下手。噢,看着这一处经营有方的圣殿,真让人为之开心。营地的中心地带总算没问题了。

只要第二批床能送来就好了。连电话都没法打,因为床用卡车发送,而车已经“在路上”了。天哪!正式开幕时,我们唱着国歌,格奥尔格要慢慢把国旗升起来——可是我们忘记了买旗子!已经五点钟了,到商店买是来不及了。格奥尔格急忙赶到斯托镇,从中学里借了一面旗子来应急。

我的秘书正忙着往小白卡片上填写姓名，以便贴在房门上和宿舍的床头上。快件公司打电话来说，有几件大包裹等着我们去取。三打白围裙来得正是时候，那些年轻侍者已经在摆桌子准备开第一顿饭了。

大约六点钟，威尔斯州长到了。我多想装出轻松愉快的样子陪着他啊；但是一位女士正在找她一个礼拜前寄来的行李，而厨房里的人发现我忘记买一把开听器——那西红柿汁怎么吃呢？

小约翰内斯坐在一棵树上，望着山谷里的公路，突然叫喊起来：

“汽车来啦！”

我们的客人到了。我丈夫、女儿和我去迎接他们。威尔斯州长以他那无与伦比的迷人风度，郑重其事地宣布特拉普家音乐营开幕。大家一起唱起了《星条旗》，国旗第一次在我们的营地上空徐徐升起。州长向客人们讲话，以佛蒙特州的名义欢迎他们。接着镇行政管理委员以斯托镇的名义欢迎他们，而我丈夫则以家庭的名义欢迎大家。

开幕式结束后，我们把客人们领进餐厅。

“敬爱的上帝，”我热切地祈祷，“人们必须待在这里，直到您把剩余的床给我们送来。”我叫女侍者尽量放慢速度上菜。

不可思议的事又发生了。果汁杯还没从餐桌上撤下去，卡车就到了，大家都帮着把床安好；等客人们酒足饭饱、精神抖擞地离开罗西尼厅时，一切都已准备就绪。营地的客人和当地的镇民聚集在旗杆周围的草坪上，我们在星空下为他们举办了一个小型的迎宾音乐会。我们不禁想起两年前在同一地点的第一次星光音乐会，当我们仰望天空时，看见绿色闪光和金光向上射去——那是北极光。这使我们想起了那个清凉的冬日，当一切都已开始的时候，我们觉得好像我们仍然站在彩虹底下。

第二天早晨我走出门时，我的秘书已经瞪大眼睛在等我了。

“很抱歉打搅您——不过营地里没有水了。山泉干涸了;水源不够这么多人使用。”

客人们都拥进餐厅来了。我只有两分钟的时间,总得说点“什么”。我用小刀敲打着玻璃杯,兴高采烈地宣布说:

“女士们,先生们,请把你们的歌谱和浴巾准备好。今天早晨我们想让你们感受一下荒野淋浴的滋味。汽车已经在路上了。我们将在宾厄姆瀑布举行野餐。”

我们就这样去了。整个营地的人都在清凉的瀑布旁欢度那炎热的夏日,以弥补早晨没洗上的淋浴。斯蒂尔先生总是那么乐于助人,他带来一台电泵,架了一条临时管道,从小溪把水引到房子里,用溪水供应浴室,把泉水用于盥洗和饮用。

从此以后,事事顺利。

每天早晨和下午,我们和客人一起在小溪旁的树丛里演唱老一辈大师们的不朽音乐作品。我们唱了许多国家的轮唱和民歌,唱了古典大师们的合唱作品。眼看着那些以前从不唱歌的人,可以从学唱这些美妙的曲子中感到深深的满足,真让人开心至极。每天晚上,我们都在草坪上跳民间舞。我们用一整天的时间,领着他们爬上佛蒙特州最高的山:曼斯菲尔德峰;还有一天,我们带上乐谱和食品,带着他们去参观附近最美的湖泊。每次游览都很成功。每晚在小礼拜堂做完祈祷后,我们都要唱几首经文歌和圣歌,让在场的人更有机会进入祈祷的心境。有很多事情需要祈祷。我们许多人都有亲人处于险境中:儿子、丈夫、兄弟、未婚夫。圣詹姆斯说:“你们中有人悲伤吗?让他祈祷吧。他心灵快乐吗?让他歌唱吧。”那些人中,有许多已很久没做过祈祷了。这里,音乐成了一把神奇的钥匙,能打开紧闭的心灵。在此时刻,我们感觉到这是我们最崇高的使命,正如朗费罗曾表达过的那样:

上帝把歌手遣往人间，
带去欢歌和愁曲，
他们既能触动人的心灵，
又能把人的心灵再带回天堂。

第十七章　营地掠影

第一期夏令营结束了。现在一切都作了一个初次的尝试,我们亲眼见证了一种传统的基础是怎样奠定下来的。客人光临每一个“歌唱周”,那一次次野餐,典型的音乐营日程,然后是几次晚会,这些都会年复一年地重复下去,直到某一天有人会说:“我们以前总是这样做的。”

音乐营的结束场面是很感人的。最后的晚餐会上,发生了一些有趣的、出人意料的事情。几个小组表演了音乐营地的生活片断。随后,玛丽亚的竖笛班举行了一个小小的音乐会,显示了在短短的九天内所能取得的教学成绩。当那些怯场的初学者哆哆嗦嗦地演奏《玛丽有一只小羊羔》,纯粹由于紧张而吹出刺耳的笛声时,我们都笑得流出了眼泪。

这也再一次表明,对于在童年时代荒废了音乐教育的成人来说,竖笛是一种理想的乐器。如果一个人在五十岁生日那天才发现早在学生时代就该学习弹钢琴或拉小提琴,那他会因为顾虑学不好而不愿从头学起;但他总会为之感到遗憾——不能亲自“搞点音乐”。这时竖笛就可以派上用场了。经过六个礼拜的勤学苦练，即使年龄再大的学生也能熟练自如地演奏一些民间乐曲。女高音、女低音、男高音、男低音竖笛联合演奏，能融合成一种美妙圆润的乐声。从简单的四部曲，到范围广泛的牧歌和经文歌，什么乐曲都能演奏。有那么一两个演奏者或许会有更大的抱负，去探索那些专为竖笛而作的乐曲：如泰勒曼的奏鸣曲，巴赫的咏叹调等，这可是些真正的艺术珍品。这个价值不到二十元的小小乐器中，蕴藏着不可估量的财富。

事实就是这样。在那第一期夏令营中从《玛丽有一只小羊羔》开始学起，以后年年又来的人，现在已能演奏巴赫和泰勒曼的乐曲了，这让玛丽亚感到非常自豪和高兴。这些人还把自己的爱好传播给自己的朋友，一度被人遗忘的竖笛又在美国风行起来。

玛丽亚竖笛班的音乐会结束后，我们都去了小礼拜堂。我们又一次一起做感恩祈祷，然后在烛光下为客人们再一次演唱他们最喜爱的歌曲：《孩子们的祝福》、《我主是我的领路人》和《圣母摇篮曲》。

在这之后，我们来到那个我们曾为士兵举办过具有历史意义的音乐会的小山谷，点燃了一堆巨大的篝火。

第二天早晨，三辆大轿车来接我们的客人去火车站。大家上车后，三辆车跟我们面对面地并列排好，营地上最后一次响起了轮唱的歌声："音乐万岁，万万岁！"每辆车上的人恰好轮唱一部。许多人流下了热泪。大家都为"歌唱周"的结束感到惋惜。

从结果来看，特拉普家音乐营对一个问题是个很好的解答，这个问题在音乐会的后台上、在宴会上和来信中，曾被无数次地提出过：

"我们怎么才能像你们那样，也在家里唱歌呢？"

在这十天的培训课上，我们让人们尽可能多地熟悉音乐作品，从简单的初级乐曲到复杂的大合唱和赋格曲。“我们唱不了——家里没有钢琴”的借口被抛到一边，因为我们通常是在小溪边或娱乐厅外面的老胡桃树下练唱的。除了唱歌，我们还努力使各民族优美而悠久的民间舞蹈得到复苏，想让营地上的朋友们认识到：最好的娱乐是你能和他人共同分享的娱乐，如唱歌、跳舞、做游戏、讲故事、朗诵，一年到头遵循那些美好古老的民间风俗，并且信奉那句老话：“一个一起唱歌、一起跳舞、一起祈祷的家庭，总能时常待在一起。”

我们的时代变得非常机械，连我们的娱乐都受到了影响。人们习惯于坐下来看电影，看球赛，看电视。偶尔看一两次也许还不错，但总是看肯定不好。我们的才能、想象力、记忆力，以及用脑用手做事的能力——都需要锻炼。我们若是过于被动，就不会感到满意。

参加音乐营的人情绪一高涨起来，就等不及一年后再来相聚，这让我们感到好高兴、好得意。他们成立了一个由营友组成的“斯托歌唱团”，每月相聚一次，一起唱歌和演奏竖笛。波士顿、纽约都有歌唱分队，后来蒙特利尔也有了。

营地里时常还发生一些有趣的事情；比如说，有天早晨，那些唱女高音、女低音的女士们唱歌太响——噢，实在太响了，瓦斯纳神父举起双臂恳求道：

“轻一点，女士们，轻一点！”

还有一天下午，一百二十人全都集合起来准备唱歌，瓦斯纳神父因为接电话给绊住了，有一位女士就拿一只小布猴逗大家，表演各种滑稽动作。她旁边站着音乐会的钢琴师弗里茨·亚霍达和他四岁的小女儿埃莉诺。大家都在聚精会神、一声不响地看着，突然响起了女孩那银铃般的声音：

“我爸爸说你看上去活像你那只猴子!”

我们在营地设立了一个提问箱。歌唱周快结束时,我们要花一个晚上来回答和讨论提出的问题。

“你们是怎样看待流行音乐的?”这是人们经常问的一个问题。

瓦斯纳神父专门负责回答有关音乐的问题。他会一字一顿地说:

“‘流行’这个字眼本是‘民众的’意思,但是划在这个名目下的乐曲却与民众毫无关系。它们是由某个人炮制出来的,靠大张旗鼓的宣传投入市场,但是两年后就被人们彻底遗忘,从而表明它们根本就不流行。无论歌词还是曲调都不能表达人们的真实情感。因此它们是没有生命力的。”这时他总是恳切地说:“但是这个国家有真正的民间音乐,新英格兰的山间峡谷和阿巴拉契亚山脉地带的民歌珍品,西部的牛仔歌和南部的黑人圣歌。这些才称得上是‘流行’音乐,因为它们来自民众,并将世世代代流传下去!”

人们常问的另一个问题是:

“特拉普家的人为什么不穿美国服装?”

我们解释说,第一次世界大战以后,由于经济原因,奥地利人重新穿上了自己的民族服装。民族服装要便宜很多。冬天有两三件毛衣,夏天有三四件布衣服,就可以穿上好多年。根据工作日和节假日的不同,你只需换换白衬衣和彩色围裙。在一个有七个女孩的家庭,这就大不一样了。我们穿着民族服装来到美国时,有好几年纯粹因为没有钱,而买不起我们所谓的“平民服装”。而到了买得起的时候,我们却买了农场。与此同时,人们也习惯了我们的穿着。我们爱穿自己的服装,除了省钱之外,还有一个原因,那就是不用为赶时髦而操心;现在最流行的是蛙青色还是鲜红色,什么样的手提包配什么颜色的长统袜,我们丝毫不为这样的事烦心。同样,我们也不会被那些这儿那儿缺块料的奇形怪状的晚礼服所困扰。对我们来说,穿民族服装既舒适又讲究实际,因为它既省钱,又省时,还省心。

“你准备如何对待女儿们的婚事?她们常和男孩子们相会吗?她们有男朋友吗?”这是人们常问的第三个问题。

说到婚事,我和丈夫在欧洲时每天都要为每个孩子说一声“万福马利亚”,以求他们个个都能找到称心如意的伴侣。至于和人们接触——我们要出席那么多的宴会、音乐会,受到那么多邀请,如今又举办音乐营,谁还能比我们接触更多的人呢?但是,这里的情况与我们在欧洲的情况大不一样。我总是为女儿们感到遗憾,因为她们没有我年轻时在天主教青年运动中的那种奇妙经历。大群大群的青年男女聚集在一起,唱歌、跳民间舞、徒步远行、长时间的讨论——多么快乐、多么美好的经历呀!这里似乎没有这样的组织,我们也不喜欢“出双入对”的习俗。年轻人总是和年轻人在一起做他们共同感兴趣的事。一个姑娘接受一个小伙子的邀请去看电影,然后一起坐在杂货店的柜台前,用两支麦管同吸一杯冰激凌汽水,这当然无可非议——问题在于,假如和另外九个姑娘、十个男孩一起,打上两个小时的排球,尽情地唱几首经文歌、牧歌或民歌,然后跳几场古老优美的民间舞蹈,总是大家一起来,最后当星星出来时,也许要做个简短的晚祷来结束这一天。这样你会觉得快乐得多。美国各地都有这样的年轻姑娘和小伙子,他们都有这样的看法,觉得这样的娱乐才是理想的。让我们希望和祈祷有一天他们中间会出现一个领袖,把大家团结起来投入一场运动,像一场燎原大火席卷整个美洲大陆,将一切不健康的世故都燃烧殆尽,使家庭和教堂充满一代新人。

有一天,七个小伙子走进了营地,自我介绍说是蒙特利尔大学的学生。他们曾在学校的音乐会上听我们唱过歌,希望再次见到我们。我一见到他们,不禁吃了一惊。他们穿着短裤,露出棕色的膝盖,背着帆布背包,这副模样使我强烈地意识到,他们正是我一直渴望女儿能结识的那种小伙子。他们来得正是时候,营地到处都极缺帮手。他们有时间留下来帮帮我们吗?他们和我们一起度过了一个漫长的周末,四个礼拜后终于要回家了,我心里万分感动,领悟到上帝的话真是千真万确:“无论你以我的名义向上帝请求什么,我都会满足你。”上帝说“无论什么”,他是说到做到的。一位母亲祈求给女儿送来称心的伴侣,人就来到了跟前。这几周来,所有的空闲时间都用来唱歌、跳舞、远足、露营、讨论和共同祈祷。这几个小伙子现在还时不时地回来看看,并且带着朋友来。我们还跟他们的家人见了面,他们中有几位就留在我们的山上,成了这个大家庭的成员。

那是一九四五年第二期音乐营期间,八月的一天,我们从电话中得知战争结束了。我们中的一个人跑下山去敲响了小礼拜堂的钟,等大家都聚集在外面的草坪上,我们报告了这一消息。我永远不会忘记当时的情景,没有人大声喊叫,没有人大声欢庆,大家一个接一个地走进礼拜堂,去感谢上帝。

接着收到电报,说两个男孩就要从意大利回来。不仅我们全家,就连整个营地都加入进来,准备欢迎他们的归来。这两个男孩成了一种象征,成了所有被期待迟早要归家的孩子们的代表。他们成了“我们大家的孩子”。我们用花环和鲜花把装干草的大车装饰起来,格奥尔格赶着车,小约翰内斯骑着他的小马“玉米花”走在前面,我和姑娘们穿上节日的盛装,立在车上。我们就这样站在营地边上等候小伙子归来。他们在这里下了汽车,登上我们的马车,在一百二十个营地来宾的簇拥下，凯旋而归。多么幸福的一天啊！直到这时我才明白，在那些变幻无常、令人焦灼不安的岁月里，格奥尔格心里默默地忍受着多大的痛苦啊，如今他终于如释重负了。

久别重逢最初的欣喜激动平静下来之后，小伙子们开始计划今后的生活。鲁珀特把个人的计划搁置了这么多年，为了使家庭能继续举办音乐会，便放弃了学医；我们对此总是深为感激。战争期间已经表明，他并非非得和我们一起唱歌不可。现在他可以考虑拿他的医学博士学位了。于是他进了佛蒙特大学，又开始读书了。

韦尔纳总是在当农民还是当音乐家之间犹豫不决，最后决定留下来和我们一起搞音乐，空闲时干点农活。

营地一度有三个女孩，来自一个十个孩子的家庭。她们和我们家的女孩们成了好朋友，当年夏天又带着自己的父母和其他家人一同来消夏。他们都是极好的人，我们彼此有多少共同之处啊！后来在某地巡回演出时，我收到鲁珀特的一封来信，抱怨说他非常孤单，问我有没有我认识的人可以让他去拜访。

“有的，”我说，“我有个熟人。你干吗不去拜访一下福尔河边的拉乔伊家？”

接着，我们到西雅图巡回演出时收到一条大好消息，鲁珀特喜不自禁地宣布他和亨丽埃特·拉乔伊小姐订婚了。我们为音乐营三呼万岁！

第十八章　特拉普家奥地利救济会

雅各的小儿子约瑟是被迫带到埃及去的。他刚开始创业时，日子过得非常艰难；但是经过多年的艰苦奋斗，终于赢得了埃及人民及其国王的信任，他的流放变成了一种荣耀。他经常感到困惑，怎么会给他这种新的名声和名望，直到有一天他从旅行者那里听说，他的故国正遭受饥荒，人民都快要饿死了。现在他明白了，在他的新同胞们的帮助下，他可以用他新获得的权力去帮助故国的人民。[1]

我们也有着类似的经历。我们在“埃及”的创业也是艰难的；我们也终于获得了新国度人们的信任；我们也为自己博得了新的名声、新的名望，我们的流放也变成了一种荣耀。有时我们也会思忖这一切都意味着什么，直到有一天我们也听说故国正遭受饥荒，人民正濒于死亡。这就是答案，我们欣然转向故国，在新同胞们的援助下，去帮助故国的人民。

1 这里所讲的是《圣经》上的一个故事：约瑟为雅各的第十一子，遭兄长忌妒，被卖往埃及为奴，后做宰相。见《旧约・创世记》。

事情是这样的。

一九四七年一月，我们即将再次动身去西部海岸的前几天，收到一封写给特拉普家歌唱团的信。这封信是美国驻奥地利占领军的将军写来的，信中简要描述了奥地利人民正在遭受多么深重、多么悲惨的苦难；接着恳求我们：特拉普家歌唱团能否在巡回演出中为奥地利做点事情？

这是一种号召，一种呼唤。我们向全家人宣读了这封信，召开了家庭会议。为了响应这一号召，我们必须组织一个社团。第二天我们就去州府蒙彼利埃，建立起特拉普家奥地利救济会。一份盖有佛蒙特州官印、由国务卿签署的公文，证明之所以成立本组织，是为了“帮助救济美国及其他地区各个民族、各种信仰的穷苦的、流离失所的、不幸的人民”，该组织“不是为了追求利润，而纯粹是为了慈善目的建立的”。本救济会的第一次会议是在威廉·N.特里奥特先生的律师事务所召开的。会议讨论并一致通过了救济会的章程，并且毫无异议地投票选举了理事会成员：会长格奥尔格·冯·特拉普；副会长玛丽亚·奥古斯塔·冯·特拉普；财务员弗朗茨·瓦斯纳神父；另有两名工作人员：秘书约翰娜·冯·特拉普，办事员韦尔纳·冯·特拉普。会上还投票通过了救济会的公章和橡皮图章。

现在我们可以合法地四处收集食品、衣物和资金了，而且捐款可从捐献者应缴的所得税中加以扣除。这一点给我们留下了深刻的印象。我们听说许多大公司、工厂和个人就是由于这个缘故，能向慈善机构提供大笔捐款。我们设想能募集到数百万元的捐款。我们还印了传单，打算在音乐会上向听众散发。我们在传单上说：我们的故国，许多美国人都熟悉和热爱的奥地利，正处于严重的危难之中。

“这个国家向全世界贡献了海顿、莫扎特、舒伯特、约翰·施特劳斯和《平安夜》，可如果我们大家不马上行动起来加以救助的话，它就要毁灭”;“人人都了解欧洲大国的情况,可是很少有人了解奥地利的境况……那里的人民已濒临绝望的境地。”我们告诉人们:“奥地利全国人民几乎样样东西奇缺,尤其是食品、衣物和燃料。此外,每天都有数以千计的难民乘货车抵达各个车站。维也纳的情况更是悲惨至极。”接着我们又说:“还是让一位社会福利工作者来谈谈她每天是如何力图去做那些不可能的事情吧。”随即我们引述了我们收到的众多来信中的一段话。

> “我们的车站被炸毁了。数以千计无家可归的人栖息在废墟中,等待火车来把他们带到谁也不知道的什么地方,每天又有数以百计的新难民到来。在断垣残壁之间,奄奄一息的人,已经死去的人,发着高烧、病入膏肓的人,以及年幼的儿童,横七竖八地卧在一起。对于这些不幸中最不幸的人,我们没有简陋的棚屋,更不用说医院病房让他们安身。火车送来新的难民时,人们总能发现骨瘦如柴、裹着冰冻尿片的婴儿,用绳子和电线把报纸或破布串起来当衣服穿的儿童,还有精疲力竭、面黄肌瘦的成年人。通常这些人已在闷罐车厢里待了两周以上的时间,一直无人问津。他们到达时的惨状真是无法形容。数以千计的人需要食品、衣物和急救物资,可是我们已有的物资连几百人也无法救活。
>
> “我们没有针。租一根针一天得花一个先令,如果把针搞断了,那可就惨了。”

维也纳的一位大学教师在给我们的信中说:

> “就我个人而言,我倒并不怎么在乎饿肚子,但是买不到鞋

带，让我穿着没有鞋带的鞋子到处跑，实在太没有脸面。”

传单接着说：

“美国占领军当局也感受到并强调了紧急救助的迫切性。一名美军高级官员和一位美军随军牧师协同奥地利地方机构，最近给我们寄来了五千多份急需救济人员的地址。”

然后我们告诉大家，我们成立了自己的组织，名叫“特拉普家奥地利救济会”，以便以我们的名义担保每一分钱、每一项物资都能送到其目的地：奥地利急需救济的穷人的手中。“我们不收取任何管理费，一切事务都由我们自家人来做。”

接着我们提出了救助奥地利的具体措施：

1. 请将您所能提供的所有衣物或不变质食品寄往：佛蒙特州斯托镇“特拉普家奥地利救济会”。我们需要各种东西：如鞋带、铅笔、针线、毛毯……

2. 捐款。请将捐款支票开往：佛蒙特州斯托镇“特拉普家奥地利救济会”。您的慈善捐款可在交纳个人所得税时加以扣除。

3. 如果您愿意直接援助贫困的家庭或个人，请来函索取他们的地址。

传单最后说：

“几天前我们读到四世纪最伟大的圣人之一圣安布罗斯在一

次饥荒中说过的话：'如果你知道有人在挨饿或生病，你有办法却不去解救，那么你就得为每一个死去的人负责，为每一个因此受伤或致残的儿童负责。'让我们再记住另一句话：'哪怕你如此对待了我最微不足道的小兄弟，那也等于如此对待了我。'"

就这样，我们带上印有救济会地址的信封与信笺、十万份传单、一枚橡皮图章和全力以赴的决心，向西海岸进发了。

我们以前从未做过这样的工作，不过我们以前不是也没举办过音乐营或手工艺品展销会吗？不是也没想过举行音乐会，也不曾动手盖过新房子吗？这些艰巨的任务总是突如其来地降临到我们头上，连买本指南看看如何去做的时间都没有。

我们把能想到的办法都试了试。每到一个城镇，我们就有几个人奔向当地报社，向记者介绍奥地利的饥荒情况，另有几个人跑到当地电台去做同样的宣传。一般说来，我们能从这两方面得到充分的理解与合作。音乐会开始之前，我们先散发传单；中场休息时，由我向听众发出呼吁。我通常会说：

"如果您嫌打包裹太麻烦，我们那辆蓝色大客车明天一早在旅馆门前等候您——"（这时我几乎总是把旅馆的名字说错，因为我总要说成我们第一天下榻的那家旅馆——不过人们总能找到正确的地方。）

第二天早晨，我会和两个女儿站在车外等候，眼看着人们抱着成捆成堆的衣物从四面八方向汽车拥来，那是多么感人的情景啊。在一些小乡镇，总有一些小卡车从后面追上我们，把货物卸到我们的车座上。

那是三月的一天，在西南部某地，音乐会结束后，有一位妇女走到我们车前，脱下自己的冬大衣，说道：

"我只有这一件大衣，不过今年用不着了。能不能请你们把它送给一位奥地利教师？我本人也是一位教师。”

还有一次，一位母亲来旅馆找我，她满脸泪痕，两手拧着一条手绢。几天前，在一次事故中她失去了自己唯一的女儿。她在前天晚上的音乐会上听了我的呼吁后，忙了半夜整理了女儿的遗物。现在她把这些东西打成五个大包，并附上女儿的一张照片，交给了我们。

“看看她，”她说，“请帮我在奥地利找一个像她这样年纪的姑娘，让她给我写信。”

我们来到加利福尼亚边界时，我们的车都装到车顶了。在边界上，我们给拦住了，要求检查行李。我们眼望着天，平静地指了指汽车：“看行李啊！”不过规章终究是规章，州防疫检查站的官员（或者别的什么官员）还得要求我们卸车受检。为了便于过境者接受行李检查，路边摆了一排排的桌子。我们把车开到最后一排桌子旁，一边卸车，一边又把每件东西打包装箱。两个小时后，四十六大件行李又包装好了，防疫站的工作人员为之钦佩不已。

在加利福尼亚的文图拉，我们为奥地利所做的呼吁受到了空前的反响。全城的人都行动起来了。他们请我们一个礼拜后再来一趟。各组织都发起了募捐衣物运动，我们回来收集捐献品时，我们的汽车显得太小了，每个座位都堆满了东西，一直堆到顶篷，我们只能站在过道里，一直站到圣巴巴拉。好心的圣芳济长老会会长竭尽全力来帮助我们。在旧教堂的庭院里，捐献的物品被装进一只只大柳条箱，然后装船运走。

与此同时，我们这种将救济工作与音乐会相结合的做法渐渐传扬开了。在大多数地方，人们对这种做法都表示欢迎和赞赏。

“我们生活在异乎寻常的时代，因此需要做一些异乎寻常的事情。”一座小镇的镇长这么鼓励我们。

但是也有人反对，有少数人激烈地表示反对。他们坚持说他们是来欣赏音乐的，不想听人念叨世人蒙受的苦难。他们是来放松的，不是来听候召唤的。是呀——这也是一种观点，我们从此以后尽量尊重这种观点。我们总要问一问当地人，那些音乐会的组织者：人们对我们的救济工作有何看法，人们对此是否介意。有时我们取消了这一呼吁，而在做过呼吁的地方，我们没有遇到任何麻烦。

美国大众对我们呼吁的反应使我们深受感动。这事发生在多年频繁的募捐运动之后。从救济芬兰和希腊开始，呼吁和募捐运动就连绵不断，而更为重要的是——我们不过是一个非职业性的救济组织，只有一枚橡皮图章、一份传单、一张张印有组织名称和地址的信笺，以及一个热心助人的家庭。每次演出之后，总会重复出现同一个奇迹。当我们说明我们需要食品和衣物来救济饥寒交迫的奥地利人民，还需要寄给他们钱的时候——他们就赶回家去，拿来食品、衣物还有钱，于是我们的蓝色大轿车就像聚宝盆一样，从来没有空载过。

这是我们最长的一次巡回演出，行程将近三万英里，演出了一百零七场。在西海岸，我们曾不间断地演过十七场。每天都要跑很远的路，那些天是这样度过的：每天早晨要花一个小时装车，车上装满了头天晚上音乐会听众送给奥地利人民的礼物。到了出发时间，我们那年的司机鲁迪（碰巧他也是奥地利血统），总要拼命地按喇叭。

“今天要跑三百五十英里啊！”他会大声呼喊。

我们向慷慨的捐助者表示衷心感谢后便启程了，当即开始了一天的繁忙工作。在出发之前，我们已向杂货店要了些空盒，向粮仓要了些装种子的空口袋，现在由玛蒂娜、黑德维格、罗斯玛丽和洛丽分门别类地进行包装。等把这些盒子、口袋装满后，再递给前面的男人。格奥尔格和韦尔纳用双股绳把它们捆好。阿加特填写标签。约翰娜和玛丽亚在打字机上打出包裹清单和通知书。她们发现，如果把打字机以合适的角度夹在双膝之间，就能在颠簸的汽车上从容地打字。这时候，我负责看信。起初每天只有十来封，很快就增加到上百封了。打包打到一定程度，车里的包裹堆积如山，鲁迪给包围在里面，车子前后就走不通了。等车子开到哪个乡村小镇，鲁迪就把车停在邮局门口，这里的邮政局长好像遇上了大喜日子：前头贴着“特许证”，两边写着“特拉普家歌唱团”的蓝色大轿车几乎开到他的窗口，穿着奇装异服的姑娘一个个跳下车来，把包裹、盒子和口袋堆到他的柜台上——哇——简直像是在过圣诞节！他们帮着称包裹，最后买了一千张三分的邮票，然后回到车上。随后的半小时是在车上寂静无声地度过的，人人都忙着舔邮票，把它们贴在信封上——按照那一长串的地址，把传单一张张地寄出去。接着又开始打包，过了两小时后，又有一堆二三十个包裹被卸在下一个邮局。如此反复。

阅读几百封来信可不是件容易的事。有些写信的人曾经过过好日子，从没想过有朝一日会有求于人。这些信往往写得很长很繁琐。信中无所不谈，在写了音乐和战前回忆之后，最后才说出这样的话：

“我和老伴坐在空无一物的房间地板上。门窗连同门框、窗框都给偷光了。（奥地利冬天的气候与佛蒙特的气候没有什么不同。）我们没有吃的，没有穿的，也没有取暖的设备。您的诚挚的。”

我们也收到一些感人至深的感谢信，就像这一封：

“不过最珍贵的礼物还是你们寄来的那磅咖啡。我用它还清了欠鞋匠、杂货店和牛奶铺的账；预付了半年的房租；还换了些面粉、果酱和一点黄油；剩下一点我还保留着，以防家里有人生病再用。我如何感谢你们才好呢？”

维也纳和萨尔茨堡有两位天主教随军牧师，从一开始就慷慨相助。

他们让我们把所有物资先运到他们那里，他们将其转交给一小群志愿者，再由志愿者酌情分发出去。这样一来，这些物资就不会流入黑市，也不会落入不配受到救济的人手中。通过维也纳随军牧师努威尔上校和萨尔茨堡随军牧师桑德斯少校的不懈努力，救济物资可以在短得令人难以置信的时间内送到目的地。这两位神父还有发起整个救济计划的柯林斯将军，都成了特拉普家奥地利救济会的名誉会员。当然，我们收到萨尔茨堡的来信更多，因为那里的人跟我们个个认识，因此我们跟桑德斯神父打的交道更多。虽然我们从未见过面，可是他跟我们却很亲近。

巡回演出到了后来，我们感到越来越疲惫，不过我们意识到人可以感到快乐的疲惫，快乐的因素可以压倒疲惫的因素。归途中，我们在圣保罗停留，当地的神学院募集了几百双鞋、成堆的长袍和衣物等，放在体育馆里。更重要的是，神父们已经把礼物包装好，准备发往萨尔茨堡神学院。后来他们还征集了一笔捐款，甚至都付了邮资。

巡回演出归来后好久，甚至好几个月以后，成箱成包食品衣物仍源源不断地送到斯托镇，搞得我们天天应接不暇，只好把这些东西暂存在营地的一栋房子里。那年音乐营开始的时候，长长的营房里衣物已堆到了天花板。我们需要人手，乐于帮忙的志愿者。好像天赐一般，从纽约州罗彻斯特来了一位和善的女士，把这事一手接了过去。她上下午各招募一批志愿者来清理鞋子，确保每只左脚的鞋都能配上右脚的鞋。在哈珀女士的得力指挥下，在几个礼拜的时间里，就完成了三万磅物资艰巨的包装任务。

这仅仅是一些最突出的实例。我们可以滔滔不绝地举出响应我们求援号召的人和城镇的名字。半年后，营地的那间大房子又堆满了；可是我们的基金已经全花光了，而把这么多的物资寄往国外确实要花不少钱。我们该怎么办呢？

我们家的图书室里，有一本介绍奥地利利奥波尔丁公谊会的书。这个公谊会建立于一八二九年，通过它，奥地利的牧师和民众向美国的天主教会捐助了将近一百万美元。有办法了。我们写了一封短信，说明了我们的困境：我们有数千磅的救援物资，可是因为没有钱，而寄不出去。我们给美国的每一位牧师发去了这样一封信。一家人花了整整两个礼拜的时间，把四万零五百封信叠好，装进信封，并按州分类寄出。又一次出现了奇迹。捐款源源不断，大多是一美元和五美元的支票，总数恰好达到我们需要的那个数目。

有一天，我们收到一只马尼拉纸大信封。奥地利的公共慈善机构通过柯林斯将军给我们寄来大约五千个最贫困家庭的地址，看我们是否愿意、是否能够动员一些美国家庭，每家接受一个地址，不时地邮寄些食品和衣物？

我们用那台小油印机打印了一些小小的表格。第一页上印着需要救济家庭的地址，并用三句话介绍了基本情况。第二页上印了请寄四种包裹的建议：（1）“维持生命之物资”；（2）“保持清洁卫生之物资”；（3）“保暖物资”；（4）“使人愉快之物资”。第三页上写着：“裁下此页，签名后寄回本会。”

我们就用这种方法，可以了解到那些口头上表示“给我十个人的名字，我完全能照料好他们”的人，究竟是音乐会后一时豪情冲动，还是在真心照顾他所负责的兄弟。到目前为止，已有一万四千户人家得到了美国人民的慷慨救助。

与此同时，故国的景况已略有好转。商店的橱窗里不再是空空如也。但问题依然存在，究竟是哪一种情况更痛苦：是因为商店缺货而买不到东西，还是因为物价飞涨而买不起东西？你只能眼看着那些东西买不起——这会令人骚动不安，这总是很危险的。同两年前相比，奥地利现在的情况好多了；不过与战前相比——奥地利的境况仍然艰苦不堪。因此，我们这个靠上帝的恩典曾在两年多一点的时间内分发了大约三十万磅物资的小小救济会，只要还有人需要救济，只要还有人把旧衣服、旧玩具和罐头食品之类的东西发给我们，我们就会继续工作下去。现在寄出的每件救济品都有一个双重意义：第一，它解救了燃眉之急；第二，它给了人们以希望，人失去了希望就无法生存。

“许多人由于对人类失去信心，而失去了对上帝的信仰；也有许多人由于遇到一个消除他内心痛苦的人，而又恢复了对上帝的信仰。”福尔哈伯红衣主教说。

第十九章　一封信

一九四七年夏天，我们给美国和欧洲的所有朋友发出了这样一封信：

亲爱的朋友们：

衷心感谢你们每天从四面八方写来如此多的信，在信中你们一再焦灼不安地问起："这怎么可能呢——他病了吗——到底出了什么事？"我们很想把实情告诉大家。假若这是个故事，这故事就应该叫作："英雄的一生和英雄之死。"然而这不是个故事，只是一封令人悲痛的信。

我们最后一次巡回演出时间很长，非常艰辛。像往常一样，格奥尔格与我们同行。乘车沿西海岸从洛杉矶开往西雅图的途中，我注意到他脸色苍白，可他坚持说除了有点累以外，自我感觉良好。

"不过我们大家都很累，你们跟我一样累。"他说。

在西雅图他开始咳嗽。我恳求他飞回纽约,找那位曾治好了他的支气管炎的医生看一看。

“我没病,我想和你们在一起。”他恳求说。

但是他咳嗽得越来越厉害,在科罗拉多州丹佛市,我们硬把他送上了飞机。

接连五天没接到他的任何消息,我不禁担心起来。不巧的是,那时候美国正在举行电信大罢工,我没法给他打电话,只能给那位医生发了封电报,他回电说:

特拉普上校的肺炎正在迅速康复。

后来我终于给格奥尔格拨通了电话,他说:

“我已经好多了,不过待在医院里真不是滋味。快来吧,我们回家去。我想回家。”

但是我们还有演出任务,这样又过了一个礼拜。我收到两封信,还收到医生写来的一份报告,读起来挺让人宽心。可我还是有些忐忑不安,怎么也放心不下。最后还剩一千五百英里时,我飞回了纽约。

我一走进病房,格奥尔格就从床上坐起来,张开双臂,只说了一声:“来!”

我久久地抱着他,把他紧紧搂在怀里,以便争取时间使自己平静下来。仅仅离开两个礼拜,他竟会变成这副可怕的模样,把我吓得心脏都快停跳了。他双颊和两眼都凹陷下去,眼圈发黑,嘴唇发青——他那张亲切的面孔简直辨认不出来了,身上瘦得皮包骨头。我心里闪过一个可怕的念头:他的病情可能不像信中说的那么简单。

不过格奥尔格这时开心起来了。

“谢天谢地，你总算来了！你一定要赶快把我弄出去。我们这就回家吧。”

我遵照他的意思，立即抓起他床头柜上的电话，叫通了主管医生，问我什么时候可以把格奥尔格接回家。

让我惊奇的是，回答居然是：“随便什么时候，明天、后天都可以。”不过晚上我得去医生办公室一趟。医生要跟我谈谈。

这使我又放下心来。既然允许格奥尔格经受这长达三百三十英里的路途颠簸，他的病情肯定不会很严重。只要我们一回到山里的家，新鲜的空气，宁静的环境，春天的阳光，再加上他爱吃的菜肴和我们的精心照料，他一定能很快恢复健康。

于是我们舒舒服服地过了一天。我把上两个礼拜发生的事全都向他细说了一遍。然后我们就做下一步的打算。

“你知道，我一点都不痛，我已经没什么事儿了，只是感觉非常累，非常虚弱。”

这是我俩一起生活中无忧无虑的最后几个小时了，可是我们当时并没意识到。是不是多少也有点预感呢？每次我站在门口，跟他高高兴兴地道别时，我俩总会想起什么“重要”的事：“这件事我还真得告诉你。”格奥尔格总是兴高采烈的，“真看不出病情有多严重，只是有点不舒服而已”，我坐在出租车里去见医生时，心里还这么想。那医生肯定要给我开一些药方，并叮嘱我一些饮食方面的注意事项。

“感谢上帝，他的肺炎全好了。”进了诊所坐在医生对面，我对他说。他有些吞吞吐吐地回答：

“是的，不过X光照片显示他肺部有一大块阴影，表明是个肿瘤。”

“噢，那我们一定要治好这肿瘤。”我说，带着满怀信心和鼓励的目光望着医生。

“不过这不是个良性肿瘤。”医生头也没抬，瓮声瓮气地回答说。我没听懂他的话，只是大吃一惊。突然，一个可怕的念头像闪电似的掠过我的心头。

“看在上帝的分上，医生，不会是癌症吧?”

医生一声不响地握紧双手，垂下了头，屋里一片沉寂……

纽约是一座大都市，这座城市的居民比奥地利全国的居民还要多。但是，在这个不祥的夜晚，我觉得它比一片荒野还要可怕。在荒野中，我至少可以望见繁星点点的苍穹，可是在纽约，仅能从摩天大楼之间瞥见的那一小片天空还笼罩在烟雾之中。在绝望中，我甚至没想到乘公共汽车或出租汽车回去。我只是机械地朝旅馆方向走去，一直走了两个半钟头；路上没有经过一座教堂。我不由自主地把手插进口袋，念起《玫瑰经》来。这古老的祈祷词曾给人间解脱了多少痛苦和悲伤，现在又一次成为我患难中亲密得力的朋友。

我回到房间，还真是抓住电话打个不停。我最想求助的朋友都外出了。另外两位朋友的孩子病了，没等我开口诉说我的苦恼，他们倒先向我诉起苦来。我多么想跟孩子们或瓦斯纳神父通个电话啊；可是他们都在回家的路上，我也不知道他们今晚停留在哪座城市。这时已经过了午夜，可是我却无论如何也睡不着。我的房间高居在二十七层楼上。透过敞开的窗户，可以望见海洋般的高楼。教堂的尖塔比周围的摩天大楼矮得多，因而让人根本看不见。就连心灵的这点安慰也被剥夺了。上帝啊，在一个大都市里，人是多么孤独啊！

这一夜终于过去了。早晨五点钟我总算找到一座开了门的教堂。七点钟我坐上出租车去找医生,看看怎么样,还有没有什么办法。我想起曾听人说,七十五岁高龄的托马斯·曼最近成功地做了一次肺癌手术。

"这个方案我们早就考虑过了,"医生说,"我们医院有一位专家,非常擅长这种极其罕见、极其困难的手术。但是这个肿瘤处于不能动手术的部位。"

"那我们还有什么办法呢?"我哽咽着问。

"很遗憾,没有办法。"

"但是我不能眼看着让他这样死去啊!"

沉默。

现在我得回医院把蒙在鼓里的格奥尔格接出来,还不能露出形迹,让他察觉医生断定他只能再活三个月。

他只顾得为出院而高兴,没有注意到我的脸色。

第二天我们回家了。格奥尔格一路说个不停。尽管被一阵阵剧烈的咳嗽所打断,他却一次次地想把早年的事情讲给我听。后来他沉默了很长时间,全神贯注地凝视着前方。

突然他说道:"瞧,又来了。时不时地会出现这幅景象。我看见你们全在农场上干活,忙得精疲力竭,然后再寻找我自己,我却不见了。"

这是一种不祥之兆吗?

我们来到佛蒙特州的沃特伯里,这是离斯托镇最近的火车站。火车缓缓进站时,我看见鲁珀特那张喜笑颜开的面孔透过窗口来迎接我们。他在开始实习之前,回家来度一个短暂的假期。这可怜的孩子还什么都不知道。可是当他扶着格奥尔格下车时,他的笑声顿时变成了惊愕。

格奥尔格回到自己的卧室，扬扬得意地舒了一口气，说道：

“我们有一个我所能想象的最美满的家。这儿再好不过了。”

现在他再怎么说，我都无法相信他感觉有多好。

趁他休息消除旅途疲劳的时候，我把实情全都告诉了鲁珀特。就在当天，我们请来了一位好朋友，伯灵顿大学城的一位知名医生。R.医生听完纽约医生的诊断，不禁大吃一惊。他过去替格奥尔格做诊断。

漫长而令人心焦的时间终于过去了。最后R.医生从屋里走出来，我简直不敢相信自己的眼睛，他看上去非常高兴。

“你哭得太早了，”他对我说，“我完全不能同意我纽约同行的诊断，我发现他的病情没有那么严重。我不相信他患的是癌症。肺炎给他带来很大的消耗，现在他需要安静——绝对的安静。再过几个星期他就恢复正常了！”

人还能喜极而泣。我高兴得无法抑制自己。我觉得自己好像刚从集中营里逃脱出来。我连忙奔到小礼拜堂，激动地做起了感恩祷告，然后跑回格奥尔格身边！

安静，绝对的安静。假如没有这剧烈的咳嗽把他一次次地从睡梦中搅醒，那该有多好。

如果说前几夜我因为悲伤和痛苦而不能入睡，现在我又因为兴奋而失眠。这天晚上，我想起了许多修道院，在它们的教堂和小礼拜堂里，我们曾为与世隔绝的修女修士们唱过歌，赞美上帝的无上荣光。他们是我们最感恩的听众。他们没有忘记我们；每逢圣诞节、复活节和其他节日，他们都寄来写着诗词的贺卡。我们现在多需要这些朋友啊！我写了一封短信，告知了“上校的病情”，请他们为他祈祷。我把这信寄给了我知道的所有修道院，也寄给了我们在欧洲的所有朋友。

几天过去了。格奥尔格还是疲倦，还是开心。他不愿多说话。他最喜欢我坐在他床边，握着他的手，念书给他听。有时候，他听着听着就睡着了；我就用左手取出念珠念起《玫瑰经》。很奇怪，格奥尔格一向总是关心别人，从不请求别人来帮助自己，现在却一分钟也不肯让我离开他，即便在夜里也是如此。他害怕黑夜。当剧烈的咳嗽再次把他搅醒时，他常说："大声地祈祷吧！"我们的神父轮流背诵那简短的祷词，或是我在侬山修道院就知道的古老祷文：

"噢，上帝，我们向您哭诉，
以耶稣的名义，
以耶稣的血，
以耶稣最神圣的心，
求您能奇迹般地帮助我们。
神圣的上帝，
神圣、强大的上帝，
神圣、不朽的上帝，
怜悯我们吧！"

我这颗充满焦虑的心一次又一次地向圣母哀求："马利亚，医治病人、安抚受难者的圣母啊，为我们祈祷吧。"格奥尔格轻轻按了按我的手，示意我不要再念了，让我们再睡一会吧。

格奥尔格的信仰就跟他人一样——孩子气而单纯。上帝、圣母、敬爱的圣人和可怜的生灵,都是一个大家庭的成员,我们也属于这个大家庭。他不大熟谙祈祷书。他用自己的语言向上帝祈祷:“您瞧,亲爱的上帝,情况就是这样;请帮帮我们吧。”

一种近乎私交的情谊把他和圣母联系在一起。一天,两位好心的奥地利加尔默罗会的神父来看我们,兴致勃勃地谈起了圣母的“礼拜六许诺”,格奥尔格立即给吸引住了,便想了解详情细节。两位神父告诉他,几百年以前,圣母曾在一个加尔默罗会的圣徒前显灵,从自己的袍子上撕下一块布给了他,郑重地许诺说:

“无论谁穿上这块袍料死去,我将在他死后的第一个礼拜六把他领上天堂。”

由此产生了所谓的披肩帮会。只要加入了这个帮会,人人都可以受益于这一许诺。所谓的披肩是两块棕色的小布块,用线缝起来贴身穿在肩头。格奥尔格对这个许诺深感兴趣。他加入了“披肩会”,从此每天晚上做祈祷时,总要虔诚地加上他入会时神父交给他的三道“万福马利亚”。

我之所以不厌其烦地叙说这件事,是因为格奥尔格曾在病床上跟我说过:“我们应该把披肩的事告诉每一个人;这是一种莫大的安慰。”

遵照医生的嘱咐,格奥尔格每天下午都要在一张舒适的扶手椅上坐一会。他盼望孩子们早日归来。R.医生再次上门时,感到很满意。他因为要去芝加哥十天,就给我们留下了一位W.医生的电话号码,以防万一。W.医生来的时候,说起格奥尔格的病情,也是满怀信心。

尽管两名医生都充满信心,我还是摆脱不了那隐隐的担心。为了让我作好应付不测的准备,纽约的医生曾向我指出:格奥尔格可能会明显地虚弱下去,最后导致严重的呼吸困难,即使心脏不出问题,也会慢慢窒息而死。好像听到我自己给判了死刑似的,这些话仍在我耳边回响。

后来W.先生自己也突然病倒了,他给我们推荐了伯灵顿大学医学院异常能干的内科医生F.先生。

外面狂风呼啸,卷起棉絮似的、湿漉漉的雪花,敲打着窗户。格奥尔格越来越频繁地问起还在巡回演出途中的孩子们。大宅里一片孤寂和清静。最后那辆蓝色的大轿车终于吃力地爬上山来。可怜的孩子们,他们只知道爸爸好多了。他们兴高采烈地一下子全拥进了病房,可是——突然间全都惊呆了,一个个好不容易才忍住了眼泪。他们恐惧的眼神让我又一次意识到格奥尔格的可怕变化。我刚想问一声:“爸爸看上去不是好多了吗?”可是话到嘴边又咽下去了。我悄悄溜出了房间,走出了屋外,躲在大白杨树后面失声痛哭起来。

孩子们的归来像是一支强心剂。格奥尔格想让孩子们一天到晚都围在他身边。他让他们讲述最后几场音乐会的情况,为奥地利募捐的成果,想看看最近的邮件,亲自读一读奥地利的来信,再谈一谈过去的时光。

人心有多么顽强啊!虽然没有希望就无法生活,可是人在全然绝望中依旧抱着希望。人总是抓住每一线希望,不到最后关头,谁也不肯相信那残酷的现实。新请来的F.医生比前两位医生还要满怀信心。

我觉得自己责任重大,心头好像压着一块大石头。我知道,因为见我表面充满希望和信心,格奥尔格从来没有想到自己会死。我该怎么办呢?我是不是该提醒他写封遗嘱,问问他想要如何来办理自己的后事……除此之外,我也想不了更多的了。尽管我忧心忡忡,毕竟还有三位一流医生仍然坚持与纽约的医生相反的诊断,甚至连鲁珀特也充满信心。

与此同时,从美国和欧洲各地传来了对我恳求祈祷的回应。一支不折不扣的联盟大军在声势浩大地向上天祈祷。

这时来了一位好心的奥地利耶稣会神父,他现在在波士顿做牧师。我看出了魏泽尔神父脸上深深的关切之情,就对格奥尔格说:

"瞧,《新约》上说得很清楚:'你们中有人生病了吗?让他把教堂的牧师请来,让他们为他祈祷,以主的名义为他涂油。'我们请魏泽尔神父给你做最后的圣礼吧;这对你肯定有好处。"

魏泽尔神父是他的好朋友。格奥尔格马上同意了。

"好的,明天早晨吧。"

我们都聚在小礼拜堂里。魏泽尔神父听着格奥尔格的忏悔,我们背诵《玫瑰经》。这时魏泽尔神父来取圣餐。我们举着燃烧的蜡烛,走到救世主面前,唱着圣歌走进了病房。这是个庄重的节庆时刻。格奥尔格又高兴又安详;他和我们一起大声而清楚地回答用拉丁语和德语祈祷的神父。这些祈祷倾注着多大的力量,给人以多大的信心啊!格奥尔格的安详和快乐触动了我们每个人的心。圣礼做完之后,孩子们吻过自己的父亲,悄悄地出去了。

房里就剩下我和格奥尔格两个人。"我感觉好多了。"他抓住我的手轻声说道,随后就睡着了。他静静地睡了几个小时。连无情的咳嗽也停止了。我的心顿时欢唱起来:也许——也许。那是圣灵降临节前的礼拜三。

这是暴风雨前的宁静。随后的礼拜六,他的呼吸变得短促起来。他痛苦地挤出了一句话:“这是怎么回事,我现在就要死了吗?”他用焦灼、祈求的目光望着我。

我们立刻打电话给F.医生。他让我们放心。这只是哮喘病发作;格奥尔格很可能由于孩子们回来时带了许多鲜花,而导致了花粉过敏反应。他给他注射了一剂止喘针,我们把天竺葵和牵牛花都搬出屋去。

新到的医生见我们如此焦灼不安,便整个下午都待在病房观察病人。临走时他给鲁珀特开了好几种药,并再三安慰我们说人不会死于哮喘病,格奥尔格很快就会好的。他总的健康状况是令人满意的。人是多么急切地乐于相信自己很想相信的事情啊!

第二天是圣灵降临节礼拜日。我们满怀忧虑的心情向圣灵祈祷,这圣灵又称“安慰的圣灵”。

这也是苦难历程的开始。格奥尔格坐在一堆枕头中间,艰难地喘息着。采用了各种各样以及最新的哮喘药,全都无济于事,为了使他夜间能睡上一会,甚至在不断加大吗啡的用药量。

自从圣灵降临节前的礼拜六开始气喘起,全家人就成倍地增加祈祷次数。每个小时小礼拜堂的钟声都会提醒我们。大家昼夜不停地轮流在圣餐前祈祷。

圣灵降临节后的礼拜四到了。下午,F.医生又陪伴了病人几个小时。他觉得这呼吸短促仍然不可思议。

“如果不是呼吸困难的话,”他说,“上校就可以坐在这儿的椅子上,一个礼拜后就可以坐到阳台上了。”他描述了他的整个健康状况,说他的心、肺等都比一周前大有好转。他不认为这是癌症,至于呼吸困难,他认为可能是精神紧张的缘故。他带着前所未有的自信走了。

一切像前几天一样：晚饭，晚祈祷。十一点钟的时候，我注意到他的呼吸变得异常了。突然间，我确信无疑地意识到：最后时刻来临了。我叫来了鲁珀特，喊醒了小约翰内斯以外的所有孩子。瓦斯纳神父也来了。他看了一眼病人，便转身离开了，过了不久又回来了，带着圣带和为临终的人祈祷的经书。

为了协助鲁珀特，我们打电话给斯托镇离我们最近的医生，一位白发苍苍的老太太。她来了，迅速做了检查，只说了一声“心脏”，就给格奥尔格注射了两针，然后就在屋子后面坐了下来。我们围着床边跪下。屋里缓慢而庄严地响起来送终的祷词。我们一起念起了《玫瑰经》，不是念一次，而是许多次，究竟有多少次，我们也说不清。每念一节，我们就缓慢而大声地加上一句祈祷。格奥尔格神志还很清醒，在拼命的挣扎中，不时地重复说道：“我的耶稣啊……发发慈悲吧！”

午夜过后很久，医生又听了听他的心脏。

她低声说道：“恐怕最后时刻到了。”

我知道我该怎么办。很多年以前，我们曾彼此说定：我们中哪一个在生命即将完结之时，另一个一定要如实地告诉对方。直到这时，我还一直期待奇迹的出现，一直抱着医生的信心不放。可是现在，这位医生的话打碎了我最后的一线希望。一切无可挽回了。

我站起身来，贴着他的耳朵说：“格奥尔格，最后的时刻来临了。”

一阵猛烈的抽动震动了他那急剧起伏的胸膛，他用尽最后一点力气，用右臂搂住了我的脖子，手在摸索我的前额。这是永别的祝福。但是还不止于此。

“格奥尔格，亲爱的格奥尔格，你是不是心甘情愿地从上帝的手中接受死亡呢?”

在我们彼此商量好要问的问题中,这是那个最重要的、决定一切的问题。在他为呼吸而作最后挣扎的剧烈痉挛中,这位坚持到最后的英雄,气喘吁吁地说了声:“是的。”

这就是这位奄奄一息的父亲的最后遗言。它将永远铭刻在我们心上。

一位圣哲曾经说过:“人对上帝所能说的最美好的字眼就是‘是的’。”

瓦斯纳神父又一次端来了圣餐。格奥尔格神志清醒地见到了他的救世主,他的统帅和最好的朋友。

现在最后的时刻真的到了。这是一场艰难的、残酷的搏斗。一位英雄就这样离去了。

临终时的喉鸣消失之后,屋里变得一片寂静。那可怜的胸脯终于平静下来了,那勇敢的心也停止了跳动。在这神圣的寂静中,格奥尔格突然睁开了双眼,痛苦的神情变成了镇静自若,以无尽的好奇望着另一个世界。他在那里会看到什么呢?一定是一种异常美妙的景象。大约过了两分钟,他微微点了点头,那双亲切的眼睛永远闭上了。

时值一九四七年五月三十日,礼拜五,凌晨四点三十分。

我们在灵床前又念了一遍《玫瑰经》,然后到小礼拜堂去做第一次安魂弥撒。

小约翰内斯一直在隔壁房间里酣睡,房门敞开着。八点左右他醒来了,跟往常一样,他的第一个问题是:

“爸爸今天怎么样了?”

当他听到悲伤的回答时，他脸上露出了喜色。

“好啊，爸爸死在礼拜五；圣母可以马上带他进天堂了！”

我们原以为他会痛哭流涕，悲痛欲绝，没想到他会这样说。这孩子马上想起了父亲跟他讲的披肩的事情。

做过弥撒之后，我们在小礼拜堂前面的大厅里站了一会，经过一夜的守护，大家都很疲惫，觉得又悲伤又寂寞，身上还在打颤。这时，一个沮丧的声音问道：

“我们现在该怎么办呢？”

突然，我心里闪过一幅景象，便说：

“孩子们，我知道你们的父亲想要我们怎么操办了。”

大家围坐在餐桌旁，面对着黑色的咖啡，谁也吃不下任何东西。我给他们讲了一件事：

“一年半以前，我们待在温哥华岛上，一位向导向我们描述了温哥华印第安人埋葬死者的风俗。你们还记得他说这些人如何将死者塞进一只小木箱里，然后将木箱架在大树的树杈上吗？这就是他们的葬礼。当时爸爸转过身来，诡秘而低声地对我说：‘我可不要这种安葬法！’爸爸半开玩笑半认真地说出了自己的愿望：‘你知道，我死了以后，你可不能不让我安息。我从上军校的时候起，就没有睡足过觉。我死后就真能补觉了。你不能哭，不能悲伤，而要为我高兴，因为我先回家了，你很快也会跟着来的。让人瞻仰遗容和披挂黑纱，这我可受不了。让我在起居室里跟你们一起睡上一两天。你们坐在我周围，祈祷，唱歌。你们要把我最喜欢的歌全都给我再唱一遍。我还要花，满满一屋子的花，不过不能是买来的，必须是自己地里长出来的。’显然他觉得这话很有意思，于是便冲动地说道：‘你知道，我已经给自己找好了一小块地方，离我们家不太远，你们可以经常来看我。你是不是认为我有足够的朋友来给我抬棺材？我可受不了那些胶皮轮车。送我去坟地的路上，你们一定要唱安德烈斯·霍弗的《与生命诀别》、《我主耶稣》以及《因斯布鲁克，我得离开你》。'‘回来的路上，真得有一首奥地利军乐团演奏活跃的进行曲。不过，我想没有那也行。'他听天由命地说。这时我们俩都开怀大笑起来。”

从那以后我再也没有想起过那次谈话，不过当时的情景今天又历历在目地浮现在我的脑海里，我似乎觉得又听到了他的声音。我们亲爱的死者没有立下什么命令，可是我们有责任完成他最后的愿望和要求。

首先，我们征得了主教的同意。他和蔼而充满同情，非常爽快地授权瓦斯纳神父，允许他在我们自己的庭院开辟一块坟地。不过在此之前，我们得把这块地圈出来。孩子们都立即行动起来，筑一道漂亮的木栅栏。暴风雨过去了；春天阳光灿烂，蔚蓝色的天空笼罩着大地。我们想到了花。在树林的中央，以前有一座小农场，我们知道那儿有几株野苹果树。男孩子们拉回了满满一车的大花枝，把起居室装点成了鲜花盛开的花园。在壁炉前，我们挂了一块红锦缎幕帘。然后我们把他抬下来，给他穿上那套奥地利灰色羊毛制服。在他的所有奖章中，他只把一枚玛利亚·戴莱莎十字勋章带到了美国，我们把它戴在他胸前。他的下半身覆盖着他那面旧潜艇旗。在他上方的壁炉台上，像往常一样摆着旧木刻圣像，我们的主及其使徒面带微笑地俯视着静静卧在蜡烛和鲜花丛中的长眠者。他的脸上焕发出崇高的尊严和肃穆之美，怎么看都看不够。这让人想起了圣徒的一句话：“我奋斗了一生；我完成了我的事业；我恪守了我的信仰。到了安息之时，留给我的是荣誉……”

与此同时，我们给全世界的亲友发去了电报。唁电纷至沓来。其中有两封电报尤为感人，称他是“获得戴莱莎勋章的勇敢骑士特拉普男爵”。一封署名“齐塔”，另外一封署名为“奥托”——分别是奥地利皇后齐塔和她的长子奥托。我把这两封电报放在他的玛利亚·戴莱莎十字勋章旁边。

整天我们至少都有两个人为他守灵。晚上七点钟，全家人都穿上节日盛装待在格奥尔格周围。朋友们乘飞机赶来。“祈祷和歌唱”，这是他所希望的。从七点到午夜，我们念诵《玫瑰经》，每念完一节，就唱一首他最喜欢的歌。到了午夜，我们站起身来，瓦斯纳神父庄严地吟诵起赞美诗，我们便唱起《神圣的上帝啊，我们歌颂你的美名》。按照圣母的许诺，她一定把格奥尔格带到了他永恒的家，从此他开始了他在天国的生活。我们满怀着深沉、庄严的喜悦之情，结束了我们的守灵。

第二天，残酷的现实又使我不堪忍受。我跪在他身边，失声痛哭起来。

约翰内斯碰巧进来，等了一会，然后用稍带责备的口气说：

“妈妈，你不该惊动天堂里的爸爸。你不是跟我说过天堂多么美好吗？你怎么能这样哭呢？”

最后，三一节送葬日那天终于来到了，我们该把他永远送走了。天还没亮我就醒了。忽然我听到一双小脚丫啪哒啪哒地跑来；约翰内斯爬上了我的床。

他兴高采烈地说：

“妈妈，我做了一个好美的梦，我得马上跑来告诉你。我梦见葬礼已经结束了，可是我们埋的只是一具空棺材，爸爸他扛着十字架走在队伍的前面；他身材高大，容光焕发，漂亮极了。妈妈，这梦好吗?”

这小家伙乐滋滋地偎依着我。约翰内斯不是个爱幻想的孩子,他从不编故事,也从不跟人讲自己做的梦。我非常感动,也丝毫不怀疑这孩子的梦并不仅仅是个梦。

看来格奥尔格有的是朋友来帮他抬棺材,他们抬着他走过盛开着花朵的苹果园,来到山上的小小墓地。我们走在后面,唱着古老优美的歌。我们之所以能做到这一点,所有的守护天使一定帮了大忙。

瓦斯纳神父站在敞开的墓穴旁,讲述了格奥尔格英勇的一生和虔诚的死,讲解了感人的天主教安葬仪式,最后他说:根据奥地利的风俗,让我们向故世的朋友撒上一把神圣的土和几滴圣水,作为送给他的最后礼物。在场的每个人都被热情地邀请加入了这一风俗。每个人履行这最后一次充满爱意的行动时,从附近的树林边传来了悲伤的、令人心碎的安息号声,这情景是多么感人肺腑啊!

亲爱的朋友们,你们也许会奇怪我们怎么这么不厌其详地给你们讲这些事,然而我们相信格奥尔格会让我们这么做的。他是个注重根本、真诚和大事的人,还有什么比光荣地死去更重要呢?他在这方面给我们树立了一个光辉的榜样,我们不能把这个榜样只留给我们一家人。他已经先行一步到了天国,想在那里欢迎我们大家——他的家人和你们——他亲爱的朋友们。

现在看来他患的确实是癌症。他去世几个礼拜后,我听说有一位医生,开业期间接收了十七个肺癌病人,他们全都在第一次世界大战中在潜艇上服过役。因此可以说特拉普是英勇死去的,他真正做到了战斗到生命的最后时刻。

第二十章　难忘的一年

“从前胡斯国有一个名叫约伯[1]的人：此人既单纯又正直，还敬畏上帝，回避邪恶……有一天，撒旦站在上帝面前。上帝问他：你从哪里来？撒旦回答说：我刚到人间转了一圈……上帝对他说：你见到过我的仆人约伯没有？世界上没有一个人像他这样，既单纯又正直，还敬畏上帝，回避邪恶。撒旦回答说：约伯没有白敬畏上帝吧？难道你没有赐给他篱笆、房子和一切财富吗？难道他的劳动成果没有得到你的赐福吗？……你稍微伸出你的手，摸一摸他所拥有的一切，看看他会不会当着你的面赞美你。上帝对撒旦说：瞧，他所拥有的一切都在你手中；只是不要对他本人下手。于是撒旦就离开上帝走掉了。

“后来有一天……来了一个信使对约伯说：敌人冲进来抢走了你的牛和驴，杀死了你的仆人。

“他正说着，又来了一个人说：雷从天上打下来，打死了你的羊群

1　约伯：约伯的故事，见《圣经·旧约·约伯记》。

和你的仆人。

“他正说着，又有一个人跑来说：敌人袭击了你的骆驼，抢走了它们。

“他正说着，又看到一个人跑来说：房子倒塌了，压死了你的孩子们。

“这时约伯站起身来……说道：上帝赐予的，上帝又收回去了。上帝喜欢这样，那就这样做了。让我们感谢上帝吧。”

“特拉普家所做的一切看来都是成功的。父母和十个孩子在一起生活得多亲密啊。他们似乎从没吵过架，几乎从没有过误会。多不寻常的家庭啊！当然，在现实生活中，事情并非总是如此。任何一个普通的家庭都会时不时地应付疾病、精神崩溃甚至死亡，还要面对家庭冲突、无休止的争吵和邻居的闲言碎语。特拉普家简直就像一部图画书！”

报纸杂志上不知有多少次这样谈论、描写我们，我们也费了不少力气去纠正这一印象，试图证明我们并不是一个不寻常的家庭，而是我们的时代太不寻常了；仅一代人之前，家庭都还习惯于密切相处，一起工作，一起游乐，一起祈祷；我们家不仅仅是个成功的家庭，还经受了考验和烦恼。

可不知为什么，这话不怎么令人信服。我们确实是：兴旺——健康——幸运——团结。直至我们不能忘记的那一年。

这一年始于五月份，我们山上新添了一座坟，一切都无情地一去不复返。

六月初，我在波士顿出差时收到一封电报：“速归。罗斯玛丽失踪。”对于这个年轻而敏感的孩子来说，负担太沉重了：极为艰苦的巡回演出，加上要集中精力为高中毕业做准备，敬爱的父亲病重期间让她心急如焚，最后是父亲去世。我们在乡村、河流、池塘和树林中找了她三天三夜。斯托镇的人们深表同情，花了不少时间，开着车帮我们找。《玫瑰经》中所说的在圣殿中找到了圣子耶稣，对于一个在未找到子女前经受了同样痛苦的人来说，具有一种新的意义。三天以后，我们只能把此事公诸于电台和报纸。由于我们的名字在全国已家喻户晓，因此记者们挤在门廊前，顽强地搜集罗曼史，这是可以解释失踪的唯一原因。后来她在穿过林间的一个牧场时被找到了。经过几个月无以言说的焦虑和祈祷，上帝终于派来了救助者，一位兼是医生和精神病专家的牧师，帮助这年轻的心灵回到了上帝和社会身边。

六月的一天清晨，小约翰内斯五点钟就醒来了。

“妈妈，我热死了，我脖子痛，腿和胳膊也痛。”

他的体温是华氏一百零四度。医生在电话里说：

“好的，好的，我马上就到。”

报纸上报道过本州发现了几起小儿麻痹症。等医生终于赶到的时候，发现“只是”风湿热——才让人大松一口气！不过，漫长的七个礼拜，这活泼好动的小男孩不得不安安静静地躺在床上。

这是初夏的事。

接着黑德维格得了严重的背痛，医生让她住院观察。焦灼不安地等了一周之后，终于证明她得的不是医生起初怀疑的那种严重的病。

随即夏季音乐营开始了。人们赶来了，被带进各自的住所。一切照常规进行。我们竭尽全力，四处奔忙，面带微笑，跟人交谈——不过总觉得自己像一台机器，需要不断地上发条。一切都是不假思索；有时连做祈祷都是如此。当然，我们的意愿已经大体上转向上帝了。我们听天由命，与世无争，只是一次又一次地说：“您的旨意将会实现。”不过我们的内心却空虚得可怕。生命中的太阳已经沉落；心里感到越来越沮丧。周围纵有数以百计的人，却无法为我失去那个心爱的人带来安慰。

八月的一天，我站在营地厨房外面的园地上，漫不经心地看着一辆小卡车和一辆小轿车正背对着倒车。就在这时洛丽飞奔过来，要到小卡车上拿什么东西。我拼命地叫喊起来。可是太晚了，两个司机都没看见她。我们总算万幸——她只断了两根肋骨。

九月份，又一个孩子生下来，却因为我的肾脏有病而没有活下来，而我似乎也恢复不过来了。全家人去马萨诸塞州福尔河参加鲁珀特的婚礼时，我卧床不起，病得连悲伤、抱歉或担心的气力都没有了。我唯一感到欣慰的是：我不能用眼泪扫了他大喜日子的兴。等病情有了一定程度的好转，我就想参加巡回演出，便于十一月份和大家一起出发了。过了几个礼拜，我出现了长时间的昏厥，还伴随着抽风和高血压。医生诊断为肾脏炎，并把我送进了中西部的一家医院。我病得很严重。最好的医生用尽了各种治疗方法，最后跟我说唯一的办法只有祈祷。圣诞节前夜，我接受了最后的圣餐。一月份我略有好转，获准可以回家。现在任何药物对我都不起作用了。我只有等待。可能还要等上好几个月。

特拉普家经历了“七年吉祥”之后，陷入了“七年背运”，所有的打击都集中在十个月的时间内。现在我们不得不应对疾病、精神崩溃和死亡。有时候，情况看起来复杂得令人绝望。

但是对于胡斯国的约伯来说，情况不也如此吗？他不是失去了自己所有的物质财富、自己的孩子、自己的健康、自己的名声以及朋友们的信任吗？约伯是怎么办的呢？当他说完“上帝赐予的，上帝又收回去了，让我们感谢上帝吧”，他又为那些反对他的朋友们祈祷了。

《圣经》通常是怎样结束一个故事的呢？它为我们树立了一个榜样：

“去照着做吧。”

第二十一章　同心同德

《福音书》上有一个美丽的故事：从前有一个瘫痪的人，人们只知道他瘫痪了，不知道他是否想治好自己的病，也不知道他是否求过医。谁都不知道他是怎么想的。但是这个人有好多朋友，他们决心要治好他的病。他们把他放在担架上，抬到一座房子里，著名的预言家拿撒勒的耶稣正在那里布道。房子里挤得水泄不通，他们进不去。不过他们决心已定，什么也改变不了他们的计划。他们抬着病友爬上平屋顶，然后从一个天窗放下去，正好放在耶稣的脚边。接着，《福音书》这样动人地写道："当耶稣看到这些人如此忠诚，便对病人说：'起来吧，搬起你的床走吧。'"

这是一个最令人欣慰的故事，它说明了我们可以为朋友做什么，朋友们又能为我们做什么。我得重病的消息传开后，从奥地利和美国各地发来了大量的信和电报，告诉我许多人都在为我向上帝祈祷。那一幕情景又出现了：当耶稣看到这些人如此忠诚，便对病人说："起来吧……走吧。"尽管医生不抱任何希望，我却彻底复元了。用医生的话说，这绝不是医药的功劳。无论那个瘫痪病人先前有什么想法——当他搬着担架走回家的时候，他明白他是借助朋友们的忠诚而痊愈的。从那以后，他该多么热爱这些朋友啊！

接着迎来了五月一个重大的日子。我们被召集到蒙彼利埃县政府大楼——五年的等待终于结束了。这天刚巧是耶稣圣体节，从一大早起，我们就沉浸在节日的气氛中。在政府大楼里等待的是一群来自不同国家的人：意大利人、克罗地亚人、叙利亚人、英国人、爱尔兰人、波兰人，还有我们奥地利人。办事员点了名，随即法官走了进来。我们全体起立。这时要求我们举起右手，重复了一遍忠于美利坚合众国《宪法》的庄严誓言。当我们念完“上帝保佑我们”时，法官让我们坐下，看着我们大家，说了声“同胞公民们”。他指的是我们——现在我们是美国人了。七面不同国家的国旗降了下来。只有星条旗在微风中飘扬。这是重大的一天。

停战纪念日之后，男孩子们还在欧洲，他们到萨尔茨堡去了几天，发现我们的老房子被海因里希·希姆莱[1]本人霸占了；在这场残酷战争的后期，这房子被用作司令部；小礼拜堂被改成了啤酒屋；父母的卧室变成了希姆莱的私人套间；瓦斯纳神父的房间成了希特勒来访时的下榻之处。他们还听到一些骇人听闻的故事，例如：

一天，希特勒来到那里，汽车司机和勤务兵在外面听候召唤。一个士兵哼起了一首俄罗斯民歌，希特勒听见了，跳到窗前大叫道：

“即使哼俄罗斯民歌也有失德国士兵的尊严。”他也不让人查一查

1 海因里希·希姆莱(1900—1945)：德国纳粹头目。第二次世界大战时曾任德国内政部代理部长。

唱歌的是什么人，就下令把这些士兵全部就地枪决了。

我们全都让这房子搅得心神不宁。我们怎么能在这血腥的地方安静地住下去呢？战后房子归还给了我们，我们祈祷能把它卖掉。我们的祈祷应验了。房子卖给了一个美国教会，他们想在欧洲办一所神学院。这地方现在叫圣约瑟夫神学院。那里又有了一座小礼拜堂。

我们用这笔钱还清了债务和抵押贷款等。这是多令人开心的事啊！我们打算用剩余的钱给我们的房子添盖两栋厢房：一栋带一个大礼拜堂，另一栋要有足够的客房，这样无论冬夏都可以在家里举办歌唱周了。

我们付出不少代价才懂得不能像以前那样盖房子，这次就把任务交给了一个承包商。我们只需坐在那里，看着那强大的推土机挖掘地窖，比我们以前一英寸一英寸挖出来的长一倍，而只用了我们十分之一的时间。我们带着冷峻而得意的神情，瞧着那硬要逞硬的硬质地层像黄油似的被推土机的刀刃切得粉碎。新厢房大致完工时，全家人和施工人员共享了一顿牛排盛餐。后来因为钱花光了，不得不暂时停工。等到新厢房彻底完工的那一天，我们还会再来一顿牛排盛餐。

玛蒂娜有一个知心朋友埃丽卡，她们俩在学生时代就形影不离。自从我们来到美国后，就知道埃丽卡哪天会来看望我们。这个计划被战争打断了，战后又重新提起，不过一等就是好几年，终于有一天玛蒂娜挥舞着一封电报冲进房里，大声喊道：

“埃丽卡明天乘飞机抵达波士顿！”

两个礼拜后，一对幸福的年轻情侣走进我的房间——他们是韦尔纳和埃丽卡。他们想一辈子厮守在一起。我们举行了一个订婚盛宴。一位新闻记者采访瓦斯纳神父时，听到神父把埃丽卡比作远离家乡和亲人，跟随亲爱的丈夫来到异国他乡的丽贝卡，便恍然若梦地说：

“丽贝卡——噢，是的，我看过一部电影[1]——”我们赶紧解释说，那是《旧约》里嫁给了以撒的利百加。

婚礼是在圣诞节后不久在新建的小礼拜堂里举行的。当新娘把她的花束掷向身后时，玛蒂娜幸运地接住了，有一位加拿大男孩十分真诚地认定，就凭这一点，玛蒂娜也该是下一位新娘。[2]

去年有一天，我们强烈地感觉到应该给我们的新家起个名字。大家都坐在一起，想马上起个名。一开始就像晚上讲笑话似的，搞得大家忍俊不禁。提出的名字一个比一个滑稽可笑：“雪犁耕耘”“音乐酒家”“天国门廊”“上帝风景”。中国有一句老话：“笑一笑，十年少。”如果真是这样……

跟我们一起冥思苦想的瓦斯纳神父最后说：

“这个新名字一定要有寓意。总得表示这地方要成为什么样子。”这话让我们又严肃起来，启发了大家认真思考：这地方要成为什么样子呢？神父打开了他的拉丁文《新约》，他的目光落在《福音书》那几章上。那几章描写耶路撒冷第一批基督徒的生活：“他们同心同德”——“COR UNUM ET ANIMA UNA”。瓦斯纳神父把这话大声地念给我们听，然后是一阵异乎寻常的沉默。这正是我们在寻求的答案：我们新

1 英国作家德芬杜·穆里埃(1907—1989)创作的小说 *Rebecca*，后改编成电影《蝴蝶梦》，女主人公叫丽贝卡，与《圣经》人物利百加同形同音，所以那位记者会听错。

2 新娘把婚礼用的花束抛出去，接到花束的就有希望下一个做新娘。

的名字，新的座右铭。

特拉普家族的族徽上写着这样的话："Nec aspera terrent"——"无所畏惧"。迄今为止，我们使用这句话还是很恰当的。我们冒险横渡危机四伏的大海时，就需要这句格言来导航。现在我们取得了新的公民身份，也就放弃了我们的爵位和族徽，这样一来，一直很管用的"无所畏惧"，也就不那么必不可少了。现在我们有了一句今后赖以生存的新格言："同心同德"。我们的目标是让世人能这样说："瞧他们多么相亲相爱。他们同心同德。"

我们都感受到这一时刻意义重大，并欣然接受了新的挑战。韦尔纳平常总是爱听别人说话自己不说，接受了这句格言，并总结了大家的心里话：

"我们就以这第一个基督社团为榜样。我们没有私有财产，像他们那样共享一切。我们每一个人都感到有义务每天坚持用半小时来沉思基督的生活，这样我们就能越来越好地仿效他。"

这就是"同心同德"的开始，也是"特拉普家庭"作为一个实体的结束。这是一个伟大的值得纪念的时刻，我们在这一时刻意识到：特拉普家歌唱团如今已变成了一个不再依靠亲密的家庭成员而存在的组织了。我们已完成了自己的使命，以某种方式为远近大众表演了最好的前所未闻的音乐。越来越多的喜欢这种精神的人，不管是老年人还是年轻人，都希望能被"吸纳"到这个家庭中来。家庭的纽带已经变得有弹性了，于是这个家庭壮大了，而且还在继续壮大。如果这些新成员还能奉献出自己的歌喉，那就再好不过了。

对我们来说，我们的小山已经变成了一座圣山，因为那里有一片圣地，圣地上有一座孤坟，孤坟上覆满鲜花，还立着一个巨大的木十字架，四周群山环抱。从那里，这位一家之主默默无语而又意味深长地注视着自己的家人。

在那里我们共度岁月，像以前在老家一样，一起欢庆节日和斋戒日。让“同心同德”会友感到高兴的是，许多古老的民间习俗已被移植到了这个新世界。

随着时光周复一周、月复一月、年复一年地过去，我们越来越认识到：能使自己和别人幸福的唯一东西不是金钱，不是关系，也不是健康——而是爱。圣保罗在他著名的赞美歌中唱出了这种爱：

> “爱是容忍，是仁慈……爱不是嫉妒……不是雄心，不是追求私利，不受诱惑，不起邪念……包容一切，相信一切，希望一切，忍受一切。爱永不衰竭。”

《基督的榜样》的作者继续写道：

> 爱是一种美妙的事物，一种伟大的赐福。爱每每能化难为易。爱能负重而不被压垮，并能化苦为甘。爱没有止境，没有负担，无视烦恼，勇于作为，因为爱自信无所不能；正是由于这个原因，爱是无所不能的，完成没有爱的人所不能完成的许多事情。爱是警觉的，即使睡眠时也不沉睡。它像活脱脱的火焰，燃烧着的火炬，永远向上，安然无恙冲破一道道障碍。
>
> 无论会犯什么过错，无论过错大小，无论地平线上笼罩了多少乌云，如何阴暗可怕，爱都将征服一切。

> 谁要是只为自己得救而寻找天堂，
> 他也许能找到路，但永远到不了目的地；

只有走在爱里的人才能走得远，
上帝也才会把他带到有福的人那里。[1]

这也是“同心同德”会所有成员的希望。

1 上帝也才会把他带到有福的人那里：引自亨利·范·达克的《另一个聪明人的故事》。

图书在版编目（CIP）数据

音乐之声/（美）玛丽亚·奥格斯塔·特拉普（Trapp, M. A.）著；周晔译；孙致礼校．—南京：译林出版社，2021.4
书名原文：The Story of the Trapp Family Singers
ISBN 978-7-5447-7560-1

I.①音… II.①玛… ②M… ③周… ④孙… III.①自传体小说－美国－现代 IV.①I712.45

中国版本图书馆CIP数据核字（2018）第 242736 号

著作权合同登记号　图字：10-2018-014号

音乐之声 ［美国］玛丽亚·奥格斯塔·特拉普 / 著　周　晔 / 译　孙致礼 / 校

责任编辑　赵　奕　宗育忍
特约编辑　孙　峰
装帧设计　韦　枫
校　　对　张　萍
责任印制　颜　亮

原文出版　William Morrow, 2001
出版发行　译林出版社
地　　址　南京市湖南路 1 号 A 楼
邮　　箱　yilin@yilin.com
网　　址　www.yilin.com
市场热线　025-86633278
排　　版　南京展望文化发展有限公司
印　　刷　江苏凤凰扬州鑫华印刷有限公司
开　　本　880 毫米 × 1240 毫米　1/32
印　　张　10.875
插　　页　2
版　　次　2021 年 4 月第 1 版　2021 年 4 月第 1 次印刷
书　　号　ISBN 978-7-5447-7560-1
定　　价　45.00 元